古代国家の誕生と崩壊

—その政《まつりごと》と歌—

《目次》

第一章　序　章

三笠山《みかさやま》の上に出た大きな月が佐保《さほ》の里を明るく照らしています。佐保川の川面が白く輝き、小鳥の眠る森や稲田の仮蘆《かりほ》が地面に黒い影を落としています。雁が数羽、一列になって月を横切って飛んでいきました。

雁を見ると遠く離れて暮らしている人や逝った人のことを思い出します。私は大切なものを一つ、また一つと失いながら、そして今となっては償いようのないさまざまのことを思い出しながら年を重ねてまいりました。過ぎた年月を振り返ると、長かったようでもあり、ほんの一瞬だったようにも思えます。

私の父や母たちから聞き、また私自身が見たおよそ百五十年の間に、新しい国創りが始まり、多くの試練を経て完成し、それがやがて停頓し、崩壊に向かいました。人々はその間になぜあれ程の多くの血を流したのか、人々はなぜあれ程のすぐれた多くの歌を詠んだのか、私の長い間の謎でありました。

私の名は大伴坂上郎女《おおとものさかのうえのいらつめ》、文武天皇《もんむてんのう》の御代《みよ》の大宝《たいほう》元年（七〇一年）に大伴安麻呂《やすまろ》を父とし、石川内命婦《いしかわのうちみょうぶ》を母として生まれました。この年は、天智《てんじ》天皇、天武《てんむ》天皇、持統《じとう》天皇の治世を経て、新しい国創りが完成し、それが大宝律令《たいほうりつりょう》という形で世に示された年であり、また、後に聖武《しょうむ》天皇となる首皇子《おびとのおうじ》や、後に光明皇后《こうみょうこうごう》となる光明子《こうみょうし》の誕生した年でもありました。

私が生まれたときには父は既に高齢で、旅人《たびと》、田主《たぬし》、宿奈麻呂《すくなまろ》、稲公《いなきみ》とは異母兄妹で、旅人とは随分年が離れていました。

ありがたいことに私は、子供の頃から風邪一つ引かず元気で、春は野や山で花や菜を摘み、夏は佐保川に素足で入り、川藻と戯れている小魚や子蟹と遊びました。しっとりとした秋の日には近くの森で小鳥の囀りを聞き、木の葉が次第に赤や黄色などさまざまな色に染まっていくのを見ました。冬の風の強い日や雪の降る日には部屋で人形遊びをしたり、母に歌や文字を教えてもらいました。そのような日々のなかで、今でもはっきり覚えていますのは、夏の夜、佐保川の上を妖しく光りながら飛んでいた蛍の群と、冬枯れの田んぼで沈んでいく夕陽に向って鳴いていた鶴の寂しい声と姿です。

ああ、ちょこんと行儀よく坐って月を眺めているあの子でございますか。あの子は、同族の大伴駿河麻呂《するがまろ》に嫁した、次女の坂上二嬢《おといらつめ》の子で、私の孫にあたる坂上中嬢《なかいらつめ》でございます。駿河麻呂は、父・安麻呂の兄の御行《みゆき》の孫にあたります。今年十歳になる童女放髪《うないはなり》（おかっぱ頭）のあの子は、人の心を吸い込むようなきれいな眼をしていて、子供の頃の私がそうであったように話を聞くことが何よりも好きでございます。今日も、佐保の里に一人住む私を訪ねてきて「ねえ、おばあ様、お話をしてちょうだい」とせがむものですから次第に朧気になっていく記憶をまさぐりながら、大伴一族の刀自《とじ》として、豊浦寺《とゆら》という尼寺で聞いた善心尼《ぜんしんに》様が語る、その母上の話から始って今日までのおよそ百五十年に亘って、私が見、聞きしたことを語ろうとしていたところでございました。あなた様から大伴一族の話を聞きたいとのお申し出があったときには驚きもし、嬉しくもありました。あなた様は稗田阿礼《ひえだのあれ》様にご縁のある方とか。稗田阿礼様とはなんと懐かしいお名前。ではあなた様もやはり語部《かたりべ》の。

えっ、朝廷には語部の方はもういない、今は神話や歴史などは中務省《なかつかさ》の内記《ないき》という部署が掌っている、そうですか、世の移り変わりとはいえ寂しい思いがいたします。どうぞ、お体を楽になさってください。月もあのように白く、大きくなりました。さて、どこからお話しを始めればいいのやら。

第二章　歌の手解《てほど》き

私の母はおっとりとした物静かな人でしたが、よく遊びにきていた母の姉の安曇外命婦《あずみのそとみょうぶ》は明るく楽しい人でした。

十歳のとき、ある日、母と伯母が部屋でひっそりと話をしている処に遭遇した私は、急に踵を返すこともできず、つい話を立ち聞きしたことがありました。

「あの子ねえ」伯母の声です。伯母には子供がいないので、私のことのようです。

「外で遊ぶことが多いせいか、色が黒くて美人とはいえないが、あのくりくりとよく動く眼が利発そうで可愛いわ。それに行儀よく、瞳を輝かせ、小首を傾げ、こくりこくりと頷きながら話を聞いているのを見ると、つい余計なことまで喋ってしまうの。あの子が嫁ぐときっといい刀自《とじ》になるわよ」というと、母は嬉しそうな声で何か応えていました。

たったそれだけのことですが、何となく誉められたようで嬉しいような恥ずかしいような気持ちになったことを、伯母も母も亡くなった現在もはっきり憶えています。

歌の手解きは母がしてくれました。母は多くの歌を諳《そら》んじていましたが、手解きのときには、間違えのないようにと歌と作者を認《したた》めた木簡や竹簡を手許に置いていました。

最初に習った歌は、天皇の中でもとりわけ勇武をもって聞こえた雄略《ゆうりやく》天皇の歌でした。

籠《こ》もよ　み籠持ち　掘串《ふくし》もよ　み掘串持ち　この丘に　菜摘《なつ》ます児《こ》　家聞かな　名告《の》らさね　そらみつ　大和《やまと》の国は　おしなべて　われこそ居《お》れ　われこそ坐《ま》せ　われこそ告らめ　家も名をも

母はゆっくりと節をつけて二度詠み、それから少し間を置いて、

「この歌は、（美しい籠と美しい篦《へら》を持ってこの丘で菜を摘んでいる娘さん、あなたの住んでいる処は何処ですか、お名前は何というのですか。私はこの大和の国を治めています。私の住んでいる処も名前も申し上げましょう）という意味よ」といいました。

私の眼の前に、ぽっかりと白い雲を浮かべた青い空が拡がり、逞しい若者が一人、こちらに向かって歩いてきました。そして菜を摘んでいる私に、やさしく私の住んでいる処と名前を聞きました。どうしたことでしょう。私は赤くなって俯いています。男はもう一度訊ねました。恥ずかしくて口が利けません。男は一歩前に出て、自分の住んでいる処や名前をいおうとしています。本気のようです。そう想像すると胸がどきどきしてきて「お母さんどうすればいいの」と思わず叫びそうになりました。

それから数日後、「この歌の作者は分からないのだけど」と母がいい、「この子には少し難しいかもしれないわね」と母の手許の木簡を覗いた伯母がいいました。

隠口《こもりく》の　泊瀬小国《はつせをくに》に　よばいせす　わが天皇《すめろぎ》よ　奥床《おくとこ》に　母は寝たり　外床《ととこ》に　父は
寝たり　起き立たば　母知りぬべし　出で行かば　父知りぬべし　ぬばたまの　夜は
明け行きぬ　幾許《ここだく》も　思う如《ごと》ならぬ　隠夫《こもりづま》かも

「（遠い夜道を歩いて、私に会いにきた天皇が戸口に立っています。父は奥床に、母は外床で寝ています。私が起きれば母が気付くでしょう、私が出ていけば父が気付くでしょう。今出ていこうか、今出ていこうかと思っているうちに夜が明け、朝がきました。どうも思ったようにいきません）この歌はざっとこのような意味なの。若い二人の切ない吐息が聞こえるようね」母が説明してくれました。

「隠口の泊瀬の天皇というと、この天皇は泊瀬朝倉宮《はつせのあさくらのみや》にお住いだった雄略天皇のことよね、この歌、それにこの前の歌と雄略天皇もお忙しいわね」と伯母が笑いながらいいました。

（伯母さん、それは違うわ。夜這いに失敗したかわいそうな隠夫は天皇ではなく、歌の作者が愛しい男を愛情を込めてそう呼んだのだと思うわ。遠い山道を通ってきて、まんじりともせず一夜を明かし、肩を落としてまた遠い山道をとぼとぼと帰っていく男の後ろ姿を想像すると思わず吹き出しそうになるわ。「籠もよ　み籠持ち」と颯爽と歌った雄略天皇が、夜這いに失敗した情けない隠夫と同じ人である筈ないでしょう）といおうとしましたが、二人は「娘さんのもどかしい思いが上手に詠まれているわね」などとお喋べりに夢中だったので黙っていました。

ある雨の日の午後、その日の手解きのときにも伯母がいました。

「人は何故、歌を詠むの」と私は二人に訊ねました。初めて歌の手解きを受けたときからの疑問でした。母と伯母は互いに見詰め合っていましたが、やがて母が「人は、ときに心の中に大声で叫びたいような、やむにやまれぬ思いがあふれてくるからじゃあないかしら」といいました。伯母は頷いて「心の中の熱い、一途な思いをね、言葉にするの」と続けました。

「やむにやまれぬ思い、一途な思いとはどのようなものなの」私は更に訊ねました。

「例えば、男が女を、女が男を愛したときの切ない慕情、大切な人が逝ったときの大きな悲しみ、大自然や神聖なものに触れたときの畏怖や畏敬などよ。こうした思いが心に募り、漲ったとき、人は声を出して叫びたくなり、歌を作るの」母が応えました。

「いずれ、あなたにも分かるときがくるわ」二人は同時にいいました。

それから数日後、

降る雪は　あはにな降りそ　吉隠《よなばり》の猪養《いかひ》の岡の　寒からまくに

母はいつものように歌をゆっくり二度詠んで、

「（あはに）は（多い）という意味よ。あなたはこの歌をどう思う、天武天皇の第五皇子の穂積《ほづみ》皇子が恋人の但馬皇女《たぢまのひめみこ》が亡くなった後、雪の降る日に宮殿から遥かに吉隠の猪養のお墓の方を見て、悲しみに涙を流しながら詠んだ歌だけれどね」と訊ねました。

「雪よ、沢山降らないで下さい、吉隠の猪養の岡が寒くならないように、という意味よね、ありきたりで心に響くものがないわ」と私は素っ気なく応えました。

「そうね、でも歌の背景を知って聞くとどうかしら」といい、

秋の田の　穂向《ほむき》の寄れる　片寄りに　君に寄りなな　言痛《こちた》かりとも

後《おく》れ居て　恋ひつつあらずは　追い及《し》かむ　道の隈廻《くまみ》に　標結《しめゆ》えわが背

人言《ひとごと》を　繁み言痛み　おのが世に　いまだ渡らぬ　朝川渡る

と三首詠みました。

「これらの歌は、但馬皇女が穂積皇子への慕情を詠んだものなのよ。但馬皇女は天武天皇の皇女だから二人は兄妹だけれど、母が違うの。母が違えば、兄と妹でも恋も、婚姻もできるのよ。だけど但馬皇女は、やはり母の違う天武天皇の第一皇子・高市《たけち》皇子の妻だった。だから穂積皇子との恋は密通になるの。密通は許されないの。高市皇子は、あの壬申の乱で大きな功績のあった方ね」と伯母がいいました。

「最初の一首は〈秋の田では実った稲穂が一方に靡き寄っているが、私もそのようにあなたに

寄り添いたいのです。人の噂は煩くても）という意味ね。次の歌は、穂積皇子が勅命で近江の滋賀の山寺に遣わされたときに詠んだ歌で（後に残って想い焦がれるよりは跡を慕って追っていきたいのです、だから道の曲がり目ごとに印をつけておいてください、私のいとしいあなた）という意味よ」母が言いました。

「最後の歌はね」と伯母が引き取りました。

「（窃《ひそ》かに穂積皇子に接《あ》い、事既にあらわれた）後に詠まれた歌よ。（事が露見してとかく世間が煩いので、私はこれまで女人の渡ったことのない朝の川を渡るのです）とでもいうのかしら。この歌は一途な慕情が迸りでた情熱的な歌だわ」伯母は抑えた声でいいました。

私の瞼に、一つの情景が浮かびました。夏の朝か、それとも冬の朝か分かりません。周囲には朝靄か朝霧が立ち籠めています。そこに但馬皇女の影が現われました。川に馬を乗り入れたのか、裳裾を濡らしながら走っているのか、分りません。一夜を穂積皇子と過ごした後、火照りの残った体のまま高市皇子の館《やかた》に帰っていくのか、これから過ごす一日を思い、熱い血を滾らせて穂積皇子の館に向かっているのか、これも分りません。男が女のもとに夜毎に通うこの世の中で、皇女は、女人がこれまで渡ったことのない朝の川を渡っているのです。私は動悸が速くなって今にも胸が張り裂けそうになりました。

「話をもとに戻すとね、皇女は歌を作った日から十年経った和銅元年（七〇八年）の夏に亡くなるの。夏が過ぎ、秋もいき、冬がきた。雪のしんしんと降りしきる日に、穂積皇子は遥かにお墓のある吉隠の方を望み、人妻である皇女が生きている間は口にすることができなかった、十年もの間の、皇女への抑えに抑えてきた胸の思いが迸りでたのよ。それを激しい言葉ではなく、お墓に眠っている皇女が寒くないようにと何気なくいっているのが余計に人の心を打つのよ」

と母がいいました。私は胸の奥がつんとしました。

私はこの歌を聞いて、歌を味わうには歌が作られた背景を知ることが大切だということ、それにさりげない言葉の中に大きな思いを込めることができることも分りました。しかし穂積皇子と後日、深い縁を結ぶとは夢にも思いませんでした。

第三章　大伴一族の男たち

大伴一族の男たちは、時折、宴を催しました。季節毎の宴や祖先の祭祀の際の宴、狩猟の後の獲物を持ち帰っての宴などです。大勢のときも、少人数のときもありました。

宴は、父・安麻呂の父の長徳《ながとこ》、叔父の馬来田《まくた》、吹負《ふけい》、兄の御行《みゆき》に続いて一族の棟梁となった、当時中納言の地位にあった父の佐保の館で催されました。

男たちは一様に肩が盛り上がり、胸が厚く、骨組みの大きなずんぐりした体をしていましたが、旅人だけは色が白く、骨組みが細かったので目立ちました。

板敷きの宴の座には須恵器の瓶《へい》と杯、瓜の漬物やいり豆などを盛った小皿が折敷《おしき》に並べられ、幾つもの大皿には炙った獣肉や魚の干物などが盛大に盛られていました。

宴が始まり、男たちは酒が入ると、決まって一族のかつての栄光を語りました。語られる物語は美しく感動に満ちていて、頬を紅潮させ涙を流す者もいました。

物語が一段落すると、男たちは、かつての栄光に比べて衰運にある、現在の境遇に悲憤慷慨して不満や不平を言い募りました。

父は、男たちの不平や不満を黙って聞き、一言、二言元気づけたり、慰めたりしていました。たまに私を膝の上に乗せて、味をつけた生わかめや鰹節、魚や獣の肉を干して細かく裂いた楚割《すはやり》を口に入れてくれました。

不平や不満の種が尽きると、男たちは日頃の鬱憤を晴らすかのように手を打って久米歌《くめうた》を歌い、久米舞《くめまい》を舞い、歌や舞が終わりに近づくと皆が立ち上がり庭に出て、肩を怒らせ、体をぶつけ合い、激しく足を踏み鳴らし、中には剣や槍を振り廻す者もいました。宴はいつも大伴一族の言立《ことだて》（家訓）「海行かば　水浸《みづ》く屍《かばね》　山行かば草生《す》す屍　大君《おおきみ》の辺《へ》にこそ死なめ　顧《かへり》みはせじ」を唱えて果てました。言立は、例え死後どのようになろうとも我々は天皇に奉仕するという誓いの言葉でした。

父の膝の上で男たちの物語を聞いているうちに、私は大伴一族に伝わる神話や歴史、そして現在一族が置かれている状況が仄かに見えるようになりました。

一族には、祖《おや》の天忍日命《あめのおしひのみこと》が天孫降臨の際、天の石靫《ゆき》を負い、頭椎《くぶつち》の太刀を佩《は》き、天の波止弓《はしゆみ》を持ち、天の真鹿児矢《まかごや》を手挟んで高千穂の峰に降り立ち、また神武《じんむ》天皇が日向《ひゅうが》から大和をめざしたときも、やはり祖の一人の道臣命《みちおみのみこと》が先導役をつとめたなどの伝説が伝わっていて、天皇を警護し、行く手を拓くという名誉ある役目を担い、伴《とも》の中の伴として天皇家と強い絆で結ばれている、というのが一族の誇りでした。

大伴一族は、古くから物部《もののべ》一族とともに天皇家の軍事を司り、天皇家とともに各地の豪族との闘争を勝ち抜いて、雄略天皇の代の大伴室屋《むろや》の頃から勢力を伸ばし、武烈《ぶれつ》天皇の代に孫の金村《かなむら》が平群真鳥《へぐりのまとり》の乱を平定し、継体《けいたい》天皇の擁立に功をあげ、武烈・継体・安閑《あんかん》・宣化《せんか》・欽明《きんめい》の五代に亘って天皇の執政を補佐する大連《おおむらじ》として仕えていたときに全盛期を迎えました。

しかし欽明天皇のとき金村が、高句麗《こうくり》によって朝鮮半島の北の漢江流域の領土を奪われたためそれに代わる領土を南に求めた百済《くだら》に任那《みまな》の娑陀《さだ》、牟婁《むろ》などの四県を割譲したことを弱腰外交と非難され、またその際、百済側から賄賂を受けたのではないかとの疑惑を物部尾輿《おこし》らから執拗に攻められて失脚したことから、一族の運命は衰退に向かいました。

男たちの宴が果てたある秋の夜のこと、父は庭の見える部屋に座を移して杯を傾けていました。

「さっきの宴のとき、お父さんが道足《みちたり》小父さんや祖父麻呂《おおじまろ》小父さんたちと話していた「乙巳《いっし》の変」とは何のことなの」私が訊ねました。

父は杯を傾ける手を止めて、私をじろりと見て、

「相変わらずの知りたがりよのう」といい、暫く黙っていましたが、

「どこから話せばいいのか、そうじゃ、ともかく道足も祖父麻呂もわしもまだ生まれていない、今から六十年以上も前のことじゃ。金村殿の失脚後、蘇我《そが》一族と物部一族とが勢力を伸ばして互いに対立するようになったが、蘇我一族は娘を天皇家に嫁がせて天皇の外戚として、また渡来人の集団と関係を結んで新しい知識や技術を手にして次第に物部一族を圧倒するようになったのじゃ。結局、物部一族と蘇我一族は、仏教を受容するか排斥するかをめぐって戦いを開き、蘇我一族が勝利して、その地位が確固たるものになったのじゃ」といって杯を干しました。

「蘇我一族は稲目《いなめ》、馬子《うまこ》、蝦夷《えみし》、入鹿《いるか》の四代に亘って政《まつりごと》の中枢に坐り、専横を極めるようになった。ことに蝦夷、入鹿に至っては、民を使役して蘇我一族の豪壮な陵墓を築き、蝦夷は朝廷の許しも得ずに入鹿に冠位十二階の最高位の紫冠を授けて大臣とし、また、皇極《こうぎょく》天皇の飛鳥板葺宮《あすかいたぶきみや》を見下ろす甘樫岡《あまがしのおか》の蝦夷の館を「上の宮門《みかど》」、入鹿の館を「谷《はざま》の宮門」と呼ばせ、館に武器を蓄え、柵をめぐらせて城塞のようにして勢威を見せつけたのじゃ。あまりの勢力に、

豪族たちは蝦夷、入鹿の顔色を伺って、朝廷に出仕せず、蘇我一族の館に出仕するようになったそうじゃ」月光に誘われたかのように秋の虫が鳴いていました。

「このように専横が眼に余るようになった入鹿を、後の天智天皇の中大兄《なかのおおえ》皇子が、後に藤原の姓を与えられた中臣鎌足《なかとみのかまたり》と謀って斬ったのじゃ。皇極《こうぎょく》四年（六四五年）が、干支《えと》の乙巳《きのとみ》の歳にあたるので、この変は乙巳の変と呼ばれているのじゃ」

「どのように謀ったかじゃと」父は暫らく月を眺めていましたが、また私をじろりと見て、安麻呂の父、私の祖父にあたる長徳らから聞いたことだがと、ぽつりぽつりと話してくれました。

　父の話によると、

　変が起きたのは六月の中旬、その日は飛鳥板葺宮の大極殿《だいこくでん》で、三韓（百済《くだら》、新羅《しらぎ》、高句麗《こうくり》）朝貢の儀式が執り行われることになっていて、入鹿は折から降り始めた雨の中を参内しました。大極殿に入鹿が入り、皇極天皇が出御され、古人大兄《ふるひとのおおえ》皇子が側に侍して儀式が始まりました。儀式が始ると直ぐに、中大兄皇子が宮門を閉じるように命じ、蘇我倉山田石川麻呂《そがのくらやまだいしかわまろ》が天皇の前に進み出て上奏文を読み始めました。読み始めてまもなく体が震えて読み澱んだ石川麻呂に入鹿が何か囁きました。

　そのとき物陰に潜んでいた中大兄皇子と中臣鎌足が飛び出して入鹿に斬りつけ、斬殺された入鹿の遺骸は宮門の外に放り出されました。外はいつの間にか大雨なっていて、遺骸は直ぐに水浸しになりましたが、つい先程まで権勢を誇った入鹿の遺骸を大雨から護るために与えられたのはたった一枚の障子《しとみ》だけでした。

皇極天皇は直ちに内裏《だいり》に退き、古人大兄皇子は何事もなすことができず、突然、体を震わせて何か叫ぶと、逃げるように館に帰って閉じこもり、数日間一歩も外に出ることはありませんでした。

皇極天皇は、舒明《じょめい》天皇の皇后でしたが、天皇の崩御後、皇極元年（六四二年）の一月に天皇の地位に就いていました。舒明天皇との間には、中大兄皇子の他に、弟の大海人《おおあま》皇子と間人《はしひと》皇女とがあり、古人大兄皇子は、舒明天皇と蘇我馬子の娘・法提郎媛《ほほていのいらつめ》との間の皇子であることから、中大兄皇子の異母兄であり、入鹿の従兄弟でもありました。入鹿は、蘇我一族の血を継ぐ古人大兄皇子を次の天皇の地位に就けたいと考えていました。

蝦夷は変を知ると反撃するために館を固め、兵士を集めました。蝦夷のもとには東漢《やまとのあや》の一族などが集まり、その夜は中大兄皇子側の兵士と互いに睨みあったまま朝を迎えました。その朝は、昨日の雨は止んで初夏の陽が輝き、蝉が鳴いていました。

中大兄皇子は、蝦夷の館に、後に左大臣になる巨勢徳太《こせのとこだ》を遣わして蝦夷側の兵士たちに武装を解除するように説得し、兵士たちはそれに応じました。これを見た蝦夷は、入鹿の遺骸を前にして豪壮な館に火をかけ自害し、蘇我本宗家は滅びました。僅か二日間の出来事でした。

乙巳の変のあらましを話し終えた父は一息入れて、杯を手にしました。

「大伴一族は、乙巳の変とどのような関係があったの」と訊ねると、その夜の父はいつになく機嫌がよく、私の知りたがりに呆れたような顔をしながらも、

「これも親父殿や叔父貴殿らから聞いた話じゃがの」と酔いのまわった眼を瞬いて、

「乙巳の変の三日前、霧の深い夜じゃったそうな、二人の男が佐保の館に、一族の棟梁だった親父殿を訪ねてきて『蘇我一族の横暴は眼に余るものがある。よって蘇我蝦夷、入鹿を誅することにした。ついては大伴一族は兵をあげよ』との中大兄皇子の密命を伝えたのじゃ。このことを聞いた一族の男たちは喜んだ。皇子が、神話の時代からの皇室と大伴一族との深い絆のことを憶えていてくれ、しかも皇室に仇なす蘇我蝦夷、入鹿を討つという名誉ある任務をまかされたことが嬉しかったのじゃ。それにこの密命は大伴一族と、同族の佐伯一族のみに発せられたことは誇り高い男たちの胸を熱くし、金村殿の失脚から咋《くい》殿を経て親父殿までの長い間、低迷を続けた大伴一族の命運をこの戦いを契機に一気に挽回できるかも知れないとの期待が男たちの心を高揚させたのじゃ」

「それで大伴一族の男たちは、この変でどんな働きをしたの」私は眼を輝かせました。

父は、酒が程よくまわったのと、日頃の溜まった疲労のせいで眠そうな眼をしていましたが、私の大きな声にはっとして、

「その日の未明、甲《よろい》を着けた親父殿は雨模様の天候の中を手勢を率いて法興寺《ほうこうじ》に向かった。法

興寺は、入鹿を誅した後に中大兄皇子が乗り込んできて、蘇我一族との戦の本陣にすることになっていたのじゃ。叔父の馬来田殿は、朝廷の武器庫を蘇我一族の襲撃から護るため、手勢とともに布留《ふる》に馬を駆り、叔父の吹負殿の率いる手勢は、大海人皇子の率いる舎人《とねり》たちとともに、蘇我一族の館のある甘樫丘の近くの雷丘《いかずちのおか》の周辺に潜んだ。手筈どうり、入鹿を誅した中大兄皇子が法興寺に乗り込んできて、布留や雷丘などからの報告や、本陣の発する命令を伝達する者たちの出入りなどで、寺は一晩中騒然としていたそうじゃ。大伴一族の男たちは、戦いは長引くものと踏んでいたが、一晩明けると、皇子の遣わした巨勢徳太の説得で蘇我一族の男たちが戦意を失い、これを見た蝦夷が館に火を放ち、自害して事はたった二日で終わったのじゃ」

父は瞼を閉じました。

「大伴一族は、朝廷からさぞかし沢山の恩賞を賜ったのでしょうね」私は何気なくいいました。

「中大兄皇子からは懇ろな言葉を賜ったが、朝廷からは一寸の土地も、一人の部曲《かきべ》も賜わらなかったそうじゃ」父は瞼を閉じたままでした。やがて、父は胸から絞りだすように

「大伴一族の男たちは、この事件の本質を見誤った。事件は蘇我本宗家の滅亡で終わったと思ったが、そうではなく新しい舞台の幕を開ける一つの事件に過ぎなかったのじゃ」

「百済への任那四県の割譲をめぐって金村殿が失脚してから、大伴一族は、物部一族や蘇我一族の後塵を拝するようになった、その劣勢を一気に挽回しようとこの事件に臨んだのだが、この事件が大伴一族と、やがて力をつけてくる新興の藤原一族との運命を分ける遠因になろうと

は誰も思いもしなかった」父は途切れ途切れに言葉を継ぎました。

「不覚だった、世の流れが分からなかった。大伴一族の男たちは、一族に伝わる言立に拘ったが、中臣鎌足の、後の藤原鎌足は、この国の将来を考えていたのじゃ」と呟きました。暫くして父の閉じた瞼から薄い涙が一筋流れているのを見て、私と母は思わず眼を見合わせました。

第四章　槻《つき》の樹の下

私は、あの夜、父の呟いた言葉と涙の意味を知りたくて、母や伯母たちに乙巳の変の前後の話をせがみました。

大伴一族の刀自だった母は、

「一族の歴史を知ることは大事なことよ」といい、
伯母は、

「一族の歴史を知ることは、この国の歴史を知ることに繋がるわ。そうすれば多くのすぐれた歌の背景が分かり、歌をより深く味わうことができるわ」と続けました。

二人の話は、その父母や祖父母などから聞いた、六十年以上、いや七十年以上も前に遡り、大陸の話から始りました。

当時の大陸は激動と戦いの世でした。隋《ずい》が中国を統一し、その隋を唐《とう》が倒し、唐は東突厥《ひがしとっけつ》や高昌国《こうしょうこく》を滅ぼし、高句麗への遠征の準備をしていました。一方、朝鮮半島では高句麗・百済を凌ごうとする新羅の勢いが強くなっていて、大陸の各地で戦いが勃発していました。

このような大陸の情勢は、遣隋使《けんずいし》や遣唐使《けんとうし》として隋や唐に渡った人たちや、大陸から渡来した人々によってこの国に伝えられ、人々を不安にし、緊張させました。

国の存亡の危機に直面したこのとき、この国を他国の侵略から護り、独立した国として存続していくには、どのようにすればよいのかについて思案をめぐらせていた二人の強い愛国心を持った若者が、法興寺の槻の樹の下で出会いました。十八歳の中大兄皇子と、皇子より十歳年上の中臣鎌足でした。

二人は南淵請安《みなぶちのしょうあん》に学びました。南淵請安は、遣隋使・小野妹子《おののいもこ》に随い、高向玄理《たかむこのくろまろ》、僧旻《みん》ら八人の留学生、留学僧の一人として隋に赴き、三十二年もの間、隋の滅亡から唐の建国を見聞して、舒明十二年（六四〇年）に高向玄理とともに新羅を通って帰国し、飛鳥川上流の南淵の朝風《あさかぜ》に住んでいました。

中大兄皇子と鎌足との交際が深まるにつれて、二人の意見は、現在の「氏族の一つの天皇家を盟主にした氏族の連合体」であるこの国を「天皇に権限を集中し、全ての土地と民を朝廷に組み入れ、それを天皇が任命する官人が一元的に掌握する」国にすることで一致しました。この国の危機を乗り越えるために二人が見出した解決策でした。

これまでは、国としての意志は氏族の族長らの合議によって決定され、しかも農耕地としての広い土地や、農耕に従事する多くの民は、皇族や有力な氏族らが所有していたことから、迅速で果断な意志の決定や効率的な施策の遂行は望むべくもなかったのです。二人は慎重に事を進めました。

新しい国を創るには古い体制の象徴である蘇我一族を倒すとともに、その体制を支えてきた氏族や官人たちの意識を変えなければならない、それには新しい国になったことを骨の髄まで分からせる衝撃的な手段を講じる必要があり、ことは入鹿の誅殺からはじめなければならないとの方針が決まりました。

皇極四年（六四五年）六月、手筈が整い、場所は必ず入鹿が参内する、三韓朝貢の儀式が執り行われる大極殿が選ばれました。そして皇極天皇、蘇我一族の血を継ぐ古人大兄皇子、大勢の氏族の族長や官人、外国の使節たちの見守る中で、中大兄皇子が自ら剣をとって入鹿を斬り、その遺骸を大雨が泥を跳ね上げている宮門の外に障子一枚を投げかけて放り出したのです。この強烈な場面を見せ付けられた族長や官人らは驚愕し、畏れ、これから世の中が大きく変化していくに違いないと思って緊張しました。

二人はこの変を行動に移す前に、入鹿と不和だった、入鹿の従兄弟の蘇我倉山田石川麻呂を説いてこの謀議に加わらせ、蘇我一族の結束に楔を打ち込んでいました。説くにあたって、中大兄皇子は、鎌足の進言で、倉山田石川麻呂の娘の遠智娘《おちのいらつめ》を娶りました。

これが、父の安麻呂が一族の宴が果てた夜に、私に語り、薄い涙を流した乙巳の変の背景だと母や伯母たちがその父母や祖父母から聞いた話を思い出して語ってくれました。

それでは乙巳の変後のことについて物語をすすめて参りましょう。

変のあった次の日から世の中はめまぐるしく変わりました。皇極天皇が退位し、中大兄皇子は本来天皇となる筈のところ、時期尚早との鎌足の進言を容れて、天皇家の長老の、皇極天皇の弟の五十歳の軽《かる》皇子が即位して孝徳《こうとく》天皇になり、皇極天皇の娘の十六歳の間人皇女が皇后に立ち、中大兄皇子が皇太子の地位に就きました。また、新たに左右の大臣、内臣《うちのおみ》とともに国博士《くにはかせ》が置かれ、左大臣には阿倍内麻呂《あべのうちまろ》が、右大臣には蘇我倉山田石川麻呂が、内臣には中臣鎌足が、国博士には高向玄理、僧旻の二人がそれぞれ任じられました。

阿倍内麻呂は、阿倍一族を代表する重鎮として、また娘の小足媛《こたらしひめ》が即位したばかりの孝徳天皇の妃として既に有間《ありま》皇子の母となっていることから人々によく知られ、蘇我倉山田石川麻呂も蘇我別家の長老として知られていましたが、内臣に任じられた中臣鎌足を知っている人は稀でした。
孝徳天皇が即位して五日目に、孝徳天皇、皇極上皇と皇太子の中大兄皇子らは、群臣を大極殿の前の大槻の樹の下に集めて「帝道は唯一、蘇我氏は誅した、これよりは君に二政なく、臣に二朝なし」と宣し、元号を立てて「大化《たいか》」と称しました。中大兄皇子の後ろにはいつも中臣鎌足が影のように控えていました。

九月、中大兄皇子は、三ヶ月前に出家して吉野に逃れていた古人大兄皇子が謀反を企てているとの密告を受け、兵をさしむけて皇子を殺害しました。母が蘇我馬子の娘・法提朗媛である古人大兄皇子は、中大兄皇子の異母兄で、娘の倭姫王《やまとひめのおおきみ》は中大兄皇子に嫁していましたが、乙巳の変で蘇我本宗家が滅んだため後ろ盾を失い、また、大極殿で衆人の見守るなかで入鹿を斬り殺し、大雨の降る宮門の外に放り出した中大兄皇子の凄まじい形相を見てから身の危険を察知して、僧になって吉野に逃れていました。
古人大兄皇子の殺害は、新しい国創りに反対する勢力に擁立されるおそれのある皇統を除くとともに、中大兄皇子が将来天皇の地位に就く道を大きく拓くことになりました。

十月、大伴一族の男たちが、棟梁の長徳の館に集まりました。

「兄者よ、乙巳の変から四ヶ月経ったが、朝廷からは何の音沙汰もない。朝廷は大伴一族が戦ったことを忘れているのではないかの」ずんぐりと太った長徳をさらにひとまわり大きくしたような弟の馬来田が口火を切りました。

「入鹿を斬ったのは皇太子、蝦夷は自害した。だから大伴一族はこの変の勝利に功がなかったとでもいうのか」

「入鹿を斬ることができたのも、蝦夷が自害したのも我々が宮廷を囲み、法興寺に詰め、布留に駆け、雷丘に潜んでいたからじゃ」

「そのとおりじゃ。法興寺でまんじりともせず一夜を明かし、山の端に朝陽が昇ったとき、この戦いに勝利すれば蘇我一族に代わって大伴一族が再び世に出ることができると思ったら体が震えたぞ」男たちが口々に喚きました。

長徳は腕を組んで、茫洋とした顔付きで男たちの話を聴いていましたが、やがて男たちを見渡して、

「どうもわしはこの変の本質を見誤ったようじゃ」と苦しそうにいいました。一座が水を打ったように静かになりました。

「残念じゃが兄者のいうとおりかも知れんぞ。先の変は、蘇我本宗家を倒しただけでは終わらない、むしろ新しい国創りのための第一歩じゃという噂を耳にしたぞ」

と吹負が呻くようにいいました。吹負も長徳の弟で、浅黒い肌の、締まった体をし、黒々と

した頬髭はよく手入れされていました。

「新しい国とな。それはどういうことじゃ」馬来田が顎をしゃくりました。

「噂では、諸王や氏族、寺院のもっている土地や民を朝廷のものにして、天皇に権限を集中し、天皇が任命する官人がそれらを掌握するということのようじゃ」

「どういうことじゃ、それは」

「わしにも分からぬ」

「誰がこのような途方もないことを考えたのじゃ」

男たちは黙って顔を見合わせました。

「いずれにしても大伴一族が蘇我一族にとって代わることはなさそうじゃな」吹負が呟きました。

やがて酒になりましたが、重苦しい雰囲気のまま宴は果てました。


十二月、その年も間もなく暮れようとする日の朝、孝徳天皇は、「新しい国創りは、新しい都で、一日も早く始めなければならない」との理由で飛鳥から難波《なにわ》への遷都の詔《みことのり》を宣し、慌ただしく次ぎの日から新都の造営が始まりました。乙巳の変や古人大兄皇子の殺害事件で世の中がひっくり返るような騒ぎの中での遷都の詔と新都造営の着手で、批判が世を覆いましたが、朝廷は二つのものを手にすることができました。

一つは古人大兄皇子の事件がこの遷都騒ぎでどこかへいってしまったことであり、もう一つは、朝廷が、難波周辺に有していた膨大な蘇我一族の土地と民とを手に入れたことでした。蘇我一族はこれまで多くの氏族と戦い、勝利するたびに相手の所有する土地と民を手に入れて、天皇家のそれを超えるまでになっていました。

第五章　大化の改新

大化二年（六四六年）一月、賀正の儀において、孝徳天皇はこの国の進むべき方向を示した改新の詔《みことのり》を宣し、今後のこの国の政《まつりごと》の方針を示しました。

詔は（一）皇族、氏族などの支配下にあった土地、民を国のものとする（公地公民）（二）京師《けいし》、畿内《きない》、国、郡、里という地方を治める組織をつくる（国郡里制）（三）戸籍、計帳をつくり民に田を与え、死亡によって朝廷に返還する（班田収受《はんでんしょうじゅ》）（四）旧の賦役をやめて租《そ》（米）、庸《よう》（労役の代わりの布）、調《ちょう》（各地の特産物）とする（新しい税制度）などを主な内容としていました。

しかしながら急激な改新への反発を慮って、氏族の族長などには、天皇の下に集中された権力を執行する官人組織の中にそれぞれの地位が与えられ、大夫《たいぶ》以上の大官には食封《じきふ》を与えるという妥協がなされました。食封は、朝廷から俸禄として特定の封戸《ふこ》が給され、そこから租の半分と庸、調の全て、それに仕丁の労役を徴集することができました。

詔は幾つもの重要な内容を含んでいましたが、周到に流布された噂の効用で各人は寝耳に水といったことではありませんでした。しかし妥協的な措置が講じられてはいましたが、旧い体制下の既得権者であった皇族や氏族たちの大きな反発を招き、このため改新の最も重要な公地公民制は意の如く進捗しませんでした。また、乙己の変で旧い体制の象徴であった蘇我本宗家は倒れたものの他の氏族はそのまま存続して大きな力をもっていました。

三月、詔《みことのり》が発せられてから三ヶ月後に、改新への突破口を開くため皇太子の中大兄皇子がすすんで「天に雙《ふたつ》の日なく、国に二の王《きみ》なし。この故に天下を兼ね并《あわ》せて、万民を使ひたまふべきは、唯だ天皇のみ」と奏上して「入部五百廿四口、屯倉《みやけ》一百八十一所」を朝廷に献上しました。これによって公地公民制はある程度進みましたが、皇太子に続く者は少なくその実現には長い年月を要することになりました。

大化三年（六四七年）十二月、皇太子の館が、日頃火の気のない処から出火し、風の強い夜だったため全焼しました。前年のその日が、難波への遷都の詔の宣せられた日にあたるところから、失火ではなく、朝廷の実施しようとしている諸改革や遷都に反対の勢力の放火だと噂されました。

この年、改革の一つの七色十三階《なないろじゅうさんかい》の冠位《かんい》が制定され、翌年の四月から大織《だいしょく》、大繍《だいしゅう》、大紫《だいし》、大青《だいしょう》など材質と色をもとにした、朝廷で被るべき冠を与えて位階を示すことにしました。姓《かばね》が氏《うじ》に授けられ世襲されるのに対して、冠位は個人に一身限りで授けられ、血縁や勢力に捉われずに人材を登用することを目的したもので、推古《すいこ》十一年（六〇三年）に聖徳太子や蘇我馬子らによって、この国最初の冠位として制定された冠位十二階を十三階に改めたものです。この冠位制度は、氏族たちを官人組織に組み入れるのに大きな役割を果たしました。

第六章　蘇我倉山田石川麻呂の死

大化五年（六四九年）二月、前年実施された冠位十三階が冠位十九階に再改定されるとともに玄理・旻らによって立案された、中務《なかつかさ》、式部《しきぶ》、治部《じぶ》などの省及びその管轄下の諸官司などから成る八省百官が設置されました。

遷都の詔《みことのり》から三年経って、冠位制度や官人組織などが整備され、難波が新しい都としての体制が整い始めましたが、ほっとする間もなく二つの事件が起こりました。


三月、左大臣の阿倍内麻呂が病没しました。

それから間もなく、右大臣の蘇我倉山田石川麻呂が中大兄皇子の殺害の企てをしているとの密告がありました。密告したのは、石川麻呂の弟の蘇我日向《ひむか》で、蘇我一族の石川麻呂が蘇我本宗家の滅亡に加担し、その上朝廷の中枢にいることを憤り、嫉視したことが原因でした。中大兄皇子は猜疑と不安にとりつかれて兵を派遣しました。

石川麻呂はこのことを知ると、難波を出て、長男の興志《こごし》のいる故郷の飛鳥の山田寺に入り、周囲の抗戦の主張に耳を傾けず、翌日、討手の兵が到着する前に自らの運命を甘受し従遹として、妻子とともに死につきました。この事件で、蘇我一族の者二十三人が斬られ、十五人が流刑に処されました。

この事件は人々におおきな衝撃を与えましたが、中大兄皇子が受けた打撃も深刻でした。中大兄皇子の妃遠智娘は、石川麻呂の娘で、二人の間には大田皇女《おおたのひめみこ》と鸕野讃良皇女《うののさららのひめみこ》の幼い二人の皇女と誕生したばかりの建王《たけるのみこ》とがありましたが、父が夫の中大兄皇子によって自害に追い詰められたことを知って悲しみのあまり他界したのです。

後に、石川麻呂には謀反の企てがなかったことが判明して、密告者の蘇我日向は大宰府《だざいふ》に遷されましたが、なんとも後味の悪い嫌な事件でした。

第七章　右大臣大伴長徳の誕生

四月、朝廷は左右の大臣を相次いで失ったので、後任の左大臣には巨勢徳太、右大臣には大伴長徳を任じました。

長徳の右大臣就任を賀する大伴一族の男たちの宴は、喜びに溢れていました。

長徳は、舒明天皇四年（六三二年）に遣唐使・犬上御田鍬《いぬかみのみたすき》らが、唐使・高表仁《こうひょうにん》らとともに帰国するのを難波で出迎えたことと、皇極元年（六四二年）に舒明天皇の殯宮《もがりのみや》で誄《しのびごと》を奏上したことを語り草にしている飾り気のない鷹揚な人柄で、一族の男たちの心を惹きつけ、慕われていました。

「乙巳の変から四年経った。天皇家は大伴一族のことを忘れずに憶えていてくれた。それが何よりも嬉しいのじゃ」

「祖父の金村殿が住吉《すみのえ》の館に籠ってから百余年、大伴一族の男たちは他の一族の隆盛を指を咥えて見てきたがこれからは大手を振って歩けるぞ」馬来田と吹負が、熱い涙が伝わる頬を震わせながらいいいました。

「左右大臣いうてもな、大化の改新の後は大臣がかつてもっていた権限は大幅に削られ、今は内臣のものになっている。大臣の地位は下がり、金村殿のときとはまるで違うぞ」と長徳がいいました。

「そのようじゃな、しかし大臣は大臣じゃ。宮廷の最も高い座に坐るのは間違いのないことじゃ」馬来田が杯を呷りました。雫が顔の半分を覆っている頬髭を濡らしました。

「季節は春、花々が咲き、鳥が歌い、風さえ甘い。この一族にもようやく春がきた」大柄で胸の厚い若い男たちが大勢、長徳らの席に割って入り、取り寄せた大杯に酒をとくとくと注いで廻し飲みを始めました。

長徳の館で催されたし祝いの宴は盛り上がり、瓶、大杯、獣肉などを盛った大皿が飛び交い、剣や槍の舞が披露され、久米歌が歌われ、久米舞が舞われ、いつもの一族の言立が声高に唱えられました。長徳も、馬来田も、吹負も男たちの手荒だが心のこもった祝福を受けて心底嬉しそうでした。宴が果てた深夜、長徳は火照った体を鎮めるために庭に出ると、月が朧に霞み、花は既に散って葉桜になっていて、夜風が気持ちよく肌を撫ぜました。長徳の胸にこの数年間の出来事が去来しました。

乙巳の変に端を発して、直ちに皇極天皇の退位と孝徳天皇の即位、中大兄皇子の立太子、槻の樹の下での臣従の誓い、古人大兄皇子の殺害、難波への遷都の詔、改新の詔、新しい冠位の制定、八省百官の設置、蘇我倉山田石川麻呂の死などで世の中が揺れ動きましたが、これらの出来事は偶然ではなく、除くべきものは除き、つくるべきものは着実につくっていく、全ては誰かによって計算され尽くされた一つの方針のもとに行われたのではないか、そしてこれからも計算され尽くした出来事が次々におこるのではないか、どこに連れていかれるのか分らないという不安が長徳の胸に生じ、大きくなりました。

一体、誰がこのようなことを、長徳の頭に二人の顔が浮かびました。聡明さと意志の強さを思わせる切れ長の眼と冷酷さを思わせる薄い唇の中大兄皇子の端正な顔と、皇子の後ろに影のようにいつも侍している、冠を目深に被った下膨れの内臣・中臣鎌足の顔でした。

中大兄皇子が二十四歳、中臣鎌足が十歳年上の三十四歳。長徳の背に冷たいものが走りました。長徳は、この二人に対抗できる力量を持つ男が大伴一族にいるかどうかを考えました。数名の顔が頭を過ぎりましたが直ぐに消えました。長男の御行の顔が浮かびましたが「御行は頭はよいが、体が弱い」と呟き、太い首を力なく横に振りました。

大化六年（六五〇年）二月、朝廷に穴戸《あなと》（長門《ながと》）国より白い雉《きじ》が献上されたことを祝う儀式が、百官参列のもとに正月元日の儀式同様に厳かにおこなわれ、元号が「白雉《はくち》」と改められました。その日は灰色の空から雪が絶え間なく降り続けていました。石川麻呂の事件から一年が経っていました。白い雉を献じた穴戸の国司の草壁醜経《くさかべのしこぶ》には褒美として位が上げられ，禄も加えられました。

白雉二年（六五一年）七月、右大臣、そして大伴一族の棟梁の長徳が、何の前兆もなく突然没しました。いつまでも蒸し暑さが残り、蛙の鳴き声が遠く、近くに聞こえた夜のことでした。寛容で腹の据わった大黒柱の死は一族の者に大きな悲しみを与えました。

長徳は、「右大臣としての二年間、政《まつりごと》に参加したのは元号を大化から白雉に改元した祝賀の儀式に出席したことだけだった」といって人を笑わせていましたが、実際に改新の詔を実施するために必要な政令の制定や、戸籍の調製、班田、新都の造営などは、全て内臣・中臣鎌足とその配下の俊敏な官人たちが取り仕切っていました。

十二月、難波長柄豊埼宮《なにわのながらのとよさきのみや》がほぼ完成して、孝徳天皇は新都に遷りました。

第八章　志斐嫗《しひのおみな》

　大伴一族の女たちは、外出やお喋りが大好きです。春日の丘での花摘みや菜摘み、夏の夜の蛍狩り、秋の紅葉狩り、正月の女たちだけの宴などはいつも楽しく、賑やかで、そんなときには、女たちの声も弾み、母や伯母の声も若やぎます。

　母と伯母から長い物語を聞いた日からおよそ一ヶ月後の初夏に、母と伯母の三人でお寺詣りをしました。敏達《びだつ》天皇の治世のときに創建されたという川原寺《かわらでら》から聖徳太子誕生の地と伝えられている橘寺《たちばなでら》に向かったとき、五重塔の傍らの大きな楠の樹の下に、侍女を一人連れた嫗《おみな》が佇んでいました。

「あっ、あの方は」伯母が遠くを指差していいました。母は怪訝な顔をしました。

「そうよ、あの方に違いないわ。崩御された、かつての持統太上天皇に語部《かたりべ》として仕えられた志斐嫗様よ」伯母はそういって楠の樹の方に向いました。樹陰には涼しい風が吹いていて、楠のつんとしたよい匂いがしていました。

　その方は、小柄で、霜を置いたように白い髪でしたが、背筋はぴんと伸び、澄んだ眼をしていました。歳は幾つか見当もつきませんでしたが、後で持統天皇より五つ年上ということが分かりました。

伯母は、嫗に近づいて、丁寧に挨拶をしました。嫗は懐かしそうに微笑みました。

「宮廷に語部として出仕されていた志斐嫗様よ。お仕えしていた持統太上天皇が崩御されると直ぐに致仕され、現在は、持統太上天皇が夫の天武天皇と一緒にお眠りになっている桧隈大内陵《ひのくまのおおうちのみささぎ》の近くに庵を結んでいらっしゃるの」伯母が紹介してくれました。

母は嫗を見詰め、しきりに何かを思い出そうとしていましたが、やがて母はおずおずと嫗の前に立ちました。顔が上気していました。母は嫗に一礼して
「志斐嫗様がお作りになった歌を思い出しました。持統太上天皇とともにお作りになったあの歌です。

否《いな》といへど　強《し》いる志斐のが　強《こ》いがたり　この頃聞かずて　われ恋ひにけり
(「お話はもういいよ」と　いっても無理に聞かせるお前の話もこの頃暫らく聞かないので、また聞きたくなったよ)

否といへど　語れ語れと　詔《の》らせこそ　志斐は奏《もう》せ　強語《しいがたり》
(まあ、何てことを、もう話は止しましょうと申し上げてもまだまだ語れと仰ったのに、私が話を聞くことを無理強いしたとは、それはありませんよ)

(何と仲睦まじい、まるで仲のよい姉妹のような)と私は思いました。母の歌声はゆっくりと立ち昇り、楠の樹の梢の上に拡がる碧い初夏の空に消えていきました。

「持統太上天皇がお亡くなりになってもう十年も経ちました。私たちは、この歌を聞き、持統太上天皇にも心休まる日々があったことを知ってほっとしたことを憶えています」伯母がいいました。

「ありがとう、よく憶えていてくれて。持統太上天皇はやさしく、美しく、そして悲しくて」

志斐媼様はそれだけ言うと眼を閉じました。涙が一筋頬を伝っていました。

夏が過ぎて秋がきました。百済寺《くだらじ》で志斐媼様とまた出会いました。杖を突いて百済川の辺から九重塔の方を見ていました。

「この時刻には、陽射しの加減や雲の位置からあの方向から見る塔が一番美しいのかしら」と伯母がいいましたが、私は(志斐媼様が見ているのは塔ではなく、塔の上の空を見ているのだ)と思いました。空にはこの前まで夏の空を圧していた入道雲はなく、ふんわりした白い小さな雲が漂っていました。そして私は、(志斐媼様は空を見ながらとても大切なことを思い出しているのだ)と思いました。寺の正門の傍らの柿の実が僅かに色づいていました。

志斐媼様に三度会うことになりました。この度は、これまでのように偶然ではなく、志斐媼様からお誘いがあったのです。秋も深まった頃でした。推古天皇の豊浦宮《とゆらのみや》のあとに造られた豊浦寺《とゆらでら》という尼寺で、そこに住んでいる善心尼《ぜんしんに》様に引き合わせていただいたのです。前日までは空も水も澄んで、芒《すすき》が雲一つない青空に染め出されたようにすっきりと見え、曼殊沙華が細い花びらを赤く染めていましたが、生憎その日は白い雨が降って尼寺の庭の萩が雨に打たれて散っていました。尼寺の、飛鳥川を隔てた向こうに雷丘《いかずちのおか》が見えました。

志斐嫗様と善心尼様とは幼馴染で、善心尼様の母上は、斉明天皇が宝皇女《たからのひめみこ》だった頃から百済救援のために滞在していた筑紫の朝倉宮《あさくらのみや》で崩御され、殯《もがり》が終わるまで内命婦としてお仕えされたそうです。尼僧の顔には皺が深く刻まれていましたが、やさしい眼をされていました。

志斐嫗様が、私を善心尼様に「お父さんやお母さんたちから乙巳の変や大化の改新のことを聞いて、斉明天皇や中大兄皇子、大海人皇子のことなどを詳しく知りたいと仰るの。それであなたから、斉明天皇にお仕えした、あなたの母上から聞いたお話をしてあげて欲しいの。それでお連れしたのよ。天武天皇に見込まれた稗田阿礼様のように聡明なお子でね」と紹介されたので、私は恥ずかしくなり、真っ赤になって俯いてしまいました。

稗田阿礼様といえば、天武天皇から「目に触れたものは即座に言葉にすることができ、耳に触れたものは心に留めて忘れることがない」と見込まれたほどの聡明な方で、太安万呂《おおのやすまろ》様が、元明天皇に献上した「古事記《こじき》」は、天武天皇の勅によって稗田阿礼様が誦習した「帝王日継《てんのうのひつぎ》」と「先代旧辞《せんだいのくじ》」とを、太安万呂様が筆録したものでした。

秋の冷たい雨はしとしとと降り続け、遠くで雌鹿を呼ぶ雄鹿の声が聞こえました。物語の合間に頂いた白湯が心も体も暖かくしてくれ、瓜と、雷丘で摘んだという菜の塩漬けが美味しくて、お替りまでしました。善心尼様はころころとよく笑い、母や伯母もよくお喋りをしました。まるで女たちの宴のようでした。そんな私達を志斐嫗様は穏やかな微笑を浮かべて見ていました。

尼寺は何処もよく手入れされていて、善心尼様の日頃の清らかな暮らし振りが分りました。途中雨は止むこともありましたが、川霧は濃くなり、飛鳥川は水嵩が増してごうごうと大きな水音を立てて流れていました。

善心尼様が母上から聞いた物語りが始りました。善心尼様の物語は、私が母や伯母から聞いた物語を引き継いで、白雉三年から始まりました。

第九章　三山《さんざん》の妻争い

白雉三年（六五二年）二月、皇極上皇は、旅先の播磨国に滞在している中大兄皇子から歌を贈られました。中大兄皇子は改新の詔を実現し、新しい国を創るのに必要な戸籍・計帳の作成、

駅伝の整備、班田の開墾などの現況を検分するために播磨国を旅していたのです。皇極上皇は、贈られた歌、

香具山《かぐやま》は　畝傍《うねび》をおしと　耳梨《みみなし》と　相《あひ》あらそひき　神代より　かくなるらし
いにしえも　然《しか》なれこそ　うつせみも　妻を　あらそふらしき

香具山と　耳梨山と　会《あ》いしとき　立ちて見に来《こ》し　印南国原《いなみくにはら》

を暫らく見入っていましたが、やがて深い溜息をついて「ああ、杞憂であってくれればよいが」と呟きました。

改新の詔から六年を経た宮廷では、我が子の皇太子・中大兄皇子と、弟の孝謙天皇とが改新の詔の進め方や遣唐使の派遣を廻って対立していました。

中大兄皇子は、改新を一気に進めるとともに、大陸の最新情勢を知り、唐の先進的な文化や技術、制度などを学ぶために大規模な遣唐使を早く派遣しようとしていました。

一方、孝徳天皇は新都の造営などで民が疲弊していることや、土地や民の私有の廃止によって特権を有している諸王や氏族の中に不平や不満が募っていることを慮り、改新をゆるやかに

進め、多大の費用を要する遣唐使の派遣を暫らく見合わせようとしていました。中大兄皇子は若い官人らに支持され、孝徳天皇の側には改新に不満や不平をもつ諸王や氏族がいました。皇極上皇はこのことを憂いていましたが、新たに一つ憂うべきことが加わったと思いました。

大海人皇子は舒明天皇と皇極上皇との間に生まれた、中大兄皇子の五歳年下の弟です。大海人皇子は背中の肉が盛り上がり、背が高く、眼に強い光はありますが穏やかで、幾分厚い唇が柔和な印象を与えていました。中大兄皇子の、聡明さや、強い意志の力を窺わせる端正な顔立ちとは異なり、肌の色は浅黒く、瞳の色も違っていて、兄弟でもこんなに違うものかと宮廷の女人たちの間で評判でした。

二人の皇子の性格や容貌は違っても、新しい国を創らなければならないということについては一致していましたし、大海人皇子は中大兄皇子を尊敬し、中大兄皇子は大海人皇子を信頼していました。

前の年の暮れに、額田王《ぬかたのおおきみ》は大海人皇子の子の十市皇女《とおちのひめみこ》を生みました。

額田王は大和の豪族の出で、皇極上皇の采女《うねめ》として出仕していました。額田王は黒い瞳の大きな眼をした彫りの深い顔立ちと伸びやかな手足をしていて、赤裳の裾を翻して回廊を歩む姿は、楚々と歩む、涼しげな眼や小さくて可愛らしい口や鼻をした清楚な女人の多い宮中では際立っていました。また鈴を振るような宮中の女人たちの声と違って、その声は少し掠れていました。殊にすぐれていたのは歌を詠む才能で、大胆で奔放な歌も、しみじみとした心の景色を詠むこともできました。皇極上皇は額田王の歌を詠む才能を愛でて出仕を認めました。

皇極上皇も、上皇のお側に侍していた善心尼様の母上も額田王が出産するまで大海人皇子の子を身籠っていることに気付きませんでした。額田王の後宮入りは新都・難波長柄豊埼宮《なにわのながらのとよさきのみや》の完成を待ってからと決められました。

香具山《かぐやま》は　畝傍《うねび》をおしと　耳梨《みみなし》と　相《あひ》あらそいき　神代より　かくなるらし
いにしえも　然《しか》なれこそ　うつせみも　妻を　あらそうらしき

大和には、香具山が耳梨山と、畝傍山をめぐって妻争いをしたという伝承がありました。皇極上皇は、（この歌は、香具山は畝傍山を妻にしたいと耳梨山と争ったそうだ。古《いにしえ》からそうなのだから今の世でも香具山は畝傍山を妻にしたいと耳梨山と争うだろうよという意味で、中大兄皇子は額田王を弟の妃としてよりも一人の女人として見ていたのだ、そして大和三山の妻争いの伝承にことよせて、人妻への恋の苦しさを訴えたのだ）と思いました。

香具山と　耳梨山と　会《あ》いしとき　立ちて見に来《こ》し　印南国原《いなみくにはら》

（会《あ》いしとき）とは（相闘ったとき）ということです。播磨国には、大和の香具山、畝傍山、耳梨山の三山が妻争いをしたとき、出雲の阿菩《あぼ》の大神《おおかみ》がそれを諌止しようと印南に出て来たが、その頃に三山の争いが止んだので大和にいくことをやめたという伝承がありました。中大兄皇子はその伝承を播磨国の国司からでも聞いたのでしょう。皇極上皇もその伝承を知っていて(この歌は、出雲の阿菩大神よ、今度は印南で帰らずに大和に来て、私の胸のうちを聞いておくれという心の叫び声だ)と思いました。

贈られ歌はもう一首ありました。

渡津見《わたつみ》の　豊旗雲《とよはたぐも》に　入日《いりひ》さし　今夜《こよい》の月夜《つくよ》　清明《あきら》けくこそ

中大兄皇子の帰途は、印南から難波津《なにわつ》までの船旅だったのでしょう。(印南の海は鏡のように静かで、西の海上には旗のように大きな雲に夕陽が射して赤くそまっている、今夜の月は清く明るく輝くだろう)と詠んで、新しい国創りへの自信と意気込みを示した、雄渾ですぐれた歌ですが、皇極天皇は妻争いの歌に衝撃を受けて、この歌に長く眼を留めることはありませんでした。

皇極上皇は、長い間、手を膝の上に置いて物思いに耽っていました。灯の加減で影がゆらゆらと揺らいでいました。前年の暮れに移ってきたばかりの新都の内裏の一郭の灯は夜遅くまで灯っていました。

「ああ、私の思い過ごしであればよいが」上皇は、もう一度呟き、よろめくように立ち上がり、ようやく灯を消しました。霙交じりの雨が降っていました。

第十章　難波長柄豊埼宮

白雉三年（六五二年）九月、難波長柄豊埼宮が完成し、落慶式が挙行されました。

孝徳天皇、間人皇后、皇極上皇らは、内裏や大極殿などができた前年の暮に新都に移っていましたが、その後、宮垣《みやがき》や門、官衙《かんが》、寺院などが相次いででき上がりました。

落慶式は厳かに、そして華やかに行われ、新しい宮廷の辺りは色とりどりの造花で飾られ、美しい繍幡が秋の風に翻っていました。詔が五色の幔幕の前に立ち並ぶ群臣に宣せられ、三千人の僧尼が鎮護国家を祈願して金光明経《こんこうみょうきょう》や仁王経《にんおうきょう》を誦し、宮中の女官たちによって小墾田舞《おはりだのまい》や八人ずつ八列に並んで舞う八佾舞《やつらのまい》などが舞われ、雅楽や高麗楽などが高らかに奏せられました。

落慶式が終わると間もなく、舒明二年（六三〇年）に犬上御田鍬を大使とする第一次の遣唐使が派遣されてから既に二十数年が経ったので、大陸の新しい情勢を知り、唐の先進的な文化や技術、制度の摂取、とりわけ仏教の経典の収集を目的とした、二団の船団から成る第二次の遣唐使の派遣が決定され、第一使節団の大使に吉士長丹《きしのながに》、副使に吉士駒《きしのこま》を、第二使節団の大使に高田根麻呂《たかたのねまろ》、副使に掃守小麻呂《かにもりのおまろ》が充てられ、それぞれの船には学問僧、留学生らおよそ百二十人ずつが乗船する、との噂が孝徳天皇の耳に入りました。天皇は激怒しました。二つの使節団を派遣することも、大使などの人選も寝耳に水のことでした。

「天皇は世の中の進化ということが分っておられぬ」中大兄皇子は苦い顔をして呟きました。

官人たちの多くは、最新の情報、文化、技術、制度などを早急に導入するには多くの有能な者を派遣することが必要だという鎌足の、熱心で周到な根回しによって、中大兄皇子を支持していました。孝徳天皇は孤独で、酷く疲れているように見えました。

白雉四年（六五三年）五月、中大兄皇子と鎌足とは、住吉大社で祈願をし、海の神の「住吉大神」を船の舳先に祀り、住吉津から出航した遣唐使船を難波津《なにわつ》で見送りました。第一使節団の船には、鎌足の長男の定恵《じょうえ》が乗っていました。定恵はこのとき十一歳で、五年後に鎌足に次男の不比等が誕生するので、定恵にとって不比等は十六歳年下の弟にあたります。

暑い夏が過ぎて、秋がきました。孝徳天皇にとってまた予想だにしなかったことが起こりました。中大兄皇子の飛鳥への遷都と、高向玄理を押使《おっし》とする遣唐使派遣の奏請でした。難波長柄豊埼宮の落慶式から一年経った頃でした。

（これまでの遷都と遣唐使の派遣に投じた莫大な費用と民の労役に加えて、また遷都と遣唐使の派遣とは）と思った孝徳天皇は憤りで震え、この奏請の裁可を拒みました。

「天皇は、政《まつりごと》が分っておられぬ。難波への遷都によって、朝廷は難波津の広大な蘇我一族の土地を手にすることができた。これで遷都の目的は達せられたのだ。次は、未だに公地公民制に不平不満をもつ大和に巣食う氏族たちを手なずけ、抑えるためには大和に還ることが必要なのだ。また、先に出航した遣唐使船のうち大使高田根麻呂の乗った船が薩摩半島の南、竹嶋《たかしま》付近で遭難し、沈没した。大使吉士長丹の乗った船が無事に唐に着いたかどうかは分らぬ。今度の遣唐使船が成功しなければ、この国は当分立ち上がることはできなくなる。派遣をためらってはならぬ」と中大兄皇子は冷たくいいました。傍に控えた鎌足は小さく頷きました。

それから二ヶ月後、天皇が飛鳥への遷都を裁可されないので、中大兄皇子は飛鳥に移り、天皇は都の難波長柄豊埼宮に残ることになったという噂が拡がりました。

それから十日程経った頃、噂の通り中大兄皇子は飛鳥に移り、皇極上皇、大海人皇子、中臣鎌足、大勢の官人たち、それに孝徳天皇の皇后の間人皇后までが随いました。

かねてから中大兄皇子は間人皇后と隠微な愛情関係にあると噂されていました。噂が事実であれば、間人皇后は同母妹であることから禁忌を犯したことになり、また孝徳天皇の皇后であることから密通にあたり二重に禁忌を犯すことになります。天皇は皇后と中大兄皇子との噂を知っていましたが、若くて美しい姪の皇后を愛していたし、信じてもいましたので、まさかそういうことはあるまいと思っていました。天皇は間人皇后が中大兄皇子とともに飛鳥に移ると知ったとき、怒りと絶望で、体が小刻みに震え、顔色が蒼白になりました。

鉗《かなげ》着け　吾《あ》が飼う駒は引出せず　吾が飼う駒を　人見つらむか

(頸枷《くびかせ》をはめておいた私の飼う駒が、厩から引出しもしないのにどうして出ていったのだろうか、誰かが愛しているからなのだろうか)

「吾が飼う駒」は間人皇后で、「人」は中大兄皇子です。愛する人に裏切られ、自分の無力をまざまざと知った、悲しい歌です。

善心尼様の母上が、兵士に前後を守られた皇極上皇の輿に随って飛鳥川原行宮《かわらかりみや》に移った日は、十一月の終わりの、冷たい木枯らしの吹く日でした。一行の前後には、官人たちとその家族、僧尼、兵士、男女の民の群が、騎馬や輿、徒歩で飛鳥に向かいました。木枯らしが埃を空高く舞い上げ、一行が竜田山《たつたやま》にさしかかったとき、鉛色の空から粉雪が降り始め、雑木林の裸になった樹の梢で鴉が一羽、寒風の中で震えながら一声鳴きました。

白雉五年（六五四年）、孝徳天皇の迎えた正月は淋しいものでした。これまで数多く行われていた新年を迎える行事は、大晦日の夜からの僧尼による誦経の他は何一つ行われず、傍に仕える者は僅かな側近と有間皇子だけでした。

二月、高向玄理らが遣唐使に任じられました。もはや孝徳天皇には中大兄皇子の奏請を退けるだけの気力が残っていませんでした。

春には飛鳥の噂が伝わってきました。中大兄皇子のこと、間人皇后のこと、皇極上皇のこと、飛鳥の賑わいなどでした。孝徳天皇は噂を耳にする度に胸が掻き毟られる思いがしました。孤独と失意の日々が続き、眼の下には黒い隈ができ、体は痩せて、夏にはとうとう病床に臥され、暑い時分なのに体が震え、激しい嘔吐や高い熱が続くようになりました。

十月の初めに、中大兄皇子は、皇極上皇、間人皇后、大海人皇子らを連れて、難波に孝徳天皇を見舞いました。天皇は、焦点の定まらない眼で間人皇后を見ていました。天皇が怒っているのか、悦んでいるのか、善心尼様の母上には分かりませんでした。それから十日後に、天皇は崩御されました。

第十一章　両槻宮《ふたつきのみや》

斉明元年（六五五年）一月、皇極上皇が重祚《ちょうそ》して斉明天皇が誕生しました。人々は、孝徳天皇の崩御の後には中大兄皇子が即位するものと思っていましたが、三十歳の皇太子の中大兄皇子は即位せず、六十歳を過ぎた皇極上皇が重祚したのは、皇太子が自分の皇子を皇太子にするにはまだ幼過ぎると考えたからだとか、間人皇后との隠微な関係の噂を憚ってのことだとか、命を狙われやすくなるからだなど、さまざまな噂が囁かれました。

この年の冬、斉明天皇が即位した飛鳥板蓋宮が焼失しました。これは、朝廷に不平、不満をもつ勢力による放火だという噂が拡がりました。

斉明二年（六五六年）、斉明天皇にとってこの年は多事多難な年になりました。焼失した飛鳥板蓋宮に代わる宮として小墾田宮《おはりだのみや》の造営に着手しましたが、土中から大きな岩石が幾つも出たためにこれを止めて、雷丘に後飛鳥岡本宮《のちのあすかおかもとのみや》を造営して移り、同時に吉野に離宮も造りました。

後飛鳥岡本宮や吉野離宮の他にも、この年、新しい国創りの象徴として、また、朝貢する高句麗、百済、新羅の人たちを迎えるために、そしてまだまつろわぬ蝦夷や隼人たちに力を見せつけるために、神聖で荘厳な宮殿を造ろうとしました。

それは人々がいつでも仰ぎ見ることができるように、多武峰《とうのみね》の山上に延々と石垣を廻らし、嶺上の二本の槻の大樹の傍らに「両槻宮」又の名を「天《あめ》の宮」という宮殿を中心に寺院や庭園、池などを配するものでした。槻の樹は、十数年前に、中大兄皇子と中臣鎌足とが最初に出会ったのが法興寺の槻の樹の下であったことや、乙巳の変の直後に群臣に臣従を盟約させたのも大極殿の前の槻の樹の下であったことから、皇室にとって縁の深い大切な樹とされていました。傍らに二本の槻の樹のある宮殿、これが「両槻宮」の名の由来でした。また、宮殿は天皇の高い権威の象徴として天に接するほど高い、これが別称の「天の宮」の名の由来でした。

宮殿は千年の年月に耐えるものでなければならないことから、夥しい量の石材や、硬くて太い柱などが必要でした。そのため石上山《いそのかみのやま》の石を切り出して、二百隻の船で運ぶために、香具山の西から石上山に至る渠《みぞ》（運河）まで掘ろうとしました。

宮殿の造営の現場は険阻な山頂であることに加えて、土を盛り、岩を削る高い技術も経験も乏しいため、多くの死傷者が出るなど工事は初めから難渋を極めました。また石を割り、石を刻む石工の数も不足していました。結局、この宮殿は完成せず、用材は腐って山頂を埋め、石の山は「作る随《まま》に自らに破《こぼ》れなむ」という有様でした。

斉明天皇は「時に興事《おこしつくること》を好む」と非難され、「狂心《たわぶれこころ》」の渠を造るのに人夫三万余人を費やし、石垣を造るのに人夫七万余人を費やした」と謗られ、呪われました。

この宮殿造りは中大兄皇子と鎌足が一切の采配を振るっていましたが、非難の矢面には斉明天皇が立たねばなりませんでした。

この年、馬来田と吹負の二人は、病と称して大和の館に引っ込みました。宮殿造りに奔走する朝廷に失望し、また、中大兄皇子の、古人大兄皇子と蘇我倉山田石川麻呂を死に追いやった猜疑心、孝徳天皇を難波に置き去りにした冷酷さ、同母妹の間人皇后との隠微な関係の噂に、肌合いの違いを感じたからでした。

斉明三年（六五七年）一月、中大兄皇子は皇室の慣習に従って、十三歳の娘の大田皇女を、また翌年には十二歳の娘の鸕野讃良皇女を大海人皇子に娶わせました。皇親の娘は未婚であるか、そうでなければ皇室の男性と近親婚をしていました。それは皇室を他の氏族から血統上区別し、そのことを通じて皇室を他の氏族から超越した存在にするためで、このような血の論理が重視されたのは、これに代わる天皇の権威の基盤がまだ充分に確立していなかったからでした。

大田皇女と鵜野讃良皇女の母の遠智娘は蘇我倉山田石川麻呂の娘で、父が夫の中大兄皇子によって自害に追い詰められたことを知って悲しみのあまり二人の皇女と生まれたばかりの建王を残して他界したため、三人は幼くして母を失い、そんな三人の孫を祖母の斉明天皇は不憫に思い、慈しみました。

第十二章　有間皇子

新しい国創りへの不平、不満は日を追って大きくなりました。公地公民制への抵抗、後飛鳥岡本宮や吉野離宮の造営、無駄に終わった両槻宮の造営や「狂心の渠」の掘削などに伴う過重な負担への激しい怒りや怨みが積もり、中大兄皇子の血の匂いのする冷酷で謀《はかりごと》の多い政《まつりごと》への反感も募って、飛鳥の地には頻繁に火災が発生しました。このような中で、人々の眼は自然に有間皇子に向けられるようになりました。

有間皇子は孝徳天皇の皇子で、母は阿部内麻呂の娘・小足媛です。皇子は孝徳天皇の崩御のとき十五歳、斉明天皇の甥で、中大兄皇子の十四歳年下の従弟にあたり、父と同じように孤独な立場に置かれていました。皇子が難波から飛鳥に移ったのは十七歳のときでした。皇位継承者の有力な一人で、性格は穏やかで、容貌は涼やかでした。

有間皇子が孝徳天皇の長子であることや、孝徳天皇への同情、中大兄皇子が間人皇后との隠微な関係を解決するまで皇位に就けないとなると、有間皇子が天皇の座に就く可能性がでてきます。中大兄皇子の猜疑の眼が有間皇子に向けられようになりました。

斉明三年（六五七年）秋、有間皇子が難波から飛鳥に移って一年経った頃から、有間皇子の様子がこれまでと異なってきました。

皇子の眼は輝きを失い、髪は乱れ、口はだらしなく開き、冠は汚れ、着物の帯はたるみ、裾を引き摺っていました。また、足はよろけ、時折、犬の遠吠えのような声をだしたり、何かぶつぶつと呟いたりするようになり、あれ程爽やかだった皇子が、人と視線を合わせたり、言葉を交わすこともなく、絶えず何かに怯えているようで、乱雑に散らかった館の片隅に膝を抱えて蹲っていました。

皇子は狂ったと嘆く命婦もいましたが、皇子は狂ったふりをしていると囁いた采女もいました。皇子が本当に狂ったのか、狂ったふりをしているのかは分からないがともかく、今のままが一番いいのだ、このままの状態が長く続くように、といって、はっと口を噤んだ命婦もいました。聡明な有間皇子は自分が古人大兄皇子と似た立場にあること、その古人大兄皇子が天皇の地位を窺う邪魔者として殺害されたことを知っていました。

中大兄皇子と遠智娘の間に大田皇女、鸕野讃良皇女、建王の子があり、遠智娘は父の蘇我倉山田石川麻呂が夫の中大兄皇子によって自害に追い込まれたことを知って悲しみのあまり建王を生むとすぐに亡くなったことは先程申し上げました。

斉明天皇は、幼くして母を亡くした不憫な三人の孫、とりわけ一番幼く、「唖《おふし》にして語《まこと》ふこと能《あた》わず」といわれた、生れつき口の利けない建王を愛しく思いました。利発でおとなしく、小さな口許に笑みを浮かべ、疑いを知らない黒い瞳でじっと見詰めるとき、無邪気に足下を這い、少し長じて体当たりするように抱きつくとき、月の光や、風の匂い、雲の移ろい、花の色、虫の声を表現しょうと懸命に小さな手や足を動かす仕草を見るとき、世の中にこんなに愛しいものがあったのかと思いました。

血腥い、謀《はかりごと》に満ちた政《まつりごと》の中に身を置いてきた斉明天皇にとって、建王と過ごすひとときほど心が癒され、生きる喜びを感じたことはありませんでした。

斉明四年（六五八年）正月、左大臣巨勢徳太が六十六歳で他界しました。正月早々、霙の降る都大路を長い葬列が進みました。

五月、八歳になった建王は、三日間病床に臥しただけで、あっけなくあの世に旅立ちました。斉明天皇の悲しみは深く、今城《いまき》の小丘《おむれ》の上に殯宮《もがりのみや》をたてて遺体を収め、群臣達を前にして「万歳千秋《よろづとせちあき》の後にかならず朕《わ》が陵《みささぎ》に合わせ葬《はぶ》れ」と詔しました。掠れた声が途中から深い嗚咽になり、乾いた白い後れ毛が揺れ、両手で自分を抱き締めているようでした。

今城なる　小丘《おむれ》が上に　雲だにも著《しる》くし立たば　なにかなげかむ

（愛しい我が孫の眠る殯宮の建つ今城の小丘の上に、雲だけでも入道雲のように高く立っておれば元気だったあの頃を思い出すことができて少しも悲しくないのに）

天皇は、その日、もくもくと立ち上がっている白い雲の峰を見上げて歌を詠みました。

蝉が鳴き始めた初夏の日に、中大兄皇子から第四次遣唐使派遣の奏請がありました。唐と新羅、百済、高句麗との情勢が混沌としてきたのと、唐の法令や組織が一段と充実し、仏教の研究も盛んになっていたからでした。舒明天皇の世に第一次遣唐使を派遣してから二十数年、孝徳天皇と中大兄皇子との不和の原因の一つになった第二次、第三次遣唐使の派遣から三、四年経っていました。

十月の中頃、斉明天皇は疲労のたまった体を整え、建王の死によって弱くなった心を癒すために中大兄皇子と大海人皇子とともに紀の国の紀温湯《きのゆ》に行幸しましたが、紀伊国の明るい山や海は、かえって斉明天皇の悲しみを深くしました。ある日、斉明天皇は女官たちを前に、

山越えて　海渡るとも　おもしろき　今城《いまき》の中《うち》は　忘らゆましじ
（飛鳥から山を越え、海を渡って紀の国にきました。それはそれで楽しいものだが、本当に楽しかったのは今城の殯宮の中で眠っているあなたと過ごした日々でした。そのことを決して忘れることはできません）

という歌を作り、「この歌を伝えて、世にわすらしむることなかれ」と宣しました。

十一月、斉明天皇が紀伊国に行幸してから二十日程経った、沖に白い波頭が立ち、風の冷たい朝、有間皇子が謀反の罪で捕らえられ、処刑されたとの報せがありました。報せてくれたのは、一年前に有間皇子が狂ったとの噂が囁かれたとき、「皇子が狂ったのか、狂ったふりをされているのかは分らないが、今のままが一番いい」といったまま口を噤んだ命婦でした。眼が

赤く腫れていました。

　命婦の報せによると、
　有間皇子は、皇位承継の邪魔になると皇子を敵視していた中大兄皇子の意を忖度した蘇我赤兄《あかえ》の仕組んだ罠に陥って、謀反人に仕立てられ、十一月の初めの夜、物部朴井鮪《もののべのえのいしび》らによって生駒《いこま》の市経《いちふ》の館を取り囲まれて捕らえられ、側近の新田部米麻呂《にいたべのこめまろ》、坂合部薬《さかいべのぐすり》らとともに厳重に警護されて、斉明天皇、中大兄皇子、大海人皇子のいる紀伊国に送られました。蘇我赤兄は馬子の孫にあたり、倉山田石川麻呂や日向と兄弟であるため、蘇我本宗家、蘇我別家が滅んだ後は生きづらい立場にありました。

　紀伊国に着いた翌日、有間皇子は、薄暗い底冷えのする板敷きの部屋に一人いた中大兄皇子の訊問をうけました。中大兄皇子が形のよい薄い唇を僅かに開いて、

「謀反を企んだのは何故か」と訊きました。抑揚のない声でした。

「天と赤兄と知る。吾ら全《もは》ら解《し》らず」有間皇子が応えました。

「狂人を装ったのは何故か」中大兄皇子が捕らえた獲物を嬲るように訊きました。

　有間皇子は、黙って中大兄皇子の眼を強く見返しました。訊問はそれで終わりました。中大兄皇子の硬い沓《くつ》音が次第に遠のいていきました。

　訊問のあった日の翌日、有間皇子は、中大兄皇子の遣わした丹比小沢国襲《たちひのおさわのくにそ》によって磐代《いわしろ》海岸

近くの藤白坂《ふじしろのさか》で縊《くび》られ、新田部米麻呂もそこで斬られました。有間皇子は十九歳でした。

とのことでした。

命婦は、皇子が訊問に応えるために紀温湯に向かう途中、磐代海岸を通ったときに作った歌を、善心尼様の母上にそっと教えてくれました。磐代は海沿いの道が一度山に入り小高い山々を越えて再び浜辺に出る小さな峠でした。

磐代《いわしろ》の　浜松が枝《え》を　引き結び　真幸《まさき》くあらば　また還り見む

家にあれば　笥《け》に盛る飯《いい》を　草枕《くさまくら》　旅にしあれば　椎《しい》の葉に盛る

（まあ　何んという歌でしょう。この歌は、有間皇子の自分自身への挽歌だ）と善心尼様の母上は思って、背中がぞくっとして、心が震えました。

そして（始めの一首は、有間皇子の、深い悲しみを湛えた澄明な瞳は、自分の確実な死という運命をはっきりと見据え、また、皇子は熊野に近いこの磐代の地には、鎮魂のための草結びや松の枝を結ぶ習俗があることを知っていて、自らの鎮魂を地霊に祈って松の枝を結び、願いが叶って魂が鎮まったら、その魂がこの結び目を見ることだろうと詠い、次の一首は、この世との別れに与えられた飯を椎の葉に盛って地霊に供え、自分のも椎の葉に盛り、ともに最後の宴をしょうと地霊に呼びかけた歌だ）と思いました。

善心尼様の母上は（皇子が狂っていたのか、狂ったふりをしていたのかは分らないが、歌を作ったときには、容貌も、立ち振る舞いも、あの涼やかな有間皇子であったに違いなく、中大兄皇子に「天と赤兄と知る。吾ら全ら解らず」と応えた声もきっとあの凛とした声に違いない）思いました。

命婦は、最後に「蘇我赤兄はこれで出世するよ」と噂されているといい、間もなく出仕を辞して故郷に帰りました。

噂は後年事実となり、中大兄皇子が天皇の座に就くと、蘇我赤兄は重用され、十数年後の天智十年（六七一年）一月には左大臣に任じられました。私は人の世の深淵を覗き見た思いがしました。

斉明天皇五年（六五九年）は静かに明けました。

元旦は珍しく真っ青に晴れ上がり、有間皇子の事件から約一ヶ月半が経っていました。斉明天皇は心に大きな悲しみを抱えたままでしたが、有間皇子の事件は年末年始の慌ただしい日常生活の中に埋没して人々が口にすることも稀になりました。

有間皇子が亡くなったことにより、中大兄皇子の皇位継承者としての地位を脅かす存在はなくなり、ほっとしたような、また何か物足りないような不思議な静けさが宮中にも巷にも漂っていました。

七月、昨年有間皇子の事件が起きる前に裁可された第四次遣唐使節団の編成が決まり、坂合部石布《さかいべのいわしき》を大使に、津守吉祥《つもりのきさ》を副使とする遣唐使節団が出航しました。出航の二日前、斉明天皇は見送りのために難波津に向かう途中体調を崩し、飛鳥に引き返しました。(建王や有間皇子が相次いで亡くなったことによる悲しみがまだ癒えていないのだ)と善心尼様の母上は思いました。

中大兄皇子と大海人皇子、中臣鎌足は、住吉神社で祈願をし、海の神の「住吉大神」を船の舳先に祀り、住吉津から出航した遣唐使船を今度も難波津で見送りました。遣唐使船は周囲の寺々の撞き鳴らす鐘が響き渡るなかを難波津から出ていきました。

斉明天皇の命によって難波津に赴いた善心尼様の母上の見た六年ぶりの難波長柄豊埼宮は廃墟同然で、道は罅割れて夏草が生い茂り、投げ捨てられた猫の干からびた死骸には真っ黒に蝿がたかり、蔓草が館に這い上がり、野犬が群を成し、熊蝉が狂ったように鳴いていました。

斉明六年(六六〇年)三月、二百艘の船を率いて北に向かった阿倍比羅夫《あべのひらふ》が粛慎国《みしはしのくに》を討った、との報せが都に届きました。昨年四月の鰐田《あきた》、渟代《ぬしろ》における蝦夷との戦いに続く捷報でした。

第十三章　百済からの使者

九月の初め、その日も朝から強い陽が照り付け、蝉が盛んに鳴いていました。昼前に馬の嘶きや蹄の音が断続して聞こえ、慌ただしく人々が行き交い、陽がまだ高く空にある頃に百済の使者の一団が到着し、直ちに参内しました。陽が西の空に沈んだ頃から始った廟議は夜を徹して行われました。

百済の使者の言葉は思いがけないものでした。長い間、友好関係にあった百済が二ヶ月前に新羅と唐の連合軍の攻撃に遭って滅亡したというのです。何ということでしょう。何百年も続いた国が、この国の誰もが知らぬうちに、あっけなく滅んでしまったなんて。使者の用件は、鬼室福臣《きしつふくしん》や黒歯常之《こくしじょうし》などの百済の遺臣が、百済の復興のために連合軍と戦っているので至急に援軍を派遣してほしいというものでした。使者の船も連合軍の多数の船が遊弋する中をようやく掻い潜ってきたというのです。

朝鮮半島の情勢は複雑で、百済は領土を巡って新羅と対立するようになり、かつて対立関係にあった高句麗とは次第にその距離を縮め、皇極元年（六四二年）には「百済・高句麗同盟」

（麗済同盟《れいさいどうめい》）を結んで新羅にあたるようになりました。

攻撃を受けた新羅は唐へ使節を送って救援を求め、高句麗と争っていた唐は新羅の要請に応えて大化四年（六四八年）「新羅・唐同盟」（羅唐同盟《らとうどうめい》）を結びました。

斉明元年（六五五年）、高句麗、百済の連合軍が新羅北部の三十三の城を奪い、斉明五年（六五九年）にも百済が新羅を攻めたため、新羅は唐に出兵を求めました。

唐の蘇定方《そていほう》将軍は山東半島から十三万人の兵を引き連れて海を渡り、新羅の武烈《ぶれつ》王は陸路を百済に向けて兵五万人を率いて進み、ともに伎伐浦《ぎばつぽ》で百済軍を破り、百済の王都・泗沘城《しひじょう》を占領しました。百済の義慈王《ぎじおう》は一旦旧都の熊津《ゆうしん》の熊津城に逃れましたが、間もなく降伏し、皇太子とともに捕らえられて長安に送られ、建国以来七百年続いた百済は滅亡しました。新羅・唐の連合軍は続けて高句麗を攻撃しましたが失敗しました。


廟堂では連日廟議が開かれましたが、唐の十三万という途方もない数の兵の動員や多数の軍船の建造など半島出兵のための準備を、遣唐使として唐にいる坂合部石布、津守吉祥などが何故把握できなかったのか、そして何故、絶えず往来のあった百済からその存亡に関わる大事件が伝わらなかったのか、また、百済の遺臣がどこでどのように戦っているのか、新羅・唐の連合軍の状況はどうなのか、高句麗との関係はどうなっているのかなど肝腎なことについて何も分からなかったため、当面、半島の情勢を調査するために人を送ることにして、その規模や人選について論じられました。

十月、最初の使者が派遣されて瞬く間に一ヶ月が経ちました。百済の遺臣で、義慈王の従兄弟の鬼室福信からの伝言を携えた次の使者が渡海してきました。援軍派遣の督促と、義慈王の王子の豊璋《ほうしょう》の帰国の要請でした。豊璋を国主とし、復興の旗印にするためでした。

この国と百済とは古くから深い交流がありました。朝鮮半島の南西部を平定した百済は、半島の北部にあって領土を拡大しながら南下を図る高句麗と衝突するようになると、この国は百済の要請により軍事的な支援をし、百済は朝貢するなど友好関係を保ち、その証《あかし》として王族をこの国に滞在させるようになりました。豊璋は弟の善光《ぜんこう》とともに、友好関係を担保するためにこの国に滞在していました。

この度の使者によって半島の情勢が判明しました。

廟堂では廟議が連日、早朝から夜更けまで、時には夜を徹して行われました。

豊璋の帰国については、舒明三年（六三一年）から三十年もこの国に滞在していた豊璋が、故国存亡のときにあたって百済王として辛く苦しい戦いに臨むことができるのだろうかを危惧する意見もありましたが、帰国を拒む理由にはなりませんでした。

朝廷軍の派遣の賛否については激しい意見の応酬がありました。

仮に、軍を派遣し、新羅・唐の大軍と戦うとなると、夥しい数の兵士、軍船、武器、食糧、莫大な戦費などが必要となり、大化の改新の詔が宣せられてから十数年の間、新しい国創りのために全てを後回しにし、人々に辛い生活を強いて、ようやくこの頃将来に向けて微かな明かりが見えてきたばかりのこの国にとってこの間の全ての努力を無にすることになるからです。廟議は重苦しい雰囲気に包まれていました。

混乱した数日が過ぎると、落ち着きを取り戻した人々は古い記憶を辿り始めました。

この国と百済との長い良好な関係の中で石上神宮《いそのかみじんぐう》に納められている七支刀《ななつさやのたち》が贈られ、応神《おうじん》天皇の世には百済から派遣された王仁《わに》や阿直岐《あらき》が論語十巻と千文字一巻をもたらして漢字と儒教とを伝え、応神天皇の皇子の菟道稚郎子《うじのわきいらつこ》皇子の師となりました。また欽明七年（五三八年）には聖明王《せいめいおう》から欽明天皇に金銅の釈迦如来像や仏典、仏具が献上されて仏教が伝わり、その後も五経博士《ごきょうはかせ》、明経博士《みょうぎょうはかせ》、鑪盤博士《ろばんはかせ》、瓦博士《かわらはかせ》、寺工《てらたくみ》、僧侶などが派遣され、経典を始め多くの文物がもたらされて、この国に大きな恩恵を与えました。この国に渡来し、帰化した百済の人々は、先進的な知識や技術をもっていて、人々から尊敬され親しまれ、多くの血縁関係が生じました。それぞれが百済との長くて深い交流を振り返り、思いを巡らしました。それからしんとした数日が過ぎました。

次の日に開かれた廟議では誰からともなく百済を滅亡させてはならない、古くからの友邦であり、国の存亡の危機に瀕し、この国を頼ってきた百済を救わなければならないという声があがり、その声が小波のように拡がって、大きな声となり百済の復興を支援することに決まりました。この国始まって以来の異常な事態となりました。

夥しい兵士の徴集、軍船や武器の製造、食糧の確保、莫大な戦費の調達、兵士の訓練、海浜の防御などしなければならないことは山のようにありましたが、朝廷はこれらのことを、鬼室福信を中心とする百済復興軍が新羅・唐の連合軍に屈する前にしなければなりませんでした。

半島出陣の詔と、兵士の徴集や軍船の建造などの命令を携えた使者が、近江《おうみ》に、信濃《しなの》に、若狭《わかさ》に、伊豆《いず》に、能登《のと》に、武蔵《むさし》に、播磨《はりま》に、筑紫《つくし》にと木枯らしが吹き荒び、雪の舞い散る中を夜を日に継いで、騎馬が平野や丘を駆け、船が海や川を渡っていきました。

降って湧いたような事態の出来《しゅったい》に、人々は自分たちの暮らしに関わる何か大きなことが起ころうとしていると感じていましたが、それが何であるかが分らないためいろいろな噂が乱れ飛びました。

朝廷が最初にしなければならないことは、この国が今、直面している事態を人々に身をもって知ってもらうことで、そのためにはこの臨戦態勢を眼に見える形にすることが大切でした。筑紫に本営を置こう、筑紫に朝廷を移そう、それもできるだけ早く、これが中臣鎌足が進言し、斉明天皇、中大兄皇子、大海人皇子が容れた考えでした。

それから善心尼様の母上の忙しい日々が続きました。都の寺では鎮護国家を祈る金光明経や仁王経が誦せられ、鐘が撞き鳴らされました。

十二月の終わり頃、香具山も、耳成山も、畝傍山も雪で真っ白に覆われた日の朝、まだ雪がしんしんと降る中を斉明天皇の輿は難波津に向けて出発しました。中大兄皇子も、中臣鎌足も既に二、三日前に都を後にして、宮中には僅かな人数しか残っていませんでした。大海人皇子廟堂の扉は閉ざされ、人声もなく、時折、庭の槻の樹に積もった雪が滑り落ちる音が聞こえるだけでした。

百済の使者がきてから三ヶ月、百済の遺臣・鬼室福信の使者がきてから二ヶ月、素早い対応でした。

第十四章　斉明天皇の西向

斉明七年（六六一年）一月、直ぐに新しい年がきて、難波津でささやかな新年を祝う宴が設けられ、それから三日後、天皇は百済救援のため軍船に乗り、筑紫に向かいました。

この日もどんよりした鉛色の空から霙まじりの雪が舞い落ちていました。難波津の黒い潮の流れは速く、強い風が白い波頭を立て、獰猛な獣が牙を剥いて軍船に襲いかかっているようでした。兵士の乗船は早朝から始り、兵士を乗せた軍船は潮の具合を見ながら一艘、また一艘と難波津から出ていきました。

難波津に犇めき合っていた軍船の大半が出港した頃、大海人皇子の一族、大海人皇子と、大田皇女、鵜野讃良皇女、高市《たけち》皇子とその母の尼子娘《あまこのいらつめ》、氷上娘《ひかみのいらつめ》、五百重娘《いおえのいらつめ》などが一艘の軍船に乗り込みました。次ぎの軍船には中大兄皇子の一族、中大兄皇子と、倭姫王、常陸娘《ひたちのいらつめ》、色夫《しこふ》古娘《このいらつめ》、道君伊羅都賣《みちきみいらつめ》、伊賀采女宅子娘《いがのうねめのやかこのいらつめ》の妃たちが乗船しました。

続いて天皇が、突堤から軍船へかけた板の橋を善心尼様の母上ともう一人の命婦に支えられて乗船しました。この軍船には孝徳天皇の后であった間人皇女、中臣鎌足、女官、護衛のための兵士たちも乗り込みました。額田王は、当初、大海人皇子の軍船に乗る予定でしたが、前日に天皇の「額田王には歌を作ってもらうことになるから」との仰せによりこの軍船に乗りました。

天皇、中大兄皇子、大海人皇子が乗る三艘の軍船は前後を幾艘もの軍船に護られて出航しました。この頃になると雪は本降りになり、全ての音や動きが、降り仕切る雪に吸い込まれたかのような静寂の中で、出航を送る寺院の鐘が重く低く響いていました。天皇は雪の降りしきる中、船べりに立って、遠ざかる難波津の方を見ていました。軍勢は百済救援のため西に向かって出航しました。

息子や夫を徴集された家族を始め、見送りにきた人々の集団が解け、それぞれが雪の中を、この国が異常な事態に直面している、この国始って以来の異常なことが起ころうとしているとの寒々とした思いを抱いて息子や夫のいない暗い冷たい家に帰っていきました。

船団は淡路、明石を過ぎ、難波津を出航してから三日目の朝、備前の南の大伯海《おおくのうみ》にさしかかったとき、大田皇女に皇女が生まれ、皇女は大伯海に因んで大伯皇女《おおくのひめみこ》と名付けられました。船団はゆっくりと進みました。港、港には筑紫、長門、周防、紀伊、信濃、伊勢などさまざまな国からの報告を携えた使者が待ち、そしてさまざまな国に命令を伝える使者が出発しました。その間にも兵士が乗り込み、食糧、水、薪などが積み込まれました。

船団は瀬戸内海を備中の海岸に沿って進み、その月の中頃、伊予の熟田津《にぎたつ》の石湯《いわゆ》の行宮《かりみや》に着きました。この地は難波津と筑紫の中程にあって通行の要所でした。

翌日から廟議が連日開かれ、日向や大隅、播磨、尾張、出雲などの国からの船がひっきりなしに熟田津に着き、多くの船が出ていき、阿波や、土佐、讃岐とは騎馬が頻繁に往来しました。難波津からは蝦夷との戦の詳細が、筑紫からは百済に派遣した調査団の報告や、兵士の訓練、兵器の製造、食糧の集積状況などが次々に報じられ、熟田津の沖合いでは海上戦の訓練が昼夜の別なく行われていました。

熟田津に着いて一ヶ月経った二月の中頃、豊璋を護送する軍勢は五千人、指揮者は阿曇比羅夫《あずみひらふ》と河辺百枝《かわべのももえ》に、その後の救援軍の指揮者は阿倍比羅夫に決まった、と噂されました。

三月の初め、船や騎馬の往来も、沖合いでの訓練もなくなった日から三日後の夜半、天皇の乗る御座船で出陣の儀式が執り行われました。

儀式は月の出を待って厳かに営まれ、その席には中大兄皇子を始め、大海人皇子、中臣鎌足、主な官人たちが居並んでいました。月が天に昇ると船上は明るく、白く輝きましたが、急に暗くなったので空を見上げると、西から東へ風に追われた黒雲が月の光を遮っていました。再び真昼のように明るくなったとき、額田王は天皇に、この儀式のために作るようにと命じられていた歌を捧げました。天皇は月を背に、居並ぶ官人たちの前に立ちました。天皇の、童女のように振分けにされた白髪は月光に銀色に輝き、背筋も伸びて堂々としていて、憂いに沈んだいつもの天皇とは見違えるようでした。

熟田津に　船乗りせむと　月待てば　潮もかなひむ　今は漕ぎ出でな

天皇はゆっくりと二度詠まれました。月の光の中で明るく白く輝く船上は物音一つなく静まり返っていました。

（戦略は充分に練り、訓練も充分にした。明るい月が天高く昇り、潮も盛り上がり、激しく流れ始めた。さあ、今だ、皆の者、心を一つにして筑紫に向けて軍船を漕ぎ進めよう）

この歌は皆の心に響きました。善心尼様の母上の耳には、犇めき合っている軍船の中の、武器の触れ合う音や兵士たちの胸の高鳴り、漕ぎ手たちの熱い息遣いが聞こえました。御座船から大きく振られた篝火を合図に、軍船は一艘ずつ黒く、速く流れる潮に乗って筑紫に向かって漕ぎ出ていきました。

中大兄皇子も、大海人皇子も小舟でそれぞれの軍船に帰っていきましたが、天皇と善心尼様の母上の瞼には、甲を着込み、太刀を佩いた中大兄皇子と大海人皇子とが、天皇の側に侍している額田王を、じっと注視している姿が焼き付いていました。

三月の終わりに、軍船は娜大津《なのおおつ》に着くと、天皇はすぐに磐瀬行宮《いわせのかりみや》に入りました。飛鳥を立って三ヶ月、海上での暮らしも二ヶ月を超え、老いた天皇の体調は思わしくなく、微熱が続き、時折、激しく咳き込み、悪寒に襲われることが多くなりました。

五月の始めに、天皇は、筑後川中流の河畔に新しく造られた朝倉橘広庭宮《あさくらのたちばなのひろにわのみや》に移りました。緑が萌え、風が芳しくなりましたが、病状は一進一退を繰り返しました。

大和には　群山《むらやま》あれど　とりよろふ　天の香具山　登り立ち　国見をすれば
国原《くにはら》は　煙《けぶり》立つ立つ　海原《うみはら》は　鴎《かまめ》立つ立つ　美《うま》し国ぞ　蜻蛉《あきつしま》大和の国は

ある日、天皇はまどろみのなかで、夫の舒明天皇が香具山に登って望国《くにみ》したときに作った歌を呟きました。善心尼様の母上は、天皇は夢の中で懐かしい、遥かな飛鳥を見ているのだと思いました。

七月下旬の、朝から蒸し暑かった日の夜半、天皇の容態が急変し、翌日の朝、六十八年の生涯を閉じました。蝉がその朝鳴き始める少し前の時刻でした。激動する世に生きた天皇の顔は、あの世での建王との再会を楽しみにしてでもいるように微笑んでいました。

天皇が亡くなった日、中大兄皇子は皇太子のままで政《まつりごと》を執ることを宣しました。今後は、天皇が中大兄皇子に代って引き受けていた非難や批判を一手に引き受けなければなりませんでした。

八月の初め、中大兄皇子は朝倉橘広庭宮で天皇の喪をつとめ、その三日後に磐瀬行宮に移りました。

この間も諸国から続々と軍船や兵士が到着し、武器、食糧などが運送されて、娜大津の港は軍船で犇めき合い、沖合いには阿倍比羅夫の率いる二百艘の船団が停泊していました。兵士たちは海上で、平野で、山々で激しい訓練に従事し、各種の船の建造や修理、兵器の製造などに携わる大勢の男たちが集まり、これを目当てに商いをする男や女たちで、娜大津は土埃が舞い上がるような賑やかな場所になりました。

十月の中頃、天皇の喪の儀が終わり、柩は中大兄皇子と大海人皇子とに奉じられて、海路飛鳥に帰ることになり、鎌足が指揮者として残りました。

柩を奉じた船が途中、島影の小さな港に停泊したとき、中大兄皇子が船べりで、その日最後の光芒を海面に放ちながら水平線の彼方に沈む夕陽を眺めて、母の斉明天皇と共に過ごした日々を振り返っていました。

飛鳥板蓋宮の乙巳の変のこと、皇極天皇の譲位と孝徳天皇の即位のこと、大化の改新の詔のこと、蘇我倉山田石川麻呂のこと、難波長柄豊埼宮の造営と遷都のこと、孝徳天皇との遣唐使派遣などを巡る不和や飛鳥に還ったこと、斉明天皇として再び皇位に就いたこと、無駄に終わった両槻宮や「狂心の渠」と罵られた運河の掘削のこと、有間皇子のこと、全ては新しい国を創るために為さねばならないことでしたが、世の非難は、自分にではなく母である天皇に向かいました。母の天皇はそれを黙って引き受けてくれました。夭折した孫の建王との言葉のない会話をするときがこの世でもっとも心の休まる一刻だった壮絶な生涯を思うと、中大兄皇子の胸に熱いものが込み上げてきて、

君が目の　恋《こ》ほしきからに　泊《は》てて居て　斯くや恋ひむも　君が目を欲《ほ》り

（あなたが恋しくて　あなたを懐かしい飛鳥に奉じていく船旅の途中、ともに暮らした筑紫の山々の見えるこの港に船を泊めました。あなたをこんなに恋しく思うのも、あなたにもう一度お会いしたいからです）

と口ずさみました。

柩を奉じた船が難波津に着き、柩が飛鳥に入ったのは筑紫を出てから半月後でした。中大兄皇子、大海人皇子とその従者たちは、天皇の御魂を送ると、直ぐに筑紫に向かいました。朝鮮半島の状況は時々刻々と変化していました。

柩とともに飛鳥に帰った善心尼様の母上は、そのまま大和の郷里の村に戻り、後日、天皇らが詔の通り建王と一緒に眠りにつく越智崗上陵《おちのおかのうえ》ができると、その山裾に庵を結び、陵のお守りなどをして日々を過ごしておりました。そして天智六年（六六七年）の春、大伯皇女と大津皇子の二人を残して早世した大田皇女が越智崗上陵の前の墓に葬られた日から二十日ばかり経った日に静かに逝きました。風が強く吹いた日の朝のことでした。

善心尼様がその母上から聞いた物語が終わりました。善心尼様は白湯を一口飲み、志斐嫗様を見ました。志慈媼様は頷いて「ありがとう、よくわかったわ、次ぎは私の番ですね」といいました。飛鳥川の水音が高くなり、雌鹿を呼ぶ雄鹿の声がまた聞こえてきました。

志斐媼様の物語が始まりました。これからは志斐媼様の物語に母や伯母から聞いたことも加えて進めさせていただきたいと存じます。

十五章　白村江の戦い

志斐媼様が、大海人皇子の妃・鵜野讃良皇女の采女として宮中に参りましたのは、斉明天皇が筑紫に向かう一年前でした。鵜野讃良皇女は中大兄皇子の皇女で、大田皇女の妹、建王の姉にあたり、母の遠智娘が若くして亡くなり、祖母の斉明天皇に慈しまれ、姉の大田皇女とともに大海人皇子の妃になったことは、先の善心尼様のお話の通りでございます。

中大兄皇子と大海人皇子が飛鳥から磐瀬行宮に戻ったのは十二月の、直ぐにその年が暮れるという、粉雪の舞っている日でした。

この日も播磨や肥前などからの兵士は徒歩《かち》や騎馬で、土佐や陸奥などの兵士は船でこの地に着きました。食糧や武器、木材、布などを山のように積んだ馬や荷車がひっきりなしに粉雪の降る中を行き交っていました。この頃になると、棚大津は以前にも増して大勢の兵士や船工、刀鍛冶、研師、具足師、薪や酒を商う男女などが暮らしていて一つの都ができたようでした。

百済の王子豊璋に五千の兵士をつけて百済に送る準備は整いましたが、直ぐには出航できませんでした。先に派遣した偵察隊から百済の食糧は全て新羅と唐の連合軍が押さえていて、百済の再興軍は厳寒の中、城に蓄えられている僅かな食糧を分け合っているとの報告があったからでした。五千の兵士に加えて再興軍に必要な糧秣を運ぶには兵士を送る船の何倍もの船が要ります。その上、武器も底を尽きそうだとの報せもありました。


天智元年（六六二年）一月の中頃、朝廷は百済の再興軍の指揮者鬼室福信将軍に弓、矢、槍、刀、布、綿、種稲などを送ることにしました。船は船団を組んで吹雪の中を暗い海に漕ぎ出ていきました。

中大兄皇子の妃たちは磐瀬行宮で、また大海人皇子の妃たちは朝倉橘広庭宮で暮らし、額田王もその一隅で十市皇女と暮らしていました。

大海人皇子は、中大兄皇子や鎌足たちとともに兵士の訓練や武器、食糧の確保などに明け暮れていて、妃たちを訪れることは稀でしたが、たまに訪れるときはいつも十市皇女に会うために額田王の部屋を先にするので、額田王は他の妃たちから羨望や嫉妬の眼を向けられていました。

二月の終わり頃、鸕野讃良皇女に皇子が産まれました。大海人皇子の、第一皇子の高市皇子に次ぐ第二皇子で、草壁《くさかべ》皇子と名付けられました。

五月の初めの、からりと晴れてはいたが風の強い日に、朝廷は、豊璋とその妻子、叔父らを、王の礼をもって百済に送りました。将軍に任じられた阿曇比羅夫は、豊璋を護送するために五千の兵士を率い、武器、食糧なども積んだ二百艘から成る船団を編成して、白い波頭が高く立ち上がっている海に漕ぎ出していきました。百済の遺臣鬼室福信から豊璋の帰国と救援軍の派遣要請があってから一年七ヶ月が経っていました。朝廷がこれまで引き延ばしていたのは豊璋の帰国を無駄にしないためでした。

帰国し、百済の王に推戴された豊璋を待っていたのは辛い戦いの日々でした。

朝廷が充分とはいかないが、ともかく兵士の徴集や軍船の築造、武器の製造、食糧の確保などができたのは、百済再興軍の粘り強い戦いがあったからでした。百済再興軍が寡兵をもって新羅・唐連合軍の大軍に対抗できたのは、山岳、河沼など現地の地形を知悉した戦法や、勇敢な行動、統率力で兵士たちに信望のある鬼室福信の力量によるものでした。それに例年にない厳しい冬の寒さも再興軍に味方しました

朝廷は、豊璋の帰国によって百済再興軍の強化を図り、新羅軍を撃破した後、後続部隊を送って唐と決戦する作戦でした。朝廷の先遣軍と結んだ百済再興軍と、新羅・唐の連合軍は対峙したまま暫らく小康状態が続きました。この小康状態は朝廷にとって、軍船の建造や、武器の製造、食糧の確保などに都合のよいものでした。新羅・唐の連合軍はこの状況を一気に変えようと大規模な攻撃をしてくるようになりました。

このようななかで、豊璋について芳しくない報せが次々に入るようになりました。豊璋が守りに固く攻めるに難しい要害の地にある城から生活のしやすい平野の城に移ったとか、こともあろうに百済再興軍の功績者であり、豊璋を迎えるのに最も熱心であった鬼室福信と作戦や再興軍のあり方を巡って対立し、両者の確執が日々深くなっているとか、豊璋が平野の城に移って間もなく、連合軍の攻勢によって周囲が戦場と化すと、元の城に逃げ戻ったなどというものでした。

天智二年（六六三年）一月の終わり頃、大田皇女に皇子が生まれました。娜大津で生まれたので大津《おおつ》皇子と名付けられました。大田皇女は眼の大きい、澄んだ面差しの方でしたが、母の遠智娘が五歳の皇女と三歳の鸕野讃良皇女と生まれたばかりの建王を残して早逝したように、

皇女もまた五歳の大伯皇女と三歳の大津皇子を残して亡くなりました。大田皇女が早逝しなければ、後年自身が皇后の、そして大津皇子は皇太子の地位に就くことは充分考えられ、そうであれば後でお話する大津皇子と大伯皇女はあのような悲劇に遭遇することもなかったでしょう。しかし、仮定のことをいくらいっても詮無いことです。今は、慈しんでくれた斉明天皇や、幼くして亡くなった可愛い弟の建王が眠る越智崗上陵の傍で、安らかに永遠の眠りに就いているのです。

二月、春が近づき、雪や氷が緩むと、新羅・唐の連合軍の動きは活発になってきました。

三月の終わり頃、朝廷は兵士二万七千余人を数百艘から成る船団を組んで壱岐《いき》、対馬《つしま》を越えて新羅に派遣しました。船団は三軍で構成され、前軍の将軍は上毛野稚子《かみつけのわかこ》、中軍の将軍は巨勢神前訳語《こせのかむさきのおさ》、後軍の将軍は阿倍比羅夫で、三軍は新羅に上陸すると、それぞれが拠点を作って百済再興軍や先遣隊と連絡をとって大規模な作戦を開始する準備をしました。

百済再興軍は朝廷の支援を得て奮い立ち、鬼室福信らは豊璋を奉じて周留城《する》を奪って本拠とするなど、百済再興に光が見えてきたとき、内部から崩壊が始りました。

六月中頃、百済王豊璋は鬼室福信を謀反の疑いがあるとして獄に繋ぎ、斬刑に処して、その首を晒したのです。兵士たちの信頼を失った豊璋は統率力を欠き、再興軍は見る間に弱体化しました。

八月の中頃、豊璋からの急使が渡海してきて、百済再興軍の拠っていた周留城《するじょう》が新羅・唐の連合軍に包囲されたため錦江《きんこう》河口の要地・白村江へ移動したところ、既に新羅・唐の連合軍の軍船が錦江河口を埋めていて進退に窮したので、新羅で戦っている筑紫からの派遣軍の全軍を、至急、白村江に集結させて欲しいとの切迫した要望を伝えました。

この頃、新羅・唐の連合軍は、水上と陸上の両面から百済再興軍と派遣軍を挟撃して一挙に撃破するため、唐は劉仁軌《りゅうじんき》が率いる兵士七千人と百七十艘の水軍を増援軍として派遣して白村江に布陣させ、陸上部隊は新羅の、武烈王の長子の文武王《ぶんぶ》、唐の劉仁原《りゅうじんげん》らが指揮して包囲網を縮めてきました。

朝廷の苦悩の色は濃くなりました。このような事態に陥ったのは、鬼室福信を斬り、二度までも要害の地にある城を出た豊璋の軽率な行動によるものですが、新羅で作戦を展開している軍団が赴かなければ百済再興軍は直ぐにも壊滅するし、一方、新羅での戦いを止めればこれまでの戦果が水泡に帰すことになるからです。

八月の終わり頃、三軍で構成された派遣軍は、百済再興軍を救援するため錦江河口に集結し、新羅・唐の連合軍の水軍が待ち受けている白村江に突入しました。二日間、海水が兵士たちの血で赤くなるほどの激しい戦闘が行われましたが、派遣軍は四百艘の軍船と多くの兵士たちを失って敗退し、残った軍船は、戦いに敗れた兵士たちと亡命を望む百済の遺民を乗せて帰国しました。豊璋は密かに高句麗に逃亡しました。

朝廷が直ぐにしなければならないことは山のようにありましたが、何よりも急がれたのは新羅・唐の連合軍の侵攻からこの国を守ることでした。大宰府を守るための土塁と堀からなる水城《みずき》を造り、北九州から瀬戸内海沿岸にかけて大野城《おおのじょう》、基肄城《きいじょう》、長門城《ながとのき》、屋嶋城《やしまのき》や、河内と大和の国境には高安城《たかやすのき》などの山城《さんじょう》を築き、対馬、壱岐、筑紫などに防人《さきもり》を配備し、緊急の連絡のために都まで烽火《とぶひ》という狼煙《のろし》の整備などに着手しました。

そのため新たに兵士の徴集や民の徴用を行いましたが、二年に亘る戦いの傷跡は深く、戦いで夫や息子を失った多くの民や、新たに徴兵や徴用された民の不満や不安は募り、未だに大きい勢力を握っている氏族や豪族などの朝廷に向ける眼は冷たいものがありました。

中大兄皇子と大海人皇子は敗残の兵や、亡命を望む百済の人々を収容し、新羅・唐の連合軍の侵攻が当面ないことを見定めて、三年間本営を置いた筑紫を引き揚げて飛鳥に帰還しました。

天智三年（六六四年）二月、中大兄皇子と大海人皇子、鎌足は、新しい国を急がずに着実に創っていくことに方針を変え、氏族や豪族たちの不平を除き、慰撫するためには後戻りと見られることを敢えてすることにし、氏族や豪族などの私有民である「部曲《かきべ》」の一部復活を認めることにしました。せっかく樹立した公民制をゆがめることになるのですが、背を腹にかえられない妥協でした。

また、大化五年（六四九年）に改めた十九階の冠位を二十六階に増やしました。そうすることによって官位を拡げて、氏族、豪族たちを官人に登用する機会を多くして、それらの者の心を捉えようとしたのです。

この頃になると、白村江の戦いの直後の混乱の中で着手した水城や、山城、烽火台などが次第にでき上がり、曲がりなりにも一応の防衛網ができました。

天智四年（六六五年）九月の初め、百済征討軍の鎮将である劉仁源《りゅうじんげん》からの使者の劉徳高《りゅうとくこう》が筑紫に着き、飛鳥に導かれました。使者の来朝によって、唐と新羅との関係が白村江の戦い後、旧百済の支配権を巡って同盟から対立に変化していることが分りました。唐の使者を、守大岩《もりのおおいわ》を送唐客使に任じて手厚く送りました。十一年振りの遣唐使でした。

この頃、志悲嫗は大海人皇子から「お前は一度眼や耳にしたことは忘れないので語り部になるように」といわれました。鵜野讃良皇女の傍に侍するのは今まで通りでした。

天智五年（六六六年）には着手していた殆どの山城や烽火台などが完成し、防人も守備に就き、氏族たちも国の体制の中で収まるべき位置に収まりました。敵対していた唐からも来朝があり、幸い昨年も一昨年も天候に恵まれて穀物は豊かに稔り、久し振りの明るく落ち着いた年で、中大兄皇子も大海人皇子も国のことを深く考えることができました。

夏の終わりに十市皇女が大友《おおとも》皇子の妃として、皇子の館に上がりました。その日は弓月《ゆつき》が嶽《たけ》の上の群青色の空に白い入道雲が聳えていました。

大友皇子は、中大兄皇子と伊賀采女宅子娘との間に生まれた第一皇子で、端正な容貌は中大兄皇子によく似ていました。十市皇女は、大海人皇子と額田王との間に生まれた第一皇女で、大海人皇子に慈しみ育てられました。中大兄皇子は、十市皇女を大友皇子の妃にすることによって、自分と大海人皇子との関係を一層緊密なものにしようとしたのです。

中大兄皇子の館には、大勢の妃や皇子、皇女たちとともに、大海人皇子と大田皇女との間に生まれた大伯皇女と大津皇子も暮らしていました。二人は幼いときに母の大田皇女が亡くなったので、姉の皇女が弟の皇子の手を引いて館の中を歩くなど互いに労わり合い、助け合って暮らしていましたが、この頃には大津皇子は、いたずらやからかいから大伯皇女を護るために両手を拡げて皇女の前に立つと、皇女はその背中にすっぽりと隠れる程に大きくなっていました。

飛鳥の空が青く澄んだ秋の中頃、中大兄皇子の妃の一人で、額田王の姉の鏡王女《かがみのおおきみ》が後宮を出て故郷の大和に帰り、暫らくして鎌足の館に上がりました。五十の坂を越えた男の、鏡王女への仄かな慕情を中大兄皇子が嘉したからでしょうか。中臣鎌足は鏡王女を嫡室として迎えました。

吾はもや　安見児《やすみこ》得たり　皆人《みなひと》の　得がてにすとふ　安見児得たり

なんとまあ無邪気な歌でしょう。いつも中大兄皇子の傍に侍して、冠を目深に冠り、下膨れの、陰鬱な顔をした鎌足が、鏡王女を娶ったとき、王女を「安見児」と溢れるほどの愛情を込めて呼びました。

この歌は中大兄皇子に阿《おも》ねったのだとか、中大兄皇子との関係を誇示するために詠んだとか、明るい世を演じるために自ら燥いでみせたのだなどと噂されましたが、今更、鎌足がそのようなことをする必要がない程、中大兄皇子とは厚い信頼で結ばれていました。この歌は鎌足が美しい鏡王女を得たことの幸せを心から喜んで詠んだ歌なのです。

鎌足の心は純真でした。純真な心であったからこそ、人々は鎌足を信じ、鎌足は私心なくこの国のために権謀術策の限りを尽くすことができたのだと志斐媼様は思いました。

第十六章　近江遷都

天智六年（六六七年）三月、都が近江に移りました。誰もがこの時期に遷都など思いもしないことでした。遷都の目的は、大和の高安城《たかやすのき》、対馬の金田城《かねたのき》などの完工と併せて大陸からの侵攻を防ぐ防衛網を完成させるためだとか、大和の豪族たちとの結びつきを断つためだなどと噂されました。遷都の発表のあった日から、都のあちこちで夜となく昼となく不審火が出ました。

中大兄皇子の称制が六年になり、志斐媼様は遷都と聞いて、中大兄皇子は即位の決心をしたのだと思いました。白村江での敗戦後、中大兄皇子、大海人皇子、鎌足はこの国の防衛や、組織、体制の整備などに明け暮れましたが一応の目途がつき、また間人皇太后が二年前に亡くなり隠微な関係の噂も囁かれることもなくなったことから、白村江の戦いで頓挫した新しい国創りを、それにふさわしい近江という新しい土地で、天皇として行うつもりだと思ったからでした。近江京が前にする淡海《おうみ》の海は広大で、陸上や湖上に東山道《とうさんどう》や北陸道《ほくりくどう》の諸国へ向かう道が通じ、西方へも道が延びていました。

額田王は鵜野讃良皇女より三日前に近江に向かい、途中、奈良山から故郷の大和を振り返って、

味酒《うまさけ》　三輪《みわ》の山　あをによし　奈良の山の　山の際《ま》に　い隠るまで　道の隈《くま》　い積るまでに　つばらにも　見つつ行かむを　しばしばも　見放《みさ》けむ山を　情《こころ》なく　雲の隠さふべしや

(神の鎮まる三輪の山。その三輪の山が、美しい奈良の都を取り囲んでいる山々に隠れて見えなくなるまで、これから近江に向かう道の曲がり角ごとに幾度も幾度も見ていこうしているのに、これほど別れ難い三輪の山をどうして雲が隠そうとするのでしょうか)

三輪山を　しかも隠すか　雲だにも　情あらなも　隠さうべしや

(尊くも美しい三輪山を何故そのようにかくすのでしょうか。せめて雲だけでもこの気持ちを汲んで隠すようなことをしないでください)

という長歌と反歌を作りました。

志斐嫗様は、筑紫に向かう途中、熟田津で斉明天皇に歌を捧げる額田王を見てから数年経っていましたが、歌を詠むときなど真剣になったときの真っ直ぐに前を見詰める癖は以前のままでしたが、あの頃とは違う、やわらかさや深さが体や表情に加わって一層美しくなったと思いました。額田王は三十歳を幾つかこえていました。

鵜野讃良皇女の近江に向かう隊列が奈良坂にさしかかったとき、鵜野讃良皇女は輿から降りて三輪山を振りかえり、暫らく眺めていました。三輪山は今にも降り出しそうな空の下で灰色の雲に覆われていました。

「祖霊まします大和の地」といって、皇女は眼を閉じました。

斑鳩《いかるが》、佐紀《さき》、海石榴市《つばいち》、山辺《やまのべ》、何とゆかしい名なのでしょう。伯瀬川《はつせがわ》といえばやさしく流れる水脈《みお》の瀬の音が耳に聞こえ、倉橋川《くらはしがわ》といえば山峡に架かった石《いわ》の橋が、佐田《さだ》といえば朝日の照る岡辺が瞼に浮かびます。晴れた日の、雨の日の、風の日の、雪の日の香具山、耳成山、畝傍山、たたなづく青垣、山こもれる大和。大和の山川、一木一草が自分の中に深々と息づいていることに気付き、胸に熱いものが込み上げてきました。

いつの間にか草壁皇子が鵜野讃良皇女の傍らに並んで三輪山を眺めていました。草壁皇子の三輪山を見詰める眼は穏やかでしたが、胸は薄く、時折咳をしていました。

近江に着いたときは薄日が射し､湖には白い波頭が立っていました。大極殿はほぼ出来上がっていましたが、多くの館はまだ普請中でした。

季節が移り、やがて葦の群落の背後の川柳が芽吹き始め、周囲の山々には山桜が咲き、春雨の後には湖の土手に土筆が頭を出しました。夏になると白砂青松の浜辺に浜昼顔が風に揺れ、沖には漁をする船が幾艘も浮かんでいました。近江国は美しい国でした。

この頃、中大兄皇子が間もなく天皇の地位に就かれるという噂が大きくなりました。

鎌足の冠から出た鬢や髭には白いものが多くなり、背が丸くなっていました。うだるような残暑の中で、鎌足の配下の若い官人たちは、新しい国を創るための基本になるこの国初めての戸籍・庚午年籍《こうごねんじゃく》の作製に大童でした。

十一月の中頃、新嘗祭《しんじょうさい》が執り行われました。その後は次の年の正月初めの中大兄皇子の即位礼が恙《つつが》なく行われるように、今一度用意してきたことを省みたり、新年を迎える準備などであっと言う間に過ぎていきました。

天智七年（六六八年）正月初めの日、即位礼は大極殿で厳かに執り行われました。

その日は、風が強いものの碧い空には雲一つなく晴れ渡り、明るい陽射しが湖面にきらきらと輝いていて、新しい天皇の誕生にふさわしい日でした。

東楼での即位の受諾に続いて、大極殿では親王、諸王、諸臣、官人などを前にして、天神《てんじん》の寿詞《よごと》が奏せられ、神璽《しんじ》の鏡、剣《たち》が上《たてまつ》られ、即位の宣言が行われて、四十二歳の天智天皇が誕生しました。孝徳天皇、斉明天皇の皇太子として十七年、次いで称制六年という長い歳月が経過していました。即位した天皇は、鎌足らに準備させていた近江令《おうみりょう》が完成したので、これを発令しました。このことによって官制を始め、諸制度が成文化されたので官人たちに安心感を与え、浄御原令を経て、大宝令に及び、この間の三十三年の間に完成の域に達しました。

天皇即位の日、大海人皇子は皇太子の地位に就きました。

それから三日後、天智天皇は大海人皇子の妃の額田王を後宮に召しました。その使者が帰った後、額田王は顔を覆って泣き、大海人皇子は苦悶の表情を浮かべ、太い腕を組んで、茫漠とした北の湖を回廊から長い間見ていました。天智天皇が中大兄皇子であったとき、大和三山の妻争いに擬《なぞら》えた歌を詠んだ日から十数年の月日が経っていました。

大海人皇子は、いつかこのような日がくることの予感があり、そのような日がこないことを願ってきましたが、中大兄皇子が現世《うつしよ》の神になられたからには、その命に抗することはできませんでした。天智天皇が額田王を召したのは、額田王を寵愛するためとともに、大海人皇子の忠誠心を試すためだと噂されました。

一月の終わり頃、即位礼に続く儀式が一段落して、改めて新年を祝う賀宴が琵琶湖の辺の高殿《たかどの》で開かれました。その日は湖が荒れ、海と空がつながって境が分らず、岸辺に立つと吹き飛ばされそうな強い風が吹いていていました。

賀宴には主だった官人が列なっていました。宴半ば、天智天皇が大海人皇子に笑いながら何か囁きました。大海人皇子は暫らく何かに耐えるような、厳しい顔をしていましたが、土器の杯を投げつけるようにして置くと、荒々しく回廊に出ていきました。

大海人皇子が再び現われたときには、顔は朱を注いだように赤く、手に長槍を持っていました。何人かが言葉にならない声を出して駆け寄ろうとしましたが、その瞬間、激しい掛け声とともに長槍が投げられ、天智天皇の前の床にぐさりと突き刺さりました。

激怒した天皇は刀の柄に手をかけて立ち上がりました。顔面は蒼白でした。

大海人皇子は長槍を床から抜くと穂先を天皇に向け、天皇は刀の柄に手をかけ、互いに仁王立ちになって睨み合いました。周囲は凍り付いたようになりました。

鎌足がよろめくようにして立ち上がり、二人の間に立ちました。鎌足の顔は、泣いているようにも、笑っているようにも見えました。そして何も言わずに黙って二人の眼を交互に見詰めました。鎌足の眼はとても悲しそうでした。小さい猫背の鎌足が二人の大きな肩を抱きかかえていました。二人は倒れ込むように席に戻りました。天皇は大海人皇子に、寝所での額田王の真剣になったときのじっと前を見詰める癖や少し掠れた喘ぎ声のことを口にしたのでした。外はいつの間にか雪になっていました。

二月、天智天皇は、古人大兄皇子の娘・倭姫王《やまとひめのおおきみ》を皇后に立てました。鎌足の献策によるものでした。倭姫王は、父の古人大兄皇子が夫の中大兄皇子に殺されるという辛い半生を送ってきました。倭姫王と中大兄皇子の間には子がなく、子を生した妃の中から皇后の地位に就くという慣習の下では異例のことでした。

第十七章　蒲生野《がもうの》の薬猟《くすりがり》

近江に遷都して二度目の春を迎えました。近江の春は美しく、一日一日と湖畔の緑が濃くなり、湖水が青く変り、風が爽やかになりました。

五月に入って間もなく、天皇が蒲生野で諸王群臣全てを率いて薬猟を催されました。薬猟は、男たちは遊猟《ゆかり》を、女たちは花や菜を摘む明るく楽しい行事で、推古天皇のときに行われてから何年もの間途切れていたのを天智天皇が復活したのです。大海人皇子も、鸕野讃良皇女も、鎌足も、皇后や多くの妃も、そして額田王も従駕しました。

蒲生野の山野は広く、初夏の明るい陽がのどかに野を照らしていました。額田王は二人の侍女を連れて、傍らに紫草や片栗の花、翁草《おきな》などが微風に戦いでいる野道を花や菜を摘みながら歩いていました。二匹の小さな黄色い蝶が、三人の前後を縺れあいながら飛び交っていました。

小川が流れていて、岸には芹が生え、きれいな水に水藻が揺れ、黒い小さな魚影が出たり入ったりしていました。歩いてきた方向を振り返ると、遥か彼方に大友皇子や妃の十市皇女たちのいる赤、黄、緑色などの幔幕が小さく見えました。大友皇子と十市皇女は仲睦まじく暮らしていましたが、これからも幸せに暮らしていけるだろうか、と額田王の胸にふっと不安が生じました。小川の水面で泳いでいた水すましが一匹、白い昼の月を浮かべた青空の中を幔幕の方に飛んでいきましたが、直ぐに青空の中に溶けて見えなくなりました。

額田王が水すましを追っていた眼を東に向けたとき、狩衣を着けた二人の男が、馬に鞭をあて土煙をあげて丘を駆け下ってくるのが見えました。丘の向こうの狩猟場から獲物を追ってきたのです。顔が見分けられる程に近づいたとき、双方とも「あっ」と驚きました。大海人皇子とその従者でした。

二人は暫らく見詰め合っていましたが、やがて大海人皇子は額田王の周囲を乗馬したまま二、三周して馬を停め、

「達者よな」と訊きました。

額田王が「はい」と応え、「皇子も」と訊ねると、顔に大粒の汗を浮かべた大海人皇子は大きく頷きました。

それから大海人皇子は、額田王の周囲をまた二、三周して、馬首を丘へ向け、

「達者でな」といい、馬に鞭をあてました。途中振り返えり、弓を小脇に抱えたまま、白い狩

衣の袖を三、四度大きく振りました。鞭の入った馬は急に駆け出し、見る見るうちに丘を越えていきました。

近江に戻ると、太陽は既に西の山の端にありました。空は茜色から濃い紫色に変り、薄暗がりが拡がっていって、やがて山の連なりも湖も闇の中に消えました。光が失われるとそれにつれて星の数がひとつずつ増え、煌きが冴えてきました。

宮中の広庭には宴席が設けられ、その周囲には幾つもの篝火が焚かれていました。宴は賑やかに、和やかに続きました。

やがて、今日の行楽についての歌を披露するときがきました。鎌足の指名で最初の一人が立って自分の歌を詠み、次はその詠者によって指名された者が詠むというもので、このことは皆に事前に知らせてありました。

鎌足が立ち上がると、ざわざわしていた座がしんと静かになりました。鎌足は咳払いを一つすると一座を眺め渡して挨拶をして、おもむろに高市皇子を指名しました。

皇子の歌は、獲物を狙って弓矢を番えた緊張感が上手に詠まれていて、弓弦を放れた鋭い矢音が聞こえるようでした。称讃の声が上がり、満座がどよめきました。

老いも若きも、男も女も立ち上がって詠みました。くすくすと笑う声が小波のように拡がったり、爆笑が起こったり、何の反応もなかったりしましたが、一座に列する者は充分にそれぞれの歌を楽しみました。この催しもいよいよ終わりに近づき、玉座の天皇、皇后の他に残っているのは、大海人皇子と鎌足、そして額田王の三人だけでした。

まず鎌足が立ち上がりました。鎌足の歌は、推古天皇のとき行われてから何年も途絶えていた薬猟が天智天皇によって復活されたのはまことにめでたい、この国が永久に繁栄するよう、われわれ臣下は一層励もうではないか　という当たり障りのないものでした。

歌を詠み終えた鎌足は、額田王を指名しました。額田王が立ち上がると、急に座が静まり、皆の視線が額田王に集まりました。今まで話に興じていた天皇も、高市皇子も、大友皇子も、十市皇女もじっと額田王を見詰めていました。

額田王は広庭の東の空に架かった朧な月に眼を向けていましたが、その眼に見えているのは、真昼の蒲生野で、馬を停めて振り返えり、白い狩衣の袖を三、四度大きく振って緑の丘に駆け登っていった大海人皇子の姿と、足下に咲いていた紫草でした。

茜《あかね》さす　紫野《むらさきの》行き　標野《しめの》行き

少し掠れた声でしたがよく聞こえました。言葉が途切れ、暫らくして、

野守《のもり》は見ずや　君が袖振る

と続けました。歌は二回詠まれました。

（紫草の生えている蒲生野の御料地を歩いていると、慕わしいあなたが私に向かって大きく袖を振ってくれました。番人が見ているのにそんな大胆なことをしていいのですか）

志斐嫗様はこの歌を聞いてありふれた情景を詠んだ歌だと思いました。

最後に残っていた大海人皇子が立ち上がりました。穏やかな顔でした。

紫草《むらさき》の　にほえる妹《いも》を　憎くあらば　人妻ゆえに　われ恋ひめやも
（匂いやさしい紫草のように美しいお前が、憎いのなら、他人の妻になったお前にこのように恋する筈はないではないか）

座は水を打ったように静かになりました。正月の賀宴に列席した者は長槍と刀を構えてにらみ合った天智天皇と大海人皇子を思い出し、戦慄しました。

額田王の歌を聞いたときにはありふれた歌だと思った志悲嫗様は、大海人皇子の歌を聞いた途端、この二つの歌は溶け合ってひとつの新しい歌（かつての恋の確認であり、新しい恋の出発の歌）となって星空に駆け昇っていったと思い、胸が震えました。そしてこの歌は、天皇への挑戦ととられかねないほど危険な、命懸けの歌だと思いました。

玉座の天智天皇と皇后の倭姫王が退くと、篝火が一つずつ消えていきました。朧月が湖上にまだ架かっていて、湖から微風が強い水の匂いを運んできました。

「今、額田の胸にあるのは歌だろうな」

「はい」

「もうできたのか」

「はい、胸のうちでは。でも言葉にするのには暫らく時がかかります」

「きっと美しい歌だろうな」

「いいえ、悲しい歌なのです」

「そうか、私の好きな歌は、なぜか全て悲しい歌なのだ」

大海人皇子が宴を退いて湖畔の道を館に向う途中、夜空を侍女と二人で眺めている額田王を見付けて、束の間に交わした会話でした。

九月の中頃、新羅からの調が貢進されました。新羅からの朝貢は斉明二年（六五六年）以後中断されていたので十二年振りのことで、官人たちは新しい世が一歩近づいたように感じました。

第十八章　大嘗祭《だいじょうさい》

秋になると直ぐに大嘗祭の準備が始りました。

即位の儀礼は、大極殿での即位の宣言と大嘗祭とに分かれています。大嘗祭は天皇が即位の宣言後初めて行う新嘗祭で、即位の宣言が七月以前なら年内に行い、八月以降なら翌年に行われました。大嘗祭は新穀の初穂を神に供える儀式で、天皇一代に一度限りの大祭ですから準備が大変です。大嘗祭は神饌の新穀を奉る悠紀《ゆき》国、主基《すき》国を卜定《ぼくじょう》で選ぶことから始まり、大嘗祭の一ヶ月前になると散斎《さんさい》、三日前には致斎《ちさい》に入ります。散斎の期間中は喪を弔ったり、病人を訪うたり、罪人を罰したりしてはならず、致斎になるとただ祭祀のことのみをすることができ、その他のことは全て断たねばなりません。そして大幣《おおみくら》を作り、祭の七日前から大嘗宮を造り始め、五日以内に悠紀殿、主基殿からなる殿舎を造り終えるのです。

天智天皇の即位式は一月でしたので、大嘗祭はその年の十一月の中の卯日《うのひ》から午日《うまのひ》までの四日間にわたって行われました。卯日は悠紀殿《ゆきでん》、主基殿《すきでん》のある大嘗宮で天皇が神饌《しんせん》を神に供え、神と食事を共にする神事が行われ、辰《たつ》日、巳《み》日には節会《せちえ》が行われて御神酒が出され、午日には盛大な饗宴の豊明《とよのあかり》の節会が行われて滞りなく終わりました。これで天皇は天皇霊を具え、その正統性を世に示すことができるようになりました。

この年、高句麗は唐に攻められ、建国して七百年にして滅亡しました。また高句麗に逃亡していたかつての百済王の豊璋も捕らえられ、唐の長安で処刑されて百済は名実ともに滅びました。長い間、友好関係を築いてきた百済は滅びましたが、多くの百済の民がこの国に渡ってきました。豊璋と共に入朝し、そのままこの国に留まり難波に住んでいた弟の善光王《ぜんこうおう》は、国も滅び、一族も滅んだ百済王家のただ一人の遺族となりました。

第十九章　鎌足逝く

天智八年（六六九年）五月、鎌足が病の床に就きました。胃の辺りが酷く痛み、食も細り、身体が痩せてきました。妻の鏡王女が山階寺《やましなでら》を建立して病気平癒を祈りましたが、病はいよいよ篤くなり、激しく吐瀉したり意識が混濁するようになりました。

十月の初め、天智天皇は見舞いに鎌足の館を訪れました。鎌足は、天皇の「そのままで」という言葉を振り切って、床の上に正座しました。顔は青黒く、体が痩せ衰えた鎌足は身悶えるようにして「生きては軍国に務なし」（残念ですが、私は軍略で貢献できませんでした）と一言いったきり、涙がとめどなく流れ落ちましたが拭おうともしませんでした。天皇は、白村江の戦いのことをいっているのだと思いました。

十月の中頃、天皇は大海人皇子を遣わして、鎌足の功に報いるために大織冠《だいしきのこうぶり》を授け、大臣《おおおみ》に任じ、藤原《ふじわら》氏の姓を授けました。

その翌日、愛国の士だった鎌足が五十六歳で逝きました。朝廷における最も大きな柱が一本なくなったのです。鎌足は山科の山の南麓に葬られました。

この年、大友皇子と十市皇女との間に葛野王《かどのおおきみ》が生まれました。

また、河内鯨《かわちのくじら》を大使とする遣唐使が派遣されました。天智天皇が派遣した三回目の遣唐使でした。

大陸では、唐は百済滅亡後に熊津都督府《ゆうしんととくふ》を置いて旧百済領を直接統治したのに加えて、高句麗が滅亡すると平壌に安東都護府《あんとごふ》を置いて旧高句麗領を直接統治するようになりました。そのため、唐と新羅が同盟を結んで、高句麗と百済とに対処してきた関係に亀裂が生じて、新羅は熊津都督府を半島から駆逐し、安東都護府を圧迫し遼東に後退させ、文武王のもとで新羅統一王朝が成立しました。

天智九年（六七〇年）二月、この国最初の、畿内《きない》はもちろん西は九州から東は常陸《ひたち》、上野《こうづけ》までの全国の戸籍・庚午年籍が出来上がりました。鎌足が心血を注いだ事業でした。鎌足が逝って一年経ちました。鏡王女が鎌足を偲んで詠んだ歌です。

神奈備《かむなび》の　石瀬《いはせ》の社《もり》の　呼子鳥《よぶこどり》　いたくななきそ　我が恋まさる
（神の鎮座する石瀬の社の、人を呼んでいるような声で鳴いている呼子鳥よ、あまり鳴かないでおくれ、逝ってしまったあの人を慕う私の心がますます募るので）

この年、天智天皇は、白村江の戦いの後に一族とともにこの国に渡り、近江国蒲生郡に住んでいた百済の遺臣の鬼室福信の子・鬼室集斯《しゅうし》を、福信の功によって位階を授けるとともに、新しく官人の養成をするために設けた大学寮《だいがくりょう》の学識頭《ふみのつかさのかみ》に任じました。

第二十章　天智天皇の崩御

天智十年（六七一年）の元日は、冷たい雨が朝から夜半まで降り続きました。

二日は鉛色の雲に覆われた空から時折弱い陽が射したり、粉雪が舞ったりしました。

この月の初めに大友皇子が太政大臣《だじょうだいじん》に、有間皇子を陥れた蘇我赤兄が左大臣に、中臣金《なかとみのかね》が右大臣に、蘇我果安《そがのはたやす》、巨勢人《こせのひと》、紀大人《きのうし》がそれぞれ御史大夫《ぎょしたいふ》に任じられました。

それから間もなく大赦の詔が発せられ罪人たちの罪が許されるということで、人々はこの度の人事が如何に重要なものかを知りました。

太政大臣、御史大夫は、天智天皇によってこの度初めて設けられた職で、太政大臣は天皇と共に政《まつりごと》に携わることとされていたことから、次の天皇になるべき皇太子の大海人皇子との関係は微妙なものになりました。大友皇子は天智天皇が寵愛する皇子で、大海人皇子は長く辛苦を共にしてきた弟です。

新しい職を設けてまで大友皇子をそのような地位に上げた天智天皇の真意について、例の長槍の事件や蒲生野での歌などによって天皇と大海人皇子との間に亀裂が生じたからだとか、血の繋がった我が子かわいさのためだなどと噂されました。

新しく世に出ることになった大友皇子は、天智天皇と伊賀采女宅子娘との間に生まれた第一皇子で、大海人皇子の甥、鵜野讃良皇女の異母弟にあたり、大海人皇子と額田王との間に生まれた第一皇女の十市皇女を妃にした、体格、容貌ともにすぐれた皇子でした。

四月の終わり頃、花の香を含んだ爽やかな風が吹き渡る日に、水量の変化で時を計る漏剋《ろうこく》が新しい台に置かれ、この国で初めて陰陽寮漏剋博士が鐘鼓を打ち、寺々が朝夕鐘を撞いて、人々に時が知らされることになりました。

秋が深まり、紅葉が近江の山々を美しく彩る頃、天智天皇が病の床に就きました。病状が鎌足のときと同じで、悪寒が絶えず襲い、激痛が体を攻めました。長年の体と心の疲れが一度に出てきたものと診られ、鎌足のときよりも病状は速く進み、見る間にやせ衰えました。天皇の病気平癒を祈って僧侶たちの祈祷や寺々での法要が盛大に行われ、宮中でも織物の諸仏が出来上がり、供養の後に宮殿の西殿に安置されました。

病状が進み、天皇は懊悩し、衰弱し、肩で苦しそうに息をするようになりました。

十月の中頃、天皇は、大海人皇子を枕頭に招致するために蘇我安麻呂《やすまろ》を使者にしました。大海人皇子に心を寄せる安麻呂は、大海人皇子に耳打ちをし、大海人皇子は頷きました。その胸中には古人大兄皇子や、蘇我倉山田石川麻呂、有間皇子などの顔が去来しました。

天皇の頬は痩せこけていましたが、口は固く結ばれ、眼には力がありました。

天皇は大海人皇子に譲位し後事を託したいといいましたが、危険を察知した大海人皇子は病と称し皇位の継承を固辞して、倭姫皇后を中継ぎの天皇とし、その後に大友皇子に継承することを薦め、自らは出家を請いました。天皇は微かに頷きました。

天皇の許しを得た大海人皇子は、その日のうちに剃髪して、翌日には吉野に向かいました。大海人皇子に随ったのは鵜野讃良皇女と草壁皇子、幼い忍壁《おさかべ》皇子、少数の舎人と女官で、その中に志斐嫗様もいました。左大臣蘇我赤兄、右大臣中臣金、御史大夫蘇我果安らが菟道《うじ》まで、大海人皇子が本当に吉野に向かうのかどうかを見届けるために見送りました。

近江から吉野のまでの道は遠く、宮滝《みやたき》離宮に着いたのは次の日の夜でした。一行は旅装を解くとすぐに床に就きましたが、志斐嫗様は寒さと山峡を走る水音で眠ることができませんでした。

大海人皇子が僧形に身をあらため、一切を投げうって吉野に向かったことは、宮廷に大きな波紋を巻き起こしました。供廻りも少なく、妃や皇子たちの多くは近江に残っていることもあって、大海人皇子は言葉通り仏道の修業に努めるのだろうという者もいれば、虎に翼をつけて野に放つようなものだという者もいました。

天智天皇は、大友皇子を皇太子の地位に就けました。その翌日、天皇は大友皇子と左右大臣、御史大夫三人を病間に集めて、自分の死後は大友皇子に皇位を継承させることを詔しました。集まった六人は天皇の詔を守ることを誓うと、天皇は直ぐに生気のない顔を枕に埋めて昏々と眠りました。天皇の地位を自己の血統に伝えたいとする天智天皇の血への執着が、長年に亘って哀歓を分かち合った兄弟の仲を引き裂きました。

数日後、西殿の、先に出来上がった織物の諸仏の前で、大友皇子、蘇我赤兄、中臣金、蘇我

果安、巨勢人、紀大人は、順に香炉を手にして

「六人心を同じくして天皇の詔を奉じる。もし違うことがあれば四天王が打つ、天神地祇もまた罰する、三十三天、これを証し知れ、子孫の絶え、家門必ず滅びることを」などと泣きながら誓いました。西殿は氷のように冷たく、足下から冷気が這い上がってきました。

十二月の初め、厳粛なときが近づき、天智天皇が崩御され、いずれこのときがくることは覚悟されていましたが、宮廷に衝撃が走り、深い悲しみに包まれました。

大葬が厳かに執り行われ、陵《みささぎ》は山科の鏡山に定められました。

天智天皇は、この国を他国に伍していくために天皇を柱とする新しい国創りを目指して、内憂外患、多事多難な中で多くの犠牲を踏み越えた果てに、志半ばに後顧の憂いを抱えたまま四十六歳の生涯を閉じました。

いさなとり　近江の海を　沖放《さ》けて　漕ぎ来る船　辺《へ》附きて　漕ぎ来る船　沖つ櫂

いたくなはねそ　へつ櫂　いたくなはねそ　若草のつまの　思ふ鳥たつ

(近江の海で、沖の方から漕いで来る船よ。岸近くを漕いで来る船よ。沖の船は沖の船で、岸に近い船は岸に近い船で、漕ぐ櫂でひどく水をはねないで下さい。若草のようだった亡き天皇が慈しんだ鳥が飛び立ってしまうので)

倭姫皇后が天智天皇の大殯《おおあらき》の期間中に作った歌です。大殯は埋葬に先立ち新屋《あらき》を建てて遺体を厚く祭る儀礼ですが、皇后は湖岸で営まれたその期間、冬の灰色の湖に遊ぶ千鳥や、大殯に参加するためにものものしく漕ぎ集まる大船、小船をじっと見続けていました。

第二十一章　壬申の乱

冬の吉野は毎日のように灰色の空から雪が降りました。山も畑も家も真っ白で、上空で寒風が笛のように高い音を出して吹き荒び、廂の氷柱が溶ける日はありませんでした。

大海人皇子は、袈裟を纏い仏道の修行に専念し、ひたすら朝廷の疑念を解くことに務めていましたが、舎人たちは樹々から滑り落ちる雪の音にも近江からの刺客ではないかと身構え、梢を渡る寒風のざわめきにも軍勢の撃つ鉦鼓の音ではないかと耳を澄ますなど緊張した日々が続きました。

天武元年（六七二年）、新しい年がきて、大友皇子が朝廷を主宰するようになりました。近江に春が訪れ、梅の花が咲き始める頃、大和では誰と誰とが頻繁に会っているとか、吉野にいる舎人の一人の姿が見えなくなったとか、朝廷の状況が吉野に筒向けで、伝えているのは大海人皇子の皇子のうちの誰だろうかというような報せや噂が毎日のように届いたり、囁かれ、朝廷は次第に重苦しい雰囲気に包まれるようなりました。

天智天皇という大きな後ろ盾を失った、二十三歳の若い大友皇子は焦燥に駆られ、毎日のように左右の大臣、三人の御史大夫と顔を合わせていました。大友皇子と五人の重臣は、大海人皇子はいずれ朝廷を倒すために兵を挙げるだろう、今は準備が整うのを吉野に留まって待っているのだと考えていました。

大友皇子たちは、大海人皇子の持っている、軍団を管理下に置く国司への影響力と衆望を怖れていました。

大海人皇子は、かつて百済救援軍の派遣の際には自ら軍団の編成や、武器の調達、兵士の訓練をし、白村江の敗戦後の苦境の中にあっても軍備を整えることによって国外からの侵攻の危機を乗り越えようとし、その後も事あるごとに「政《まつりごと》の要《ぬみ》は軍事《いくさのこと》なり」を信条に軍団の編成に尽力して、全国の国司たち、とりわけ東国の国司たちと強い信頼関係を築き、国司たちの中には大海人皇子の顔をみるだけで喜び、言葉を交わすだけで眼を輝かせる者も大勢いました。

軍団は農民から徴発された兵士によって編成され、兵士となった者は、その一部が一年交代で都に上がり衛士《えじ》として定められた部署を警備し、また一部が三年交代で九州に赴き防人として西辺の防衛にあたり、それ以外の兵士は郷土に残って生業に携わりながら軍事訓練を受けていました。この兵士を訓練し、統率、指揮するのが国司の管轄下にいる、かつての地方の豪族なので、大海人皇子が国司たちと深く結びついていることは、大友皇子たちにとって大きな脅威でした。

とくに百済救援軍の主力となった西国が白村江の敗戦によって大きな打撃を被ったことから次第に軍事的基盤として重要性を増してきた東国の国司たちの信頼を得ていることは脅威を一層大きいものにしました。

天智天皇はこのような事態になることを慮ってか、大友皇子を護る五人の重臣は、蘇我一族、中臣一族、巨勢一族、紀一族の、古くからの氏族の出の者で固めていました。

十年も前に、当時の中大兄皇子の政《まつりごと》に見切りをつけ、病と称して大和の館に引っ込んだ父・安麻呂の叔父の馬来田と吹負は、大海人皇子が吉野に向かったことを知ると、「登嗣位者《あまつひつぎしらさむもの》は、必ず吉野にまします大皇弟《まうけのきみ》ならむ」との見通しのもとに、直ぐに御行や安麻呂など大伴一族の男たちを集めて「名を一時に立て、艱難《わざはひ》を寧《やす》めむ」として、大海人皇子が兵を挙げたらそれに随うことに決めました。

吉野の山に春が訪れ、吉野川の水音が軽やかになり、緑の木々が噎せるような匂いを放ち、小鳥が朝早くから鳴くようになりました。

五月に入ると、朝廷が天智天皇の陵を造るためと称して美濃や尾張で兵士を徴発したり、武器を集めているとか、近江と大和を繋ぐ菟道の橋で吉野への食糧の運送を遮断したとかの報せが頻繁に届くようになりました。

この頃、大海人皇子の舎人の和珥部君手《わにべのきみて》が石上《いそのかみ》に住む柿本人麻呂《かきのもとのひとまろ》を訪れました。二人は従兄弟で、君手が舎人になる前も、舎人になってからも暇があると人麻呂を柿の木のある庭に引っ張り出して剣を教えました。剣を教えるときの顔は鬼のようでしたが、終わった後で談笑するときは人懐っこい顔をしていました。君手は人麻呂より三歳年上の二十五歳でした。

君手は、大海人皇子の窮状を語り、皇子の舎人になって力を貸して欲しいと頼みました。翌日、人麻呂は君手とともに吉野に向かいました。

六月の終わりに、身の危険を感じた大海人皇子は、近江朝廷と戦うために吉野を出立しました。出立の二日前に、舎人の村国男依《むらくにのおより》、和珥部君手、身毛君広《むけのきみひろ》が、皇子の密命を帯びて東国に向かい、大分恵尺《おおきだのえさか》と大分稚見《わかみ》の兄弟は近江にいる高市皇子と大津皇子とを連れ出すために出発しました。

大海人皇子の一行は馬と徒歩で出立し、随う者は鵜野讃良皇女と病弱な十歳の草壁皇子、六歳の忍壁皇子、それに二十数人の舎人や女官たちだけでした。

一行が菟田《うだ》の吾城《あき》に着いたとき、かねてから大海人皇子の命を受けて馬来田らと接触してきた舎人の黄書大伴《きふみのおおとも》によって出立の報せを受けた馬来田が手勢を率いて追いつき合流しました。

甘羅《かむら》を過ぎて、伊賀国との国境の大野まできたとき長い夏の日も暮れ、一行は、夜の山道を松明の明かりを頼りに、藪蚊に襲われながら狭くて小笹や潅木などが生い茂った獣道のような険しい道を進み、幾つもの峠を越えていきました。

真夜中に伊賀国に入り、村に着くと、大声で大海人皇子の到来を告げて参集を呼びかけ、駅家《えきか》を見ると火をつけて気勢を上げ、一行に加わるように喚きました。

隠郡《なばりのこおり》、横河《よこかわ》を過ぎて、翌日の未明に莿萩野《たらの》に着き、ようやく休息をとることができました。

夜を徹しての道行きは厳しく、殊に病弱の草壁皇子は疲労でぐったりとし、夏とはいえ夜露に濡れて寒さに震えながら咳き込んでいました。

この間、大和国の豪族や、伊賀国の国司の下で郡を治めている郡司《ぐんじ》たちが呼びかけに応じ、総勢五百人を超す人数になっていました。

休息の後、伊勢の鈴鹿に向かう途中積殖《つむえ》で、大海人皇子は、近江を脱して鹿深《かぶか》山を越えてきた、大分恵尺の案内する高市皇子の一行と出会い抱き合って互いの無事を喜びました。

高市皇子が近江を脱するとき、ほのかな慕情を抱いている異母妹の十市皇女にそれとなく別れを告げたとき、何事かを察した十市皇女は何も訊ねませんでした。

一行が鈴鹿に着いたとき、伊勢国の国司の三宅石床《みやけいわとこ》と介《すけ》の三輪子首《みわのこおびと》らが軍兵を率いて参じたので、その軍兵で畿内と東国を結ぶ要路の鈴鹿の山道を塞ぐことにしました。大海人皇子がいかに東国の国司たちの信望を得ていたとしても、正式の軍事権は近江朝廷にあることから個々の国司たちの帰趨は予断を許さなかったからでした。

その日は川曲《かわわ》を通り、三重の郡家を目指しました。途中、雷鳴が轟き、稲妻が走り、大雨が降り、ぐっしょりと濡れた草壁皇子は寒さに震え、高い熱にうなされ、三重の郡家に着いたのは真夜中でした。そこで夜を明かしましたが、郡家は狭く、殆どの者は雨の中での野宿でした。

翌朝、吉野を出て三日目の朝は、昨夜の大雨は嘘のように晴れ上がっていました。一行は朝早く桑名《くわな》の郡家に向かい、途中大海人皇子は朝明郡《あさけのこうり》の迹太川《とおかわ》の辺で天照大神《あまてらすおおかみ》を遥拝しました。

ここで稚見と数人の従者とに護られて近江を脱出した大津皇子と行き会い、郡家に着く直前には密使の男依から（美濃の軍兵によって不破《ふわ》道を塞ぐことができた）との朗報が届きました。

桑名の郡家に着くと、大海人皇子は直ぐに腹心の舎人を東海や東山道の諸国司に派して軍兵の徴集を命じるとともに、高市皇子には不破に行って軍を統轄するように命じました。

ひとまず桑名の郡家に落ち着いた大海人皇子は、桑名は遠すぎて不便だという高市皇子の進言を容れて、妃を桑名の郡家に残して急遽不破に向かいました。不破郡家に着くと尾張国司の小子部鉏鉤《ちいさこべのさいち》が二万の軍兵を率いて参じていました。

海人大兄皇子は、高市皇子が統率している前線部隊のいる和蹔《わざみ》の近くの野上《のがみ》に本営を置き、和蹔と野上の間を頻繁に往復して軍略を練り、兵士を閲しました。

吉野を発して僅か数日の間に、鈴鹿、不破を制圧し、同時に広大な東国を近江朝廷の支配から切り離し、しかも大和では、吹負の率いる大伴一族が、大海人皇子の命令をまって立ち上がろうとしていました。

朝廷は、大海人皇子の迅速な行動に驚き、直ちに興兵使を八方に派遣して、討伐軍の編成にとりかかりました。

六月の終わり頃、大和において戦端が開かれ、大化の改新後二十七年、天智天皇の死後六ヶ月にして壬申の乱が勃発しました。吹負は、甥で、私の父の安麻呂らを野上に幾度も派して、大海人皇子や馬来田らとの緊密な連絡のもとに、一族の男たちを糾合して、既に近江朝廷の興兵使が活動し始めていた大和の留守司の営所を急襲して、これを攻略しました。

勝報は安麻呂らによって野上にもたらされ、吹負は大海人皇子によって正式に大和方面の将軍に任じられました。こうしたことから、吹負の陣営は大和の豪族の三輪高市麻呂《みわのたけちまろ》、鴨蝦夷《かものえみし》らが手勢を率いて駆けつけたため、大いに賑わい士気が高まりました。

近江朝廷は東方からの脅威のほかに、大和の勢力にも対処しなければなりませんでした。

七月の始め、大海人皇子は軍を二つに分け、伊勢から大和に進む軍の将軍には紀阿閉麻呂《きのあべまろ》、三輪子首らを選び、近江路を大津へと向かう軍には、村国男依、和珥部君手、大分恵尺らを将軍に抜擢しました。舎人らが将軍に登用されたことは功名に逸《はや》る若い兵士たちの血を熱くしました。

吹負も近江京を目指して、近江・山背《やましろ》と大和との国境の奈良山《ならやま》に向かいました。

これに対して、近江朝廷は、常備の諸衛府の軍の他に、近江国、山背国《やましろ》、丹波国、播磨国などの軍団兵を徴発し、それらの大部隊は、山部王《やまべ》、御史大夫の蘇我果安、巨勢人らを将軍として近江京を発ち東方に向かい、別軍は大野果安に率いられて大和に向かいました。

朝廷の軍勢が大和に向かったのは、大和は朝廷の故地で、小墾田《おはりだ》には甲、弓、矢、槍、大角、小角、鼓、幡など多くの兵器を保管する朝廷の武器庫などの重要な施設があり、また、不破にいる大海人皇子の軍勢を側面から衝くことができるからです。

不破を進発した高市皇子の軍勢は、近江路において、出撃してきた朝廷軍を打ち砕いて、安河まで進みました。

これに比べて、奈良山の一戦は吹負に幸いせず、その軍勢は大野果安の大軍によって壊滅し、さらに壱伎韓国《いきのからくに》らの率いる朝廷軍が河内方面から生駒、葛城の防御線を破りながら大和に殺到しました。

奈良山の遭遇戦に敗れた吹負は、混乱している大和に身を置くところもなく、伊賀路を経て不破に向かおうとしたとき、紀阿閉麻呂の派遣した先遣隊の将の置始菟《おきそめのうさぎ》と出会い、その支援を得て金綱井《かなつなのい》に引き返し、兵を呼び戻して軍を立て直そうとしました。

来襲した朝廷の大軍を迎えた吹負は、麾下の軍勢が少なく再び苦境に立ちましたが、到着した紀阿閉麻呂の軍勢も加わって、箸墓《はしはか》付近での激戦の末、朝廷軍を破り、その余勢を駆って、吹負を大和に閉じ込めていた大野果安の軍勢の背後を衝いて壊滅し、大和を再び手に収めると長躯近江京を目指しました。

七月の終わり頃、高市皇子の率いる精鋭部隊は、朝廷軍を息長《おきなが》の横河《よこかわ》で破り、湖に近い安河の浜や栗太《くるもと》で退け、近江京の東からの入り口の瀬田《せた》に達しました。人麻呂は、従兄弟の将軍・和珥部君手の麾下にありました。

瀬田川をはさんで高市皇子と大友皇子が対峙して壮絶な戦いが展開されました。矢が木枯らしのような音を立てて飛び交い、馬の嘶きや雄叫びが地に満ち、赤い幡や白い幡が空に翻るなかを、甲《よろい》を二枚着込み、抜いた剣で敵の矢を防ぎながら瀬田川の橋を駆け渡り、敵陣に切り込んだ、鬼神のような大分稚見の姿を見た人麻呂は、感動で胸が熱くなりました。勢いに乗る高市皇子の軍勢の前に朝廷軍は総崩れになりました。

次の日、追い詰められた大友皇子は長等《ながら》山の麓で自害しました。随う者は物部麻呂《もののべのまろ》の他は二人の舎人のみで、大友皇子は二十五歳、朝廷を主宰すること七ヶ月でした。

頭《みくび》は男依や吹負らによって不破の大海人皇子のもとに届けられ、ここに大和に次いで勝利は大海人皇子に帰し、約一ヶ月に及んだ壬申の乱は終わりました。

大伴一族を主とする大和での蜂起は、この壬申の乱の勝敗を決める重要な戦いでした。乱が終わってからおよそ一ヶ月後の八月の終わり頃、首魁の右大臣・中臣金のみ斬刑、左大臣・蘇我赤兄、御史大夫・巨勢人、ならびにその子と孫、金の子、蘇我果安の子らは流罪との処分が言い渡されましたが、その他の者は罪を問われることはありませんでした。

それから三日後、歴戦の諸将軍らを前にして論功行賞の儀が執り行われました。

九月の初め、大海人皇子は、不破を二ヶ月ぶりに発し、近江に向かうことなく吉野を出て不破に至った道を逆に辿り、伊勢、伊賀を経て、戦塵のあとを留める大和に凱旋しました。

第二十二章　天武《てんむ》天皇

天武二年（六七三年）二月、大海人皇子は岡本宮の南に地をトして造営した飛鳥浄御原宮《あすかきよみはらのみや》で天武天皇として即位し、鸕野讃良皇女を皇后の地位に就け、その後治世十四年を過ごすことになりました。

飛鳥浄御原宮は真神の原にあって、東方に八釣《やつり》山、遠くに三輪山を望み、香具山は真北に位置していました。難波、近江と二代続いた都が飛鳥に久し振りに還ったことに、人々は喜び、安堵して、天武天皇の政《まつりごと》に期待しました。飛鳥浄御原宮には大極殿《だいこくでん》、大安殿《おおあんどん》、朝堂などを備え、太政官以下八省にわたる官衙などを造営することとされていました。

四月、天武天皇は壬申の乱の戦勝祈願の礼として自分の皇女の大伯皇女を、天皇の代理として、この国を代表して伊勢神宮の祭神天照大神に仕える斎王《いつきのみこ》に任じ、十三歳の皇女は、まず身を潔めるために泊瀬斎宮《はつせのいつきのみや》に住み、翌年十月に伊勢神宮に向かいました。大伯皇女は、斉明天皇が百済救援のために西に向かう途中、備前の南の大伯海にさしかかったとき、天武天皇と大田皇女との間の皇女として生まれ、大津皇子の姉にあたります。

天皇の即位後の大嘗祭が十一月の中の卯日から午日までの四日間厳かに執り行われました。この大嘗祭において国栖《くず》の歌笛が奏上されました。これは吉野川の上流の山地に住む国栖人が、大海人皇子が吉野を出立したときに真っ先に参じ、道案内をし、戦いに臨んだことを天武天皇が嘉されたためです。国栖人は笛を吹き、口鼓《くちつづみ》を打って歌を奏し、舞翁の振る鈴の音が冷気の中に凛と響きました。大嘗祭において国栖の歌笛が奏上されたのは初めてでした。

天武三年（六七四年）正月、天武天皇は飛鳥浄御原宮で朝賀を受けました。宮は、湿田や沼沢を埋め立て、広い土地を確保して造営され、このときには大極殿を始め、大安殿、小安殿、内安殿、外安殿、向小安殿などは完成していましたが、未完成の建物も多くありました。

宮廷は、天武天皇の皇子から舎人にいたるまで天皇とともに戦い抜いた壬申の乱の勝利によって高揚し、活気に満ちていました。

中大兄皇子による乙巳の変は、宮廷内の政《まつりごと》の中枢の移動であり、蘇我本宗家を倒したものの、なおも有力氏族を近江朝廷の中枢に据えなければならなかったのに比べ、天武天皇は壬申の乱という戦いによって近江朝廷を滅亡させ、残存していた有力氏族の蘇我一族（別家）、巨勢一族、中臣一族などを没落に追い込み、何の障害もなく、天皇が思うままの政《まつりごと》を行うことができるようになったからでした。

天皇は、この国を、近江朝廷を倒しましたが天智天皇が築こうとして築き得なかった「天皇に権限を集中し、全ての土地と民とを公有して、これを天皇が直接任命する官人が掌握する体制」を確立しなければならないと考えていました。この体制は、他の国々に伍していくため、かつて中大兄皇子、大海人皇子、鎌足らが語り合い、大化の改新の詔にこの国の進むべき方向として掲げたものでした。

二月、蕗の薹が雪解けの土の中から顔を出した日、和珥部君手の指揮下にいた、大海人皇子の舎人だった人麻呂が、皇后などの後宮を警護する中宮《ちゅうぐう》の大舎人《おおとねり》になりました。

このようなことになったのは前年、天皇の「夫《そ》れ初めて出身せん者をば、先《ま》ず大舎人に仕えしめよ。然《しか》して後に其才能を選簡《えら》び、以て当職に充てよ」という詔があったからです。

これは舎人と皇族との私的な関係をなくし、門閥の如何にかかわらず官人を志す若者を先ず宮廷で働かせて、天皇が身近でその素質を観察し適材を適所に配するとともに、天皇直属の観念をうえつけるためでした。また、天皇は、天智天皇のときの冠位二十六階を四十八階にしました。冠位を小刻みにして官人の精励を促し、位階の権威を高めるためでした。

志悲媼様が、不思議に思ったことは、天武天皇が左大臣、右大臣などの大臣を置かなかったことでした。最初のうちだけかと思っていましたが、天皇の十四年の治世において変ることなく一人の大臣も任じることはありませんでした。

天皇は左大臣、右大臣を置かず、天皇の直ぐ下に太政官《おおまつりごとのつかさ》、大弁官《おおともいのつかさ》、神官《かむつかさ》、宮内官《みやのうちのつかさ》などを置いて、天皇が直接に政《まつりごと》を掌握されました。太政官は、太政大臣と異なり、政《まつりごと》について判断することなく、天皇の意図を正確に官人たちに伝え、官人たちの意見を正確に天皇に伝えることとされていたので政《まつりごと》は天皇の意図通り正確に迅速に執行されました。太政官や大弁官の長などは、能力のある者の中から出自や位階に関係なく選ばれました。

天皇の政《まつりごと》を補佐したのは皇后と高市皇子を始めとする皇族でした。皇子たちの献身的な働きによって壬申の乱に勝利した天皇は、皇族を藩屏とし、天皇の巨大な権力の内部で、天皇の諸皇子や王たちに枢要な地位を与え、能力を発揮させました。所謂、皇親政治です、

天武四年（六七五年）二月、天皇は重大な改革を断行しました。氏族たちの私有地で農耕に従事する部曲を再び廃止したのです。部曲は、大化の改新のとき公地公民制の施行により廃止されていましたが、白村江における敗北の直後に天智天皇が、氏族たちへの妥協として復活させていたのを、再び公民としたのです。それと同時に、王臣、諸寺に与えていた山、島浦、林、池をことごとく収公し、大官の特権であった食封も廃止しました。食封は、大化の改新で、氏族らの私有地と私有民を公地公民にした代償として、位階によって一定の戸数を封戸《ふこ》に指定し、その租の半分、庸、調の全て、それに仕丁の労役を徴収する権限を氏族たちに与えたものでした。

このような天武天皇の政《まつりごと》に対して、これまで有していた特権を奪われたことから反感や不平を抱く諸王や官人もいましたが、天皇はそれらの者を、当麻広麻呂《たぎまのひろまろ》や阿倍久努麻呂《あへのくのまろ》のように朝廷から退け、麻続王《おみのおおきみ》、筑紫大宰《つくしのおおみこともち》屋垣王《やかきのおおきみ》のように僻地に配流し、杙田名倉《くいたのなぐら》のように刑に処しました。また、壬申の乱において天武天皇方について大きな功をあげた東漢《やまとのあや》一族に対しても崇峻《すしゅん》天皇を殺害した過去を「推古朝から近江朝にいたるまで汝等謀るをもって事となす」と数十年前まで遡って責め、詔を下して将来を戒めました。

また、天皇は、新羅と親交を厚くしました。唐の置いた熊津都督府を駆逐し、安東都護府を遼東に後退させて、半島から唐の勢力を追い払い統一王朝を成立させた新羅の気概を評価したからでした。新羅はこの国と古から友好関係にあった百済を唐と結んで滅亡させたとして、天皇の政《まつりごと》に反対する者もいました。筑紫大宰屋垣王が配流されたのは、天皇の新羅への対応に不満を抱いた王が、独自に軍を動かそうとしたためだと噂されました。

天皇の改革は大胆で、それに反対する者への処分は王臣の区別なく厳しいものでしたが、反感や不満は拡がることはありませんでした。天皇の権力は壬申の乱を通して強大になり、圧倒的な力を人々に見せつけていたからです。何の制約もなく、自由に位階を改廃し、臣下を任免し、賞罰を与え、軍事権を行使し、外交をする天皇は、官人らには神のように見えました。

大君は　神にしませば　赤駒の　はらばふ田井を　都となしつ
(天皇は神であられるから馬が這い蹲って耕している泥田をたちまちのうちに美しい都になされた)

この歌は、その頃兵政官《つわもののつかさ》の大輔《たいふ》の任にあった父・安麻呂の兄の大伴御行が浄御原の都を讃美し、天皇を礼讃して詠んだ歌です。この歌の他にも、

大君は　神にしませば　水鳥の　すだく水沼《みぬま》を　都となしつ

など、人々は天皇を礼讃した多くの歌を作りました。

天武七年（六七八年）、草壁皇子は十六歳、人麻呂は中宮少進《しょうしん》になっていました。人麻呂は病弱な皇子のために、剣や弓を教え、宇陀《うだ》や高円《たかまと》などで狩猟し、祖父の舒明天皇が国見した天《あめ》の香具山などの山に登って体を鍛えしました。

人麻呂は時折、大分恵尺、稚見兄弟、身毛君広、和珥部君手らと会っていました。かつての天武天皇や高市皇子の舎人らで壬申の乱をともに戦った者たちでした。大分恵尺は高市皇子を近江宮から連れ出し、稚見は甲を二枚着込み、抜いた剣で敵の矢を防ぎながら瀬田川の橋を駆け渡って敵陣に切り込み、和珥部君手は高市皇子が統率する軍勢の将軍で、人麻呂は君手の指揮下にいました。

年が経つにつれてこれらの者たちの中には早くも亡くなる者が出始め、天武天皇の信頼の厚かった身毛君広は二年前に若くして亡くなりました。

第二十三章　十市皇女

四月、神の座に昇った天皇にも悲しい日がきました。その日、十市皇女は父の天皇と神祇《しんぎ》を祀《まつ》るため倉梯《くらはし》川の畔に設けられた泊瀬斎宮《はつせのいつきのみや》へ行くことになっていました。初夏の闇がようやく白み、儀仗を整えた天皇の行列が進み始めようとしたとき、十市皇女に仕える采女の叫び声が周囲の静寂を破りました。十市皇女が「卒然《たちまち》に病発《おこ》りて」亡くなられたのです。

十市皇女は、父・天武天皇が滅ぼした大友皇子の妃で、壬申の乱の後は、二人の間に生まれた葛野王《かどのおおきみ》とともに飛鳥浄御原宮で暮らしていました。壬申の乱から六年の歳月が経過していましたが、十市皇女にとってこの六年間は、亡き夫へ思慕と寂寥の中で、次第に夫の仇の高市皇子に惹かれていく自分を責め続けた、辛い歳月でした。十市皇女の死が余りに突然であったため、皇女は自らの命を断ったのではないか　と噂されました。

十市皇女は大和の赤穂《あこう》に葬られました。神の座にある父の天武天皇も葬送に臨御し、声を上げて嘆き、母の額田王は十市皇女の苛酷な一生を思って深い悲しみに沈みました。

三諸《みもろ》の神の神杉《かみすぎ》　夢《いめ》にだに　見むとすれども　いねぬ夜ぞ多き

（三輪山の神杉のように気高く美しかったあの人が逝ってしまった。あの人に夢の中だけでも会いたいのに、悲しくて眠れない夜ばかりで会うことができない）

山吹の　立ちよそひたる　山清水《やましみず》　汲《く》みに行かめど　道の知らなく

（気高く美しいあの人が逝ってしまった。清らかな山吹の花が咲いている傍の、山清水を口にすると命が甦ると聞いたが、山清水の湧く処に行く道が分らない）

十市皇女の死を悼んで、高市皇子が詠んだ歌です。高市皇子の十市皇女に寄せる秘めやかな慕情が伝わってきます。

河の辺《へ》の　五百箇磐群《ゆついわむら》に草生《む》さず　常にもがもな　常処女《とこをとめ》

（この河のほとりの神聖な岩の群には少しの草も生えることなく清らかで綺麗です。皇女もこのように永遠の処女としていつまでも美しくあってほしいものです）

壬申の乱の後に、十市皇女が伊勢神宮に参拝したとき、皇女に随った吹黄刀自《ふきのとじ》が参宮路にあたる波多《はた》の横山《よこやま》で詠んだ歌です。吹黄刀自がいつまでも若く美しくあれと祈らずにはいられないほど皇女は儚く見えたのでしょうか。

この頃、人麻呂は最初の妻を亡くしました。

衾道《ふすまぢ》を　引手の山に　妹を置きて　山路をゆけば　生けりともなし

（引手の山に逝った愛しい妻を葬り、山路を帰っているが、慈しみ合った日々のことが思い出されて、これからどのようにして生きていけばよいのか分らない）

往《ゆ》く川の　過ぎにし人の　手折《た》らねば　うらぶれ立てり　三輪の桧原《ひはら》は

（互いに桧を手折って頭にかざして遊んだことがあったが、あの人が逝った今はそのようなことをすることもなく、美しかった三輪の桧原も憂いしおれている）

十市皇女の死と、人麻呂の妻の死とが、高市皇子と人麻呂との壬申の乱以来の心の交わりを一層深くしました。人麻呂は、後に皇族や、禁断の恋をして逮捕される前に自死した采女、罪人だったかも知れない漂流者などの死を悼んで多くの挽歌を作っているように、人とりわけその愛と死に関心をもっていました。

第二十四章　吉野の盟約

天武八年（六七九年）五月の初め、天武天皇は皇后、草壁、大津、高市、川島《かわしま》、忍壁、志貴《しき》の諸皇子を同して宮滝の離宮に行幸しました。

み吉野の　耳我《みみが》の嶺《みね》に　時無くぞ　雪は降りける　間《ま》無くぞ　雨は降りける　その雪の
時無きが如《ごと》　その雨の　間無きが如　隈《くま》もおちず思ひつつぞ来《こ》し　その山道を
（吉野の耳我の嶺にはいつも雪が降っている。止む間もなく雨が降っている。雪がときを分かたず降るように、雨が間断なく降るように、山道のひとつひとつの曲がり角にも思い出があって、その思い出を噛み締めながらここまでやってきた）

天武天皇は八年前に、病床にあった兄の天智天皇からの譲位を固辞し、俄かに出家して近江を出立し吉野に入りました。吉野を出て東国に向かうまでの八ヶ月間、天皇、皇后、草壁皇子、忍壁皇子など二十数人は、梢を鳴らす風の叫びにも、樹木を叩く雨の音にも近江朝廷の軍勢ではないかと怯える日々を送りました。この歌は、天武天皇がそうした吉野での思い出を噛み締めながら、山道を宮滝《みやたき》離宮へいく途中詠んだ歌です。

草壁、大津、、高市、忍壁皇子の父は天武天皇、川島、志貴皇子の父は天智天皇です。川島皇子は天武天皇の皇女・泊瀬部《はつせべ》皇女を妃にしており、志貴皇子は川島皇子の異母弟でやはり天武天皇の皇女・託基《たき》皇女を妃としていたことから天武天皇の皇子と同列に扱われたのでした。天武天皇にはその他に舎人《とねり》、弓削《ゆげ》、新田部《にいたべ》、穂積《ほづみ》の諸皇子がいますが、幼いため同行を命じられませんでした。

天皇の吉野行幸の目的は、皇子たちが将来に亘って互いに助け合い、争いをしないことを天皇、皇后と盟約することでした。盟約の地として吉野が選ばれたのは、ここが天武天皇誕生の出発点だったからです。

天皇の地位の継承者を巡っては、これまでにも古人大兄皇子、有間皇子、大友皇子などの場合ように幾つもの血腥い事件が起きました。天皇も老境に差し掛かり、皇太子を決める時期がきていましたが、皇子のうち誰を皇太子にするかは難しいことでした。

天皇には皇后との間に草壁皇子がありましたが、壬申の乱で天皇の片腕として活躍した高市皇子や、度量が広く、官人たちから将来を嘱望されている大津皇子など多くの異腹の皇子がいました。

天皇の不安は、宮廷の諸勢力がいつ、どういうことで皇子たちのうちの誰かと結びついて、自分を裏切ったり、この世を戦乱の巷にすることでした。

皇太子は后妃からうまれた皇子がなるという習慣のため、壬申の戦いに大きな功績があった第一皇子の高市皇子は、母が皇族の出でない尼子娘であることから皇太子の地位に就くことは困難でした。皇后の血を引く草壁皇子は思いやりがあって、やさしくはありましたが、決断力が乏しく、病弱で、強大な権力を有する天皇の後継者としてふさわしいかについては天皇を始め、多くの人々が疑問に思っていました。

一方、大津皇子は草壁皇子より年は一歳下でしたが、容貌、性格、能力とも天皇に似ていて皇太子にふさわしい皇子であることは衆目の一致するところでした。それに大津皇子の母は、天皇が深く愛した、皇后の姉の大田皇女で、皇女が若くして逝かなかったならば、皇太子は大津皇子にすんなりと決まっていただろう　と噂されました。

天皇は皇太子を誰にするかを決めかねていましたが、当面諸皇子の団結を求める盟約をすることにしました。天皇はこのような盟約が何の役にも立たないことを知っていました。天皇の脳裏に、近江宮の西殿の織物でつくった諸仏の前で、大友皇子と五人の重臣が泣きながら天智天皇の遺詔を護ることを誓ったにも拘らず、敗戦となるや重臣たちは逃げ去り、大友皇子が自害したときに寄り添っていたのは二、三人の舎人のみだつたことが浮かんできて、心の中を冷たい風が通り抜けました。

このような天皇が盟約の儀式を行うことにしたのは、皇后の強い要請があったからでした。皇后は、自分たちの第一皇子の草壁皇子を早く皇太子の地位に就けようとしない天皇の心が理解できず、このためこの盟約の儀式を通じて、自分の血を継ぐ草壁皇子が次ぎの皇太子だということを、天皇を始め、諸皇子、官人たちに認めさせたいと思いました。皇后の発言は重いものがありました。

盟約の儀は、天皇の言葉に始まり、「天神地祇、及び天皇証《あきら》めたまへ。吾《おの》れ兄弟、長幼并せて十余の王《みこ》、各異腹より出でたり、然れども同異を別たず、倶《とも》に天皇の勅《みことのり》に随いて、相扶けて忤《さか》ふることなけむ、もし今より以後、この盟の如くあらずは、身命亡び、子孫絶えむ、忘れじ、失《あやま》たじ」と　最初に草壁皇子が、次に大津皇子が、そして四人の皇子が、緊張した高い声で、また緊張を抑えた低い声で次々に誓いました。誓いの言葉を述べる皇子の順番は、皇后が草壁皇子を最初にしました。それから天皇は両腕を拡げて皇子を一人ひとり抱き締め、皇后とともに、六人の皇子に「一母同産《ひとつおもはらから》の如く」慈しむことを誓いました。数日来の雨を集めた吉野川が、轟々たる水音を立てて流れていました。

天皇の前に並んだ皇子のうちで、草壁皇子より十歳上の高市皇子は、壬申の乱で大勢の軍勢を率いた勇士で堂々とした態度であったし、一歳年下の大津皇子も高市皇子に劣らない立派な体と態度をしていました。儀式が終わると、高市皇子と大津皇子を囲むように川島皇子らがやってきて談笑が始りましたが、草壁皇子は一人、談笑の輪から外れて、俯いて立っていました。

皇后は、他の皇子たちに取り囲まれることなく一人で俯いている草壁皇子が不憫で、情けなく胸が掻き毟られるようで、天皇を恨み、美しかった姉の大田皇女と堂々とした大津皇子に嫉妬しました。

皇后にとって胸の痛むことが、また一つ起こりました。草壁皇子と大津皇子とが一人の女人に想いを寄せるようになったのです。

その女人は、皇后に仕え始めたばかりの石川郎女《いしかわのいらつめ》、字《あざな》は大名児《おおなご》でした。石川郎女はほっそりとした、肌は雪のように白く、整った顔立ちをしていました。大津皇子は大名児に歌を贈りました。

あしひきの　山の雫《しづく》に　妹《いも》待つと　われ立ち濡れぬ　山の雫に
(お前の来るのを待って、深夜まで山の樹の下に立っていたから樹から滴り落ちる雫に濡れたよ)

吾《あ》を待つと　君が濡れけむ　あしひきの　山の雫に　ならましものを

大名児は情熱的な歌で和《こた》えました。

大名児を　彼方《おちかた》野辺に　刈る草《かや》の　束《つか》の間《あいだ》もわれ忘れめや

（大名児よ、遠い向こうの野辺で刈る短い草のように、ほんの束の間だって愛しいお前を忘れはしない）

この歌は草壁皇子が大名児に贈った歌です。大名児からこの歌への和えはありませんでした。このことを知った皇后は、草壁皇子を一層不憫に思い、大津皇子に強い反感を持つようになりました。大名児は、間もなく宮中への出仕を辞めました。

私はこの話を伯母の安曇外命婦から聞いたとき、

「お母さんの名は石川郎女よね、この方はお母さんのことではないの」

と母にいたずらぽっく訊ねました。

「いいえ、名が同じだけよ。私に歌を贈ってくれたのはあなたのお父さんだけだったわ」

と慌てて応えました。

「皇后が変わられたのはこの頃からでした」と志斐嫗様はいいました。

母の遠智娘の血を受け継いだ皇后は美しく、賢く、寛容でしたが、一方で、父の天智天皇から果断に決断し実行する力、強い意志の力、目的のためには手段を選らばない非情さや、皇位の後継者を自分を支えてくれた大海人皇子から実子の大友皇子に代えた血への執念を受け継いでいました。

「子故《こゆえ》の闇《やみ》とでもいうのでしょうか」志斐嫗様は深い溜息をつきました。

「子故の闇」とは、親が子のことを思う余りに理性や正しい判断を失うことです。

大津皇子への諸王や官人たちの輿望が高くなればなるほど、皇后は自分の血を引く病弱で気弱な草壁皇子を皇太子にするのに障害になる大津皇子を憎むようになりました。

畝傍山の麓の大津皇子の館には、皇子を慕う川島皇子、忍壁皇子や、伊勢大君《いせのおおきみ》、桑田王《くわたのおおきみ》らの諸王、大分恵尺、稚見、阿曇稲敷《あずみのいなしき》、紀真人《きのまひと》、父の大伴安麻呂、伯父の御行ら多くの人々が訪れ、議論をし、漢詩を朗唱し、歌を作り、ときには宴を設けたりしていました。皇后の眼や耳が、館に出入りする者や館での会話などに注がれるようになりました。

天武十年（六八一年）二月の終わり頃、大安殿《おおあんどの》で諸親王、諸王、諸臣を前にして、草壁皇子の立太子の儀が執り行われました。吉野の盟約から二年が経過していました。

天皇は草壁皇子の立太子については時期尚早で、まだ考えなければならないことがあると逡巡していましたが、日に日に高まる大津皇子を推す声を憂慮して一日も早い草壁皇子の立太子を望む皇后の強い主張に押し切られたのだと噂されました。皇后は、自分たちの間に生まれた草壁皇子を皇太子にしないで、なおも大津皇子に拘る天皇の心が理解できず、年下の大津皇子に随う我が子草壁皇子を想像することもできませんでした。

皇后は死を覚悟して天皇とともに吉野にいき、近江朝廷を倒した功績の半分は皇后にあるとされ、また天武天皇が左大臣、右大臣を置かずに天皇親政を行うことができたのも皇后の補佐があったからで、天皇の老いが進むにつれて、皇后の発言は一層重くなっていました。

同じ日に律令の編纂を開始するようにとの詔がありました。この国の進むべき方向を示めした改新の詔から三十五年、その間、朝鮮半島への出兵、壬申の乱などによる中断や、政治的な妥協による後戻りなどがありましたが、天武天皇が天智天皇の政策を継いで、戸籍の作成、王臣、諸寺に与えていた山、島浦、林、池の撤収、班田として支給する田地の開発、官人制度の整備などの諸準備が整い、今後は遺漏なく人々に公平に耕作地を支給し、租税、徭役、兵役を課すための体系的な律令の制定が必要になったからです。

三月の中頃、天皇は大安殿で川島皇子、忍壁皇子ら十二人に「帝紀《ていき》」及び「上古《じょうこ》の諸事《しょじ》」を検討し、史実を確定し記録するよう詔されました。「帝紀」とは歴代天皇の系譜であり、「上古の諸事」とは宮廷や有力氏族に伝わる説話のことです。国の修史事業として「日本書紀」の編纂が始りました。この修史事業の目的は、天皇家を万世一系の系譜にまとめて、天皇家に絶対的な尊厳を与え、天皇家をいつまでも安泰にすることだったため、各氏族の家伝は天皇家のそれと矛盾するものであってはなりませんでした。

第二十五章　八色《やくさ》の姓《かばね》

天武十二年（六八三年）二月、天皇は、大津皇子が政《まつりごと》に参画することを詔し、皇太子の草壁皇子には天皇の名代として外国の使節に会ったり、儀式に臨むことを命じました。草壁皇子が皇太子に立てられてから二年後のことでした。

天皇は皇親を藩屏にして天皇の権威を揺るぎないものにするために、公《きみ》、臣《おみ》、連《むらじ》、直《あたい》、造《みやつこ》、首《おびと》などの姓によってこの国の人々の身分と職業とが定められていた制度を根本的に改め、全氏族を官人とする構想の下に、広く人材を登用し、適所に任ずることができる新たな制度、それを支える新たな価値観をつくろうと考えていました。天皇はこの大きな仕事を、諸王を束ね、官人らを統率する実力のある大津皇子に委ねたのです。

皇后は天皇の措置に憤り、反対しました。大津皇子を政《まつりごと》に参画させることは取りも直さず皇太子草壁皇子を蔑ろにするもので、天皇自らが草壁皇子を凡庸な皇太子と認めたことになること、そして壬申の乱は、天智天皇が皇太子の大海人皇子がいたにも拘わらず、大友皇子を太政大臣に任じたことが原因となったのに、どうして同じ轍を踏むようなことをするのかなどと天皇を責め、翻意を迫りました。

しかし天皇は「天皇の権威を将来に亘って揺るぎないものにするには、新しい姓の制度を創らなければならない。そのためには諸王や官人たちの信頼の厚い大津皇子の力が必要なのだ」といって譲りませんでした。

大津皇子が朝政に参画するようになって、大津皇子の周囲には以前にも増して多くの諸王や官人たちが集まるようになりました。天皇の愛情が大津皇子に注がれているのを敏感に嗅ぎ取り、ひょっとすると、大津皇子が天皇位を継ぐことになるかもしれないと思ったからでした。皇后はこのような状況を見て、大津皇子を、草壁皇子の地位を脅かすものとして一層危険に思い、激しい憎しみを抱くようになりました。

この頃、人麻呂は、中宮少進を経て中宮大進《たいしん》になっていました。人麻呂も高市皇子も大柄で、二人並んで朝堂院の前の庭などを言葉をあまり交わすことなく歩いているのを見て、朝廷に出仕して間もない采女らは不思議なのでも見るような眼で二人を眺めたり、「何が楽しくて二人は一緒に歩いているのかしら」と笑ったりしました。

六月の中頃、蒸し暑く、蛙の鳴き声が遠く近くに聞こえる夜、壬申の乱に大きな功績のあった父・安麻呂の叔父・馬来田が逝きました。天皇は嘆き、伯瀬王《はつせのおおきみ》を遣わして弔問し、壬申の乱での馬来田の勲功と大伴一族の先祖が代々果たしてきた功績を述べさせ、大紫《だいし》の位を贈り、鼓吹して葬りました。厚い礼遇でした。

七月の始め、天皇は天智天皇の妃で、後に鎌足の正室になった鏡王女の館に幸され、病を見舞いました。鏡王女はその翌日に逝きました。

八月の中頃、壬申の乱で大海人皇子軍を勝利に導いた父の叔父の吹負と、功臣の村国男依とが相次いで逝きました。天皇は、二人の訃報を聞いたとき、顔を覆って号泣しました。天皇の周囲から壬申の乱を共に戦った当時の舎人や心の通った人々が櫛の歯の欠けるようにいなくなりました。天皇の髪も半ば以上白くなり、遠くを見ているような眼をして物思いに耽っていることが多くなりました。

皇后、草壁皇子を中心とする派と、大津皇子を囲む派とが互いに意識し合って緊張した状況が続きましたが、新しい身分制度の創設の準備は着々と進んでいました。

九月の初め、八色の姓の制定の前段として、倭直《やまとのあたい》など三十八氏に、その一ヶ月後には三宅吉士《みやけのきし》など十四氏に連《むらじ》の姓が授けられました。連という姓は、天皇家の直属下にあった有力な氏族に与えられ、これまで貴氏とされていたので、この姓を授かった氏族は喜びましたが、連の姓を有する者には大きな衝撃を与えました。人々は寄ると触ると新しい身分制度の中で自分たちがどのように遇されるのかを話題にしました。
このような中で、高市皇子は、壬申の乱に勝ち抜き、軍制の整備を痛感した天皇の命によって都、地方を通じての軍政の整備に余念がなく、天武十三年（六八四年）四月の「文武百官は武術に熟達し兵馬を整えよ」との詔は、高市皇子の進言によるものでした。
一方、人麻呂の人への関心は一層深まり、

あしひきの　山川《やまがは》の瀬の　響《な》るなべに　弓月《ゆつき》が嶽《たけ》に　雲立ち渡る
（山から流れ落ちてくる巻向《まきむく》川の水音が高まるにつれて弓月が嶽一帯に雲が立ち昇っていく）

巻向の　山辺とよみて　行く水の　水沫《みなわ》のごとし　世の人われは
（巻向山の近くを水音立てて流れていく川の水泡が儚いように、この世に生きる我々の命も儚いものだ）

巻向の　痛足《あなし》の川ゆ　往く水の　絶ゆること無く　またかへり見む
（巻向山の痛足川の水は留まることはなく流れていくが、私は幾度もここに来てこの景色を眺めよう）

という歌を作りました。

志斐嫗様は（第一首で、水量を増して瀬音高く流れる巻向川と鉛色の雲が立ち渡っている向こうの弓月が嶽の雄大な自然と人とを対峙させ、第二首では変わらぬ自然と人の世の無常を、第三首は無常ではあってもその底にある永遠を詠んだのだ）と思いました。


天武十三年（六八四年）十月の初め、天武天皇は、大津皇子の上奏を裁可して「諸氏の族姓を改め、八色の姓を定める」ことを詔されました。大津皇子が政《まつりごと》に参画するようになって一年八か月が経っていました。

従来の氏姓《うじかばね》の順位は公《きみ》・臣《おみ》・連《むらじ》・直《あたい》・造《みやつこ》などでしたが、八色の姓は真人《まひと》・朝臣《あそん》・宿禰《すくね》・忌寸《いみき》・道師《みちのし》・臣《おみ》・連《むらじ》・稲置《いなぎ》の順位としました。真人は皇室の五世までの近親の、従来は公の姓を称していた氏族に、朝臣は真人以外の、天皇・皇子から出て臣の姓を称していた氏族とすぐれた功績のあった氏族に、宿禰は従来連を称えていた氏族と功績のあった氏族に、それぞれ授けるものとしました。巧妙なのは従来の臣・連の姓を八色の姓の中に残し、従来第二位の姓の臣は第六位に、第三位の連は第七位にしたことでした。臣・連を称していた氏族は姓を奪われたのではありませんが、新たな姓が自分たちの上に五つもできました。

また、朝廷は臣・連の姓を称えていた氏族にそのまま朝臣や宿禰の姓を授けたのではなく、朝廷に功労のあった氏族には高い姓を授け、そうでない氏族は従来の臣・連の姓のままとし、これまでの価値観を一掃し、天皇の権威を一層高くしました。
八色の姓制定の詔のあった同じ日に、守山公以下十三氏に真人の姓が授けられました。全て従来公を称えていた氏族でした。

この頃から天皇は微熱と激しい咳が続き、食欲がなく、頬がこけてきて、病床に就く日が多くなりました。

大津皇子が公や朝臣、宿禰などの姓をどの氏族に授けるかを天皇に相談するためや、病気見舞いに幾度も宮中に参上しましたが、皇后はその度に「天皇の病は重い。皇子に会うことができるようになったらお知らせする」と冷たく言い、これまでと違って大津皇子は天皇が臥せる内裏に通されないようになりました。

大津皇子は、あれほど熱心に取り組んでいた天皇がことのほか重要としていた朝臣・宿禰の姓をどの氏族に授けるかという詰めの段階で、病の床に臥しているとはいえ幾日も自分に会わないとは考えられないことでしたが、皇后がそういう以上、引き下がる他ありませんでした。大津皇子と皇后とを取り次ぐ、愛想のよかった、大弁官の長の采女筑羅《うねめのつくら》や太政官の長の阿倍御主人《あへのみぬし》も妙によそよそしくなり、大津皇子を怖いもののように、大津皇子を見ると直ぐに姿を消すようになりました。

大津皇子が政《まつりごと》に参画するとの詔が出たときには、大津皇子の館に競うように集まった諸王や官人たちも晩秋の木の葉が落ちるように次第に集まらなくなりました。大津皇子は、自分の知らないうちに何かがおこっていると思い、背中がぞくりとしました。

十一月の初め、大津皇子に何の連絡もないままに、五十二氏に第二の姓である朝臣の姓が授けられました。そのうち公を称えていたのは大三輪《おおみわ》、胸方《むなかた》など十一氏、第二の姓の臣の姓を称えていた氏族が三十九氏、連の姓を称えていたのは物部、中臣の二氏だけでした。

このことを知った大津皇子は血が逆流する程の憤りを覚えしました。八色の姓の制度を定めるにあたって氏族の不平や不満が高じないようにあらゆる調整や説得をしてきた自分を無視して物事が運ばれていたのです。それに物部、中臣の二氏だけに朝臣の姓が授けられ、大伴氏が除外されるとは思いもよらないことでした。

天皇はいつも大津皇子に「壬申の乱に功績のあった氏族に高い姓を授けてその功績に報いたい、とりわけ朝臣と宿禰の姓をどの氏族に授けるかは八色の姓の制度が成功するかどうかの要ぞ」といっていたからです。大津皇子は、物部、中臣の二氏のみに朝臣の姓を与え、大伴氏を除外したのは、天皇の真意ではなく、皇后が病床にあって気力の衰えた天皇を説き伏せたか、皇后の独断に違いないと思いました。朝臣の姓を授けられた物部麻呂《もののべのまろ》も中臣大嶋《なかとみのおおしま》も「壬申の乱に功績」があるどころか、敵であった近江朝廷の官人でした。

物部麻呂は大友皇子に最後まで随い、中臣大嶋の叔父の中臣金は近江朝廷の五大官の中で唯一人斬殺の刑に処せられるほど、天武天皇方に憎まれていました。二人はこのような負の経歴をもっていましたが、皇后の「朝廷に忠誠を尽くし、能力のある者は前歴に関わらず登用する」との考えに力を得て、懸命に学問を修め、武術を練磨し、やがて二人の忠実で、すぐれた働きが皇后の眼に留まって、次第に重く用いられるようになりました。

壬申の乱の勝利は、大伴馬来田、吹負、御行、安麻呂など大伴一族の活躍によるところが大きいとされていたことから、大伴氏が朝臣の姓を授けられなかったことは、官人たちに大きな衝撃と緊張を与えました。このことは、皇后の相談に与ったに違いない、皇后の信頼の厚い、鎌足の次男の不比等が、壬申の乱に敗れた近江朝廷の官人であったとき、勝ち誇った大伴一族に冷たくされたことがあったからだなどと噂されました。

壬申の乱で抜群の功績のあった大伴氏を差し置いて、近江朝廷の重職にあった物部、中臣の二氏が朝臣の姓を授けられ、大伴氏は宿禰の姓に留められたのは何故か、大津皇子は、その理由を思い当たりはっとしました。

大伴氏の棟梁の御行や安麻呂が自分の館に出入りし、ときには宴席に連なっていたことから自分の一派と看做され、自分に近づくことが如何に危険であるかを、各氏族や官人たちへ見せつけるために、また、壬申の乱に大きな功績のあった馬来田や吹負の死後に直ちにという時期が選ばれ、皇后に忠実な物部、中臣の二氏が朝臣の姓を授けられたのも、壬申の乱の功績をいまだに口にする諸皇子や諸王、大官などを牽制するために壬申の乱が過去の出来事になったことを知らしめるためだ　と気付いた皇子の胸にどす黒いものが込み上げてきました。物部、中臣の二氏が第二位の朝臣の姓を授けられ、大伴氏が連の姓の氏族に授けられた第三位の宿禰の姓に留め置かれたことは二つの大きな影響をもたらしました。

一つは、政《まつりごと》を主宰しているのは天皇ではなくて皇后であることを宮廷の内外に知らしめたことであり、一つは大伴一族の男たちに与えた深刻な衝撃でした。

大伴一族は多くの氏族を束ね、古くから天皇家に従属し、伴の中の伴として強い絆で結ばれ、物部一族とともに天皇家の軍事を支えてきました。かつては大きな勢力を持ち全盛を誇っていましたが、やがて衰運に見舞われ衰退の途を辿ってきました。大伴一族の男たちは、壬申の乱における馬来田や吹負らの功績で、今度こそ頽勢を挽回できるとの期待が高まっていたから猶更でした。棟梁の御行の落胆は眼を覆うばかりで、大伴一族の男たちの心に大きな傷を残しました。このときの屈辱や憤りが、後の兄の旅人の酒への韜晦となり、甥の家持の歌への傾斜となり、また、頽勢挽回への焦りがその後の大伴一族の男たちが幾つかの政争に関わるようになった原因にもなりました。

十二月の初め、五十氏に宿禰の姓が授けられました。諸会臣《もろあいのおみ》のみが従来の臣姓で、他は全て連姓でした。

第二十六章　大津皇子

天武十五年（六八六年）正月、八色の姓の創設に伴って大規模の人事が行われ、天皇にもしものことがあっても皇后や草壁皇子を護れるように兵政官、刑官、大弁官など主要な官職には、皇后に忠実で有能な人材が充てられていました。物部麻呂はこの後、石上朝臣麻呂《いそのかみあそみ》を名乗るようになりました。新しい人事は、病で気力の衰えた天皇に代わって皇后が行ったことは周知のことでしたので、官人たちは皇后の人材を見る眼の確かさと巧妙な手腕に舌を巻く思いをしました。

これまでは天皇にもしものことがあったときには、皇太子の草壁皇子が即位し、大津皇子が補佐するものと官人たちは思っていましたが、この一連の皇后の際立った人材の配置と手腕を眼にして、草壁皇子が即位後は、皇后が俊敏な官人たちを率いて天皇の政《まつりごと》を補佐し、新しい天皇、皇后に危険な存在になるかも知れない大津皇子は、政《まつりごと》の座から外されるのではないかと思う者もでるようになりました。大津皇子は周囲がじわりと大きな網に取り囲まれてきたような気がしました。

五月、天皇の病気回復を祈願して、大舎人を諸寺に派遣して堂塔を掃き清めさせたり、百官《つかさつかさ》を川原寺に遣わして燃燈供養したり、百人の僧を宮中に招いて金光明経の読経をするなどさまざまなことがなされるようになりました。この間も大津皇子は天皇への拝謁も病気見舞いも「病が篤い」として許されませんでした。

七月の中頃、突然「天下の事、大小を問わず悉く皇后と皇太子に啓《まう》せ」との勅が出ました。大津皇子が政《まつりごと》に参画するとの詔を空疎にする勅でした。この勅は天皇の真意ではないとの噂が囁かれましたが、大津皇子からまた官人たちが離れていきました。

大津皇子の政《まつりごと》への参加の詔を空疎にする勅が出てから五日目に、天皇の病気平癒を願って、祥瑞の象徴とされている赤鳥に因んで朱鳥《あけみとり》という元号が用いられることになりました。この頃には天皇は水だけしか受け付けなくなり、顔は青黒く、身体は痩せこけ、昏睡状態が続くようになりました。諸皇子、諸王、官人たちは観世音像を造り、観世音経を大官大寺《たいかんだいじ》で読経し、平癒を祈願しました。

大津皇子は、天皇の存命中はよもや危害を加えられることはないとしても、亡くなった後は命が狙われるに違いない　と思いました。天智天皇の血を引く皇后は、天智天皇から多くのもの、明晰な頭脳、類稀な決断力とともに、冷酷さや血への執念も受け継いでいました。大津皇子は自分がかつての古人大兄皇子や有間皇子、天武天皇が大海人皇子だったときと同じ立場にいることを知っていました。古人大兄皇子や大海人皇子は出家して吉野に逃れても兵を差し向けられ、有間皇子は狂人を装っても捕らえられ刑に処せられました。皇后からの攻撃への反撃は、皇后が軍団を掌握しているため勝利することは困難でした。唯一つ勝利する可能性があるのは先に奇襲することでしたが、天皇の存命中は憚れました。

大津皇子は悶々と過ごす日々の中で、命を長らえることできなくなるかも知れない今、会っておきたい一人の女人がいました。姉の大伯皇女です。皇女は十三歳のとき、父の天武天皇が壬申の乱の勝利の礼として、伊勢神宮の祭神天照大神に仕える斎王《いつきのみこ》に任命してから十余年、大津皇子は大伯皇女に会っていませんでした。二人は、母の大田皇女が若くして逝ったため、その後の日々を互いに助け合い、庇い合って暮らしました。面差しが母にそっくりだという大伯皇女に、大津皇子は母を重ねていました。

八月の終わり頃、大津皇子は夜半に一人の従者とともに伊勢神宮に向かいました。空には、星々が明滅し、地上では多くの虫が鳴いていました。二人は夜露でびっしょりと濡れ、昼は強い陽の射すなかを進み、伊勢神宮の森の見える祓《はらい》川の上流に着いたのは翌日の夕方でした。大津皇子はそこで顔と手足を洗い、斎宮《いつきのみや》に向かいました。

大津皇子と大伯皇女は十余年の年月を隔てて再会しました。二人の胸に熱いものが込み上げ、語ることは山のようにありました。夜が明け、夜を徹して語ったので一眠りしました。目覚めてからも語り合いました。十余年の年月は去り、二人は、もとの姉弟に還っていました。二人は、斎王《いつきのみこ》・大伯皇女のいつもの、野山で摘んだ菜と木の実それに一碗の汁の簡素な食事をしました。二人はこれまでにこれほどおいしい食事をしたことはありませんでした。

夕暮れが近づき、大伯皇女が「今夜は泊まっていくのでしょう」と訊ねると「夜半には出発しなければならないのです」との応えでした。重ねて泊まることを勧めても応えは同じでした。それからの二人は黙って互いの顔を見詰め合っていました。大津皇子には何か言いたいことがあるのではないかと思いましたが、大伯皇女は聞くとなにか異常なことが起こりそうな気がしたので黙っていました。風の便りで大津皇子の宮廷での立場が微妙になっていることは知っていました。長い間、黙っていると不安が次第に大きくなり耐え難くなってきたので思わず訊ねると、大津皇子は「何も心配なさることはありません」と応え、また記憶に刻み込むように大伯皇女の顔を見続けていました。

夜が更け、従者が馬を曳いてきました。大和への道は、往路と同じように星が瞬き、虫が鳴いていました。大津皇子が祓川の辺りで振り返ると、姉はまだ斎宮の森の樹の下に立っていました。

わが背子《せこ》を　大和へ遣《や》ると　さ夜更けて　暁露《あかときつゆ》に　わが立ち濡れし

（大和に帰る弟を、伊勢神宮の森の大きな樹の下に立って見送りました。弟は何も言わなかったけれど、これから何か異常なことが起きそうな気がしてとても不安です。いろいろのことを考えていたら夜もすっかり更け、暁を迎えて暁露にすっかり濡れてしまいました）

二人行けど　行き過ぎ難い　秋山を　いかにか君が　ひとり越ゆらむ
（二人一緒でも険しく寂しいあの秋山を、あなたは何を思い、どのようにして越えて行っているのでしょうか）

大伯皇女が大津皇子を見送ったときに詠んだ歌です。

九月の上旬、天武天皇が在位十四年、その治世に力に満ちた政《まつりごと》と文物創造に大きな足跡を残して波乱に富んだ五十六歳の生涯を閉じました。その日の空は雲一つなく、からりと晴れ上がっていました。（このような爽やかな朝にあの現人神と崇められた偉大な天皇が亡くなるなんてまるで嘘のようだ）と志斐嫗様は思ったそうです。

殯宮は飛鳥浄御原宮の南庭に設けられ、誄の儀式が厳かに執り行われました。殯の儀式は、持統二年（六八八年）十一月に遺骸が檜隈大内陵《ひのくまのおおうちのみささぎ》に埋葬されるまで二年三ヶ月の長きに亘って続きました。天武天皇が重篤に陥ってから皇后を苦しめたのは、草壁皇子への皇位の継承と大津皇子の処遇でしたが、天皇の崩御のときには既に皇位の継承をゆるがぬものにするためには流血も怖れない覚悟ができていました。

天武天皇が亡くなって二日程経った十月の初めの夜、密かに宮中の皇后を訪れた皇子がいました。一雨降った後の夜でした。濡れた土と木の葉の匂いに包まれて、虫が数匹鳴いていました。冷たい風が吹いて、木々の葉からぱらぱらと雨の雫が落ちると、虫は驚いたように鳴くのを一斉に止めましたが、直ぐにまた鳴き始めました。それは霜が降り始める前の、この秋最後の細く、寂しい歌声でした。

川島皇子は皇后に「大津皇子は謀反を企てている」と告げました。顔が青白く歪み、膝に置いた手が小刻みに震えていました。

川島皇子は、天智天皇と色夫古娘《しこぶこのいらつめ》との間に生まれましたが、天武天皇の皇女・泊瀬部皇女を妃にしていることから七年前の吉野の盟約のときには、天武天皇を父とする草壁、大津、高市、忍壁皇子に続いて、五番目に宣誓し、天皇、皇后に抱き締められた六人の皇子のうちの一人でした。川島皇子は、大津皇子より五つ年上ですが、大津皇子の見識と人柄に惹かれて剣や弓を競い、馬を駆け、狩りをし、女人や歌を語り、政《まつりごと》を論じ、杯を重ねた親友でした。しかし、川島皇子は、今や宮中を掌握し、大津皇子に敵意を抱いている皇后と、一方天皇の後ろ盾を失い、孤立している大津皇子、そして天武天皇の皇子でもなく、大津皇子と親密な関係にあると目されている自分の置かれている立場を思ったとき、戦慄で鳥肌が立ちました。友情、信頼、誠実などの皮を次々に剥がしていって、最後まで残ったのは保身でした。そのために親友の謀反を讒言し、裏切るという悲しい挙にでたのです。謀反の証拠は、大津皇子が姉の斎王・大伯皇女を訪ねることを名目にして伊勢斎宮に行ったが、その真の目的は、壬申の乱のとき大海人皇子が伊勢神宮に戦勝祈願をしたように、大津皇子が皇后との戦いを始めるにあたって戦勝を祈願するためだったというものでした。大津皇子は、姉の大伯皇女に会うために伊勢斎宮に行くことを川島皇子だけに告げていました。

皇后には、大津皇子の莫逆の友から、大津皇子の謀反の訴えがあった、これだけの証拠で充分でした。皇位を真っ直ぐに自身の血統に伝えたいという執念が皇后を捉えたのです。

翌朝、朝霧の立ち込める中、皇后が遣わした兵によって、大津皇子の畝傍の館が囲まれて逮捕され、その日の夕べには磐余《いわれ》の訳語田舎《おさだのいえ》に連行されて、翌日、白い雨が降る中、処刑されました。二十四歳の短い生涯でした。

天皇が没すると、称制のまま権力の座に就いた皇后は、草壁皇太子の前途を安泰にするために、将来大きな障害になるかも知れない大津皇子を除いたのでした。

百伝《ももづた》ふ　磐余の池に　鳴く鴨を　今日のみ見てや　雲隠りなむ

(磐余の池で鳴く鴨を見るのも今日限りだ。これから私は死んでいくのだから)

大津皇子が死に臨んで、香具山の北側の山麓にある磐余の池の堤で涙を流して詠んだ歌です。磐余の池からは館のある畝傍山は見えませんが、西北に耳成山や、三輪山を始め大和の東部の山々が見えました。二十四歳の生涯の終わる日、大津皇子の眼に、昨年も一昨年も見た、見慣れた池の鴨は、そして大和の風景はどのように映り、心には誰を思い浮かべたのでしょうか。

軟禁されていた大津皇子の妃・山辺《やまべ》皇女は、隙を見て兵士によって囲まれた香具山の南側にある館を抜け出し、白い雨の中を髪を振り乱し、裸足で刑場に半狂乱になって「奔《はし》り赴《ゆ》き」ましたが、刑は既に執行された後でした。皇女はその場で屍に縋りついて命を断ち、大津皇子の死に殉じました。人々はまた悲しみを新たにしました。山辺皇女は天智天皇の皇女で、皇后の異母妹にあたります。

金烏西舎《きんうせいしゃ》に臨《て》らひ　鼓声《こせい》短命を催《うなが》す　泉路賓主《せんろひんしゅ》無し　此《こ》の夕家《ゆうへ》を離《さか》りて向かふ

(夕陽が西の空を赤く染め、夕を告げる鼓の声は、短かった命の終わりを急がせているようだ。死出の旅には客も、これをもてなす主人もいない。この夕べに住み慣れたこの世を離れて、黄泉《よみ》の路を辿ろうか)

大津皇子が、逮捕された日の夕べ、沈む太陽を見て、訳語田舎で作った詩です。大津皇子の詩の才能は「詩賦の興は大津より始る」といわれた程でした。

神風《かむかぜ》の　伊勢の国にも　あらましを　なにしか来けむ　君もあらなくに

(伊勢の国にそのまま留まっていた方がよかった。あなたがこの世を去っていないのに大和に何のために還ってきてのだろう、寂しさが募るだけです)

この歌は、大津皇子の姉の大伯皇女が事件の直後に斎王の任を解かれ、十一月の中頃に大和に帰ってきて詠んだ歌です。皇女はこの年まで十三年間神に仕えてきました。

やすみしし　わが大君の　夕されば見し《め》給ふらし　明けくれば　問ひ給ふらし　神岳《かむおか》の山の黄葉《もみち》を　今日もかも　問い給はまし　明日もかも見し《め》給はまし　その山をふりさけ見つつ　夕されば　あやに悲しみ　あけくれば　うらさび暮し　荒栲《あらたえ》の　衣の袖は　乾《ふ》る時もなし

(お亡くなりになった天皇が、今も朝夕ご覧になっている飛鳥の神岳の黄葉を、もしご在世であるなら今日も明日もお訊ねになるだろうに、その山を、一人で仰ぎ見なければならない、悲しく、寂しい日々に衣の袖は乾くこともありません)

この歌は、天武天皇の崩御の折りの、殯宮での皇后の挽歌です。

天武天皇は激動の世を戦い抜き、この国において最も安定した政《まつりごと》をし、天皇と行動と運命をともにした皇后はようやく手にした平穏を、天皇の崩御によって失いました。この歌はまるで生者に切々と語りかけているようです。大津皇子の事件後の皇后は、天皇の回想と、大津皇子への悔恨、そして悲しみのなかで過ごしました。

第二十七章　草壁皇子

天皇の崩御後、皇后が即位しないで執政することになりました。皇太子の草壁皇子が即位しなかったのは、皇子が若いからだとか、大津皇子への同情の声が大きく直ぐに即位することが憚れたからだとか、亡くなった大津皇子の他にも天武天皇の有力な皇子が多数いることから情勢を見るためだったなどと噂されました。

天武天皇の殯の期間は長く二年を超えました。この間、皇太子が皇族、群臣を率いて何度も儀式が執り行われました。これは草壁皇子が皇位継承者であることを皇族、群臣に見せ付け、印象付けるためだ　と噂されました。

長い殯の終わりの日に、志斐嫗様が興味深く思ったのは、その日の誄《しのび》がこれまでの天皇の死を悼み、その功績を称えたのとは異なり、諸臣が死せる天皇に向かって各々の祖先が朝廷に仕えてきた歴史と今後も仕えていくことを誓う内容であったことと、楯伏《たてふし》舞が舞われたことでした。楯伏舞は土師《はじ》氏によって舞われましたが、死せる天皇に向かって手のひらを拡げたり、腕を下げる所作が幾度も繰り返されるのを見て、志斐嫗様はこの所作は武器を持っていないことや戦う意志のないことを意味し、古代に天皇家に各氏族が服従したことを舞という形で表現したもので、とりわけ最後に楯を伏して死せる天皇に平伏している姿は、天皇や皇子たちのために造られた、円形と台形を組み合わせた墳墓に似ている、この墳墓の形の原形ではないか　と気付いてはっとしました。

持統三年（六八九年）四月、天武天皇の殯が終わって五ヶ月後、病弱だった皇太子の草壁皇子は、皇后があれほど望んだ皇位に就くことなく、四日間病床に臥しただけで突然、妃の阿部《あべ》皇女（後の元明天皇）、十歳の幼い氷高《ひたか》皇女（後の元正天皇）、六歳の軽《かる》皇子（後の文武天皇）、一歳の吉備《きび》皇女（後の長屋王の妃）を残して二十八歳の若い生涯を閉じました。最愛の皇子を亡くした皇后の悲しみは大きく、涙に暮れる日々が続きました。

皇子が亡くなった島の宮の庭には飛鳥川の渓水が引き入れられ、池の水の落ち口には東の御門がありました。葬列は島の宮を出て、檜隈を過ぎて、真弓《まゆみ》の岡へと続き、ここで殯宮の儀が盛大に執り行われました。

あかねさす　日は照らせれど　ぬばたまの　夜渡る月の　隠《かく》ら惜《お》しも

(日が照るように皇后はいらっしゃるが、夜空を渡る月のように草壁皇子が亡くなられたのはつくづく惜しいことです)

柿本人麻呂は、天地の始めに遡って、連綿と続く皇統の中に草壁皇子を位置づけ、万人が新しい天皇と待ち望んでいた皇子を悼んで、荘厳な長歌を作って皇后に捧げました。

この歌は、長歌の終わりに添えられた二首の反歌のうちの一首です。反歌は長歌の意を反復、補足し、または要約する歌です。

東《ひむかし》の　滝《たぎ》の御門《みかど》に　伺侍《さもら》へど　昨日も今日も召《め》すこともなし

(島の宮の東門の滝の御門に伺候しているのですが、昨日も今日もお召しがないので、お召しになるときのあの懐かしい声を聞くことができません)

外《よそ》に見し　真弓の岡も　君ませば　常《とこ》つ御門と　侍宿《とのいやど》するかも
（私には縁のない場所と思っていた真弓の岡も、殯が執り行われた処なので草壁皇子が居らっしゃるなら永遠の御門としてお仕えしましょう）

これらの歌は、草壁皇子に仕えた舎人たちが作った多くの挽歌のうちの二首です。舎人たちが主人の挽歌を作ることはあまり例がないのですが、舎人たちは皇子の思いやりのある人柄を慕っていたのでしょう。

第二十八章　大伯皇女

七月、草壁皇子の突然の死は、二年半前に殺害された大津皇子の怨霊の祟りの所為だとの噂が拡がりました。
強い夏の太陽が照りつける日の午後、大津皇子の鎮魂のため、大津皇子が罪人として埋葬されていた遺体は、信仰の山・二上山《ふたかみやま》の雄岳の山頂附近に移葬されました。二上山の上空には入道雲が積み重なっていました。

うつそみの　人にあるわれや　明日よりは　二上山を　弟世《いろせ》と　わが見む
（この世に生きている私は、明日からは弟のあなたが眠っているこの二上山をあなたと思って偲びましょう）

この歌は、大伯皇女が移葬のときに詠んだ歌です。

磯の上に　生《お》ふる馬酔木《あしび》を　手折《た》らめど　見すべき君が　ありといはなくに
（岩の辺に咲いている、あなたの好きだった清楚な馬酔木の花を手折って見せようと思うのだけど、見せようとするあなたはもうこの世にはいないのです）

この歌は、大津皇子が二上山に移葬された翌年の春、大伯皇女が墓参のために二上山に登る途中で作った歌です。墓の周囲の草いきれの向こうに大和三山が見えました。大伯皇女と大津皇子の母・大田皇女の眠る越智の崗が、二上山と向かい合うように対しているのを見て、大伯皇女は、母の大田皇女が落日に映える二上山の、何故か大津皇子の活躍した大和を背にして造られた墓をまるで抱きかかえるようにずっと見守ってくれていると思って、僅かに慰められました。

第二十九章　持統《じとう》天皇と人麻呂

持統四年（六九〇年）正月、夫の天武天皇が逝き、皇太子の草壁皇子を亡くして悲しみの日々を過ごした皇后が現実に立ち戻ったとき、孫にあたる七歳の軽皇子を天皇の位に就けたいと思いましたが、まだ余りに幼く憚るので、自ら即位して持統天皇が誕生しました。皇后が称制のままでいると諸皇子の間に皇位をめぐる闘争が激しくなり、それに乗じて有力な氏族たちがそれぞれの思惑で諸皇子の誰かと結び付き収拾がつかなくなって軽皇子への皇位の承継が不安定になると思ったからでした。持統天皇にとって皇嗣の決定が最も重大で、慎重を要する課題でした。

持統天皇は、草壁皇子の妃で軽皇子の母の阿部皇女と深い血の繋がりがありました。阿部皇女は、天智天皇の皇女であることから持統天皇の父方の異母妹であり、母が蘇我倉山田石川麻呂の娘の姪娘《めいのいらつめ》であることから母方の従姉妹であり、草壁皇子の妃であるため嫁でもありました。

持統天皇はこの国を治めていくには、天皇として自立した政《まつりごと》ができるようになるまでは現人神と崇められた天武天皇の権威を借りること、そのためには天武天皇の政《まつりごと》を忠実に引き継ぐことによって、自分と天武天皇が一体であることを示さなければならないと思いました。天武天皇が企図してまだ完成していないのは飛鳥浄御原令《あすかきよみはらりょう》の制定と、新しい都の造営、それにこの国の歴史の編纂の三つでした。

持統天皇が急がなければならないと思ったのは、律令の制定と新都の造営でした。律令は、この国の進む方向を指し示すとともに、天皇の意図を組織の隅々にまで迅速正確に伝えるのに不可欠で、およそ十年前に、草壁皇子の立太子にあわせてその制定が詔されており、また手狭になった飛鳥浄御原に代わる、天皇の神聖性や権威を象徴する壮大な都造りは、晩年の天武天皇が八色の姓の制定とともに熱心に取り組んでいたからです。

一方、この国の歴史の編纂については同じ年に川島皇子や忍壁皇子たちに詔されていましたが、一度編むとそれを変えるのは容易でないので急がないことにしました。

新都にふさわしい土地は、陸路や水路が通り交通が至便であること、多くの人口を容れるとともにその食糧を生産することのできる広さがあること、防衛に適していること、多量な木材や石材などの建築資材を確保できること、それに風水にかなって北に山を負い、東と西には長い丘陵があり、南には川が流れている地形であることなどの条件を備えていることが必要でした。土地の選定については、天武天皇のときに摂津、河内、山城など近隣の調査は済んでいましたが、その他の土地の調査は天皇の死によって中断されていました。持統天皇は調査を再開し播磨、近江、信濃なども対象に加え、その調査を高市皇子に命じました。高市皇子は、諸臣や判官、録事、陰陽師《おんみょうじ》など二十数人の供を率いて調査に赴き、人麻呂は中宮亮《すけ》として皇子に随いました。一行は山城から近江に向かい、信濃にいく途中、壬申の乱によって灰燼に帰し、二十年前に打ち捨てられて荒れ果てた近江の宮址の付近で、萱を折り敷いた寝床で一夜を過ごしました。

　ささなみの　志賀《しが》の辛崎《からさき》　幸《さき》くあれど　大宮人《おおみやびと》の船待ちかねつ
（ささなみの志賀の辛崎は昔のままに変わりはないが、都も荒れ果て、昔、船遊びをした大宮人もいなくなった。志賀の辛崎が、いくら大宮人の船を待ってもくることはない、寂しいことだ）

　淡海《あふみ》の海　夕波千鳥　汝《な》が鳴けば　情《こころ》もしのに　古《いにしえ》思ほゆ
（夕暮れの淡海の湖の波に、千鳥が群れ鳴いている。千鳥の哀しい鳴き声を聞くと、心寂しくなってきて栄華を誇った昔の都が思い出されてならない）

　茫漠と拡がる淡海の湖を前にして昔のままに変わらない辛崎の自然と、一瞬掠めた、かつて華やかに催されたであろう大宮人の船遊びの幻影、夕べになってさざ波に群れ飛ぶ千鳥の鳴き声によって湧き上がるかつての近江の都への懐古と哀愁の思い、人麻呂は非情な時の流れと人の営為の虚しさを詠みました。

七月、持統天皇は即位後、初めての、そして大規模な人事を行い、高市皇子を太政大臣に、多治比島《たしひのしま》を右大臣に任命し、一人の大臣も任命しなかった天武天皇の皇親政治は、ここで修正されました。天武天皇が天皇の神聖性を一身に体現して皇族や臣下の懐柔や支持を必要としなかったのとは異なり、高市皇子を太政大臣に任命したのは、軽皇子が幼少であるため皇太子に立てることができないのでその成長を待つ間の措置でした。

持統天皇は新しい都を北に耳成山、東に香具山、西に畝傍山に囲まれた藤原の地に造ることにしました。耳成山が宮の北門に、香具山が東門に、畝傍山が西門に、吉野山が南門にあたり、南に飛鳥川が流れていることから、この地は四神（玄武《げんぶ》、青竜《せいりゅう》、白虎《びゃっこ》、朱雀《すざく》）に護られていて風水にかない、防衛にも適し、飛鳥の地よりずっと広く、多くの人口を容れることができました。それに持統天皇は、祖霊の眠る飛鳥の近くのこの地に都をつくることが、自分や軽皇子が天皇家を承継する正統性や天武天皇との一体性を示すのにふさわしいと考えました。

同じ年の十二月の初め、冬にしては暖かい日に、天皇は藤原《ふじわら》の宮地《みやどころ》を観《みそなほ》しました。それには公卿百寮《まえつきみつかさつかさおほみ》が従《とも》をしました。

持統天皇は、天武天皇と同様に官人たちに武備、武芸を奨励しましたが、天武天皇と違っていたのは頻繁に吉野に行幸することで、在位中吉野に赴くこと三十余回を数えました。天皇を吉野に惹きつけたは、天武天皇への思慕であり、即位せずに急逝した我が子草壁皇子への愛惜であり、吉野の誓いもかかわらず死を科した大津皇子への悔恨でありました。また、天武天皇の権威を官人たちに意識させその権威を借りる意図もあり、吉野川の上流に住むという水を支配する神に雨乞いや止雨を祈願するためでもありました。

持統天皇は吉野での数日を過ごすと、この国を治める者としての意志と権威を甦らせました。渓流の清らかな水と芳しい山の空気が、天皇を癒したのでしょう。

山川も　依りて仕ふる　神《かむ》ながら　たぎつ河内《かふち》に　船出せすかも
(山の神も、川の神も奉仕する、神さながらに、我が天皇は、この吉野川の滝のように激しく渦巻く流れに、群臣たちと船出されるのだ)

この歌は、持統天皇の吉野行幸に供奉《ぐぶ》した人麻呂が詠んだ歌です。人麻呂は、宮廷において威厳をもって群臣を率いて政《まつりごと》に臨む持統天皇に神聖性を感じ、その姿があたかも激流に群臣とともに船出したようだ　と讃えたのです。

いにしえに　恋ふる鳥かも　弓弦葉《ゆづるは》の　御井《みい》の　上より　鳴き渡りゆく

（この鳥は、過ぎ去った古《いにしえ》のことを恋い慕って鳴く鳥なのでしょうか。今、弓弦葉の樹の傍の御井の上を鳴きながら飛んで行きました）

天皇の行幸に供奉して吉野に行った弓削皇子が大和の額田王に贈った歌です。弓削皇子は天武天皇の皇子で、母は天智天皇の皇女の大江皇女です。病弱で多感な皇子は、父の天武天皇と所縁の深い吉野に来て、父の天武天皇を思い出し、かつて天皇の妃であった額田王に思いを馳せたのでした。

いにしえに　恋ふらん鳥は　霍公鳥《ほととぎす》　けだしや鳴きし　わが恋ふるごと
（過ぎ去った昔を恋い慕って鳴く鳥は霍公鳥でしょう　その鳥は、私の恋しい思いを伝えるように激しく鳴いたことでしょう）

額田王が、弓削皇子の歌に和えた歌です。

孤独の中で、天武天皇との「いにしえ」のことを思い、懐旧の情に浸っていた額田王は、弓削皇子の好意を嬉しく思いました。弓削皇子の吉野で聞いたほととぎすの声と、額田王の心の中でいつも鳴いているほととぎすの声とが響き合って不思議に美しい音楽が奏でられているようです。

持統六年（六九二年）五月、初夏の陽の注ぐ中、藤原宮の地鎮祭が厳かに執り行われました。遷都に伴う新都の造営は、持統八年（六九四年）に藤原京に都が移るまで全力を挙げるて継続されました。宮廷の人々の間ではこの大事業を通して連帯感が高まり、藤原京の実現の中に、壬申の乱によって開かれた時代の隆盛を讃嘆の眼で見守りました。

この頃、人麻呂は中宮亮《すけ》から中宮権大夫《ごんのたいふ》に進みました。髪や顎鬚に白いものが目立つようになりました。

持統天皇の慈しむ軽皇子も父の草壁皇子に似て病弱でした。天皇は皇子の心身を鍛錬するため馬での遠出や狩猟を勧め、軽皇子は難波や吉野に遠出し、伊勢神宮にも旅し、狩猟もしました。そのようなときには、多くの場合、壬申の乱を高市皇子らとともに戦い抜き、老いてはいるが頑健な体をした、剛毅な性格の中宮権大夫の人麻呂が供を命じられました。

十一月、九歳になった軽皇子は父の草壁皇子の故事にひかれて、かつて草壁皇子が冬の狩りをした思い出の安騎野《あきの》で狩りをすることになりました。人麻呂と三十数人の舎人たちの一行が朝に飛鳥浄御原宮を出立したときには冷たい北風が吹いていましたが、泊瀬《はつせ》の谷から荒れた山道を岩や檜、槙などの樹木を避けながら登り、夕べに安騎野に着く頃には雪が降っていました。一行は雪の中、枯れた薄や小竹《しの》を敷いて旅寝の宿としました。

阿騎《あき》の野に　宿る旅人　うちなびき　眠《い》も寝《ね》れめやも　いにしえ思ふに

（安騎野に旅寝している私たち一行は、かつてここで狩りをした草壁皇子のことが思い出されて寝ることができない）

東《ひむかし》の　野に炎《かぎろひ》の　立つ見えて　かへり見すれば　月傾《かたぶ》きぬ

（眠れぬままに往時を回想しているうちに夜が更け、やがてしらじらと夜が明けてきた。寒気はいよいよ厳しく、地は凍てついている。東の空には曙光が炎のように見え、西の空には痩せた三日月がまだ暗い闇の空に懸かっている）

人麻呂は、寒風の吹き荒ぶ凍てついた荒野でまんじりともせず草壁皇子を追憶して一夜を明かしました。

ようやく東の空が白み、やがて曙光が炎のように山の端に輝き始めました。西の空はまだ暗く、寒風の中に痩せた三日月が白く冴えていました。人麻呂の眼には、遥かな古代に天から降り立った神々が天地を創造する荘厳な神話の世界が見えたのでしょう。思わず心の深い処から込み上げてきた感動を歌にしました。

日並《ひなみし》の　皇子の命《みこと》の　馬並《な》めて　御猟《みかり》立たしし　時は来向《きむか》ふ
（いよいよ狩りが始る。草壁皇子がかつて馬を総揃えして狩りをした、そのときのように狩りをするときがきた）

人麻呂の追憶はまだ続きます。懐かしい草壁皇子が在りし日に馬を総揃いして狩りをしたそのときのように、いよいよ狩りをするときを迎えました。張り詰めた気持ちが伝わり、馬の嘶きが聞こえ、舎人たちの吐く白い息が眼に見えるようです。人麻呂がこれらの歌をあの野太いよく透る声で歌うとまるで壮大な物語を聞いているようでした。

持統八年（六九四年）十二月、持統天皇は、天武天皇と持統八年までの二十三年間この国の都だった飛鳥浄御原宮から藤原宮に遷りました。都は未完成でしたが、それに先立って宮は出来上がっていたので遷ることにしたのです。

都は三山の見える平野にあって左右両京に分かれ、道が縦横に配され、町割りは碁盤の目のようになっていて、内裏や大極殿、朝堂院などからなる藤原宮は都の中心にありました。宮は瓦屋根の大垣が四方を取り囲み、四辺の大垣にはそれぞれ三つ、合わせて十二の門が設けられ、官衙や寺院、皇族、大官の館が都城内外の民家を圧していました。

藤原京は東西十坊、南北十条の条坊制の地割をもったこの国で最初の都であり、持統天皇、文武天皇、元明天皇の三代の天皇の都になりました。

この年、持統天皇は百済王・豊璋とともにこの国に滞在していた弟の善光の子孫が近江にいることを知り、百済王《くだらのこにしき》という姓を授け、その後子孫は朝廷に仕えるようになりました。

磐代の　岸の松が枝　結びけむ　人はかへりて　また見けむかも
（磐代の崖の辺りの松の枝を結んだ人の魂は、ここに還ってきて再びこの松を見ることができたのだろうか）

長意吉麻呂《ながのおきまろ》が有間皇子を追慕して作った歌です。有間皇子が処刑されてから四十年近くの歳月が経ったこの頃では、有間皇子の事件に触れることは禁忌でなくなり、皇子への追慕の歌も詠むことができました。

藤原の　大宮仕へ　生れつぐや　処女がともは　羨しきろかも
（藤原の大宮に仕えるために生まれてくる娘たちは本当に羨ましいですね）

この歌は（天下を治めている持統天皇が藤原宮をお造りになって、埴安《はにやす》の堤に立ってご覧になると、東には青い香具山が春山として繁り立ち、畝傍山は西に颯爽と、耳成の青い菅の山は北に神々しく、そしていい名前の吉野山は雲の向こう遥か彼方に立っています。天のお陰、日のお陰でこの井泉の清水は何時までも滾々と湧き出ることでしょう）という意味の長歌の反歌です。藤原宮は、藤井の井泉があったところから「藤井が原」といわれ、やがて「藤原」と称されて、この井泉をよりどころに藤原宮が営まれました。

天皇の傍に常に奉仕できる処女を羨む心を通して藤原宮の永遠を賀した歌です。

豪族の連合体から成っていたこの国を、天皇を中心とした新しい国にするための大化の改新の詔が宣せられてから天智天皇、天武天皇、持統天皇の三代に亘る五十年の歳月が経ちました。新しい国創りの歩みが稔り、天皇の権威も上がり、安定した穏やかな日々が過ぎていきました。

大君《おほきみ》は　神にしませば　天雲《あまくも》の　雷《いかずち》の上に　庵《いほ》らせるかも

（天皇は現人神におわしますから天雲の中に轟く雷の上にさえ庵をしておられます）

この歌は、持統天皇の雷丘《いかずちのおか》への行幸のとき、天智天皇が目指し、壬申の乱の後に天武天皇、持統天皇と伸張し、継続された天皇の至高性を、人麻呂が礼賛して詠んだ歌です。

持統天皇は、藤原京の造営によって、天武天皇が企てて果たさなかった諸事業の大半をやりとげたことになりましたが、それだけに解決しなければならない皇嗣の問題が、重苦しく天皇の胸を悩ませていました。

天《あま》飛ぶや　軽《かる》の路《みち》は　吾妹子《わぎもこ》が　里にしあれば　ねもころに　見まく欲しけど　止《や》まず行《ゆ》かば　人目を多み　数多《あまね》く行かば　人知りぬべし　狭根葛《さねかづら》　後も逢はむと　大船《おおふね》の　思ひ憑《たの》みて　玉かきる　磐垣淵《いはがきぶち》の　隠《こも》りのみ　恋ひつつあるに　渡る日の　暮れぬが如《ごと》　照る月の　雲隠る如　沖つ藻の　靡《なび》きし妹は　黄葉《もみちば》の　過ぎて去《い》にきと　玉梓《たまあずさ》の使《つかひ》の言へば　梓弓声《あずさゆみおと》に聞きて　言はむ術《すべ》　為《な》む術知らに　声のみを　聞きてあり得ねばわが恋ふる　千重《ちへ》の一重《ひとへ》も　慰《なぐさ》もる　情《こころ》もありやと　吾妹子が　止まず出で見し　玉襷《たまだすき》　畝火《うねび》の山に　鳴く声の　声も聞こえず　玉桙《たまぼこ》の　道行く人も　一人だに
　似てし行かねばすべをなみ　妹《いも》の名喚《よ》びて　袖を降りつる

(軽の地は妻の里なのでゆっくり見たいのだけど、いつも行くと人目につくし、何度も行けば人が知ってしまうので、またいつか逢おうと将来を頼みにして、岩に囲まれた淵のようにひっそりと想いを胸に秘めて恋い慕っていた。そうしているうちに　空を渡っている太陽が西に沈むように、照っている月が雲に隠れるように、沖の藻のように私に寄り添って一緒に寝ていた妻が黄葉の散るように死んでしまった　と使者が来ていった。私はその報せを聞いて何と言っていいのか、どうすればいいのか分らなかった。報せだけを聞いてじっとしてはおれないが、妻の家を訪れることのできない身なので、せめて声だけでも聞けばこの恋の想いが千分の一でも和らぐことはないかと妻がよく出て見ていた軽の市に行って佇み、耳を澄ましたが、美しい畝火の山に鳴く鳥の声も妻の声も聞こえてこないし、行く人も一人として妻に似た人はいない。どうしょうもなく妻の名を涙混じりの声で叫んで、袖を振ったのだ）

人麻呂が、持統天皇の治世を讃える歌を詠んだ年の晩秋に逝った隠し妻の面影を求めて、夕暮れの軽の市を彷徨い、「泣血《いさち》、哀慟《かなし》みて」詠んだ歌です。人麻呂の恋の相手の女人は貴人の妻で、決して人に知られてはいけない恋だったために、その人が病床に臥しても、喪くなっても駆けつけることもできず軽の路を彷徨しました。二人の間には、短い間でしたが、不安と憧れに衝きうごかされた欲情の昂ぶり、新鮮で大胆な交情、熱くて長い吐息がありました。

持統十年（六九六年）七月、太政大臣として権力の座にあった高市皇子が、長屋王《ながや》、鈴鹿王らを残して突然亡くなりました。その日、高市皇子はいつもの通り、弓の鍛練をし、汗で濡れた体を井戸水で洗い、一椀の冷水を飲み干した途端に激しく嘔吐し、異様な腹痛に襲われました。椀に水を汲んで捧げていた采女の叫び声に、人々が駆けつけたときには高市皇子は既に事切れていて、采女は真っ青になって震えていました。大風の前の灯火のように高市皇子の命は一瞬のうちに吹き消されました。宮中はひっくり返るような騒ぎになり、高市皇子の急死は持統天皇の謀《はかりごと》によるものだ　という噂が直ぐに拡がりました。

悲しみが人麻呂を覆い、人の世の儚さが胸を衝きました。


高市皇子が急死した前々日、その日が壬申の乱のとき近江から高市皇子と大津皇子を連れ出した大分恵尺の命日だったので、人麻呂は数人の舎人たちとともに高市皇子に随って、葛城山の墓に詣でました。

墓への道は、始めはきつい登り坂でしたが次第に緩い勾配になり、山道の一方には山襞がうねり、一方は崖になっていました。空には夏の太陽が赤く輝き、馬は項垂れ、一行の衣服は汗で黒く肌に貼り付き、時折、谷底から吹き上げてくる一陣の涼風と河鹿の鳴き声に僅かに慰められました。途中、山陰に岩清水が湧いていたので、喉を潤し、顔を洗い、肌を拭いました。岩陰にあった赤く熟した鬼灯を、舎人の一人が種を取って上手に鳴らしました。また暑い日照りの中を一行は馬を進めました。谷底からひらひらと舞い上がってきた黄色い夏蝶が頭上を越えて飛んでいった山襞の向こうの頂上付近に恵尺の墓がありました。そこで額ずき、墓前で酒を酌み交わしながら、周囲の葉を繁らせた楢や椎などの雑木の奥に熟した柿の実のような、傾きかけた陽がじっと留まり、その澄明な光の中に樹々が黒い影を帯びるまで往時の物語をした穏やかな顔の高市皇子が、人麻呂の見た最後の皇子の姿でした。

三日過ぎて、ようやく人麻呂は挽歌を作るために灯火を掲げて机に向かいました。

人麻呂は高市皇子と多くのことを語らい、多くのことを知っていました。天武天皇に慈しまれ、信任が厚かったこと、太政大臣として大きな功績をあげたこと、歌への造詣が深かったこと、十市皇女にほのかな慕情を抱いていたこと、山吹の花が好きだったこと、長槍や剣を振るっての舞の巧みだったこと、国見のために幾夜も重ねた旅寝のこと、皇子が心の奥深い処で思っていたことなどが心に浮かび、そのたびにいろいろな言葉が水泡のように浮かび、水泡のように流れて行きました。幾つもの言葉を書き連ねてみましたが、いずれも空疎なものに思えました。疲れてうとうととまどろみ、また目覚めて言葉を継いでみるものの、皇子を語るのにふさわしい言葉ではありませんでした。灯火を幾度も換え、やがて夜が明けてきました。朦朧とした意識の中で、人麻呂は、近江を脱出し鹿深山を越えてきた高市皇子と積殖で最初に会った日のことを思い出しました。皇子の傍らには大分恵尺や和珥部君手《わにべのきみて》と十数人の舎人が並び、大海人皇子が大きく頷いて笑っていました。

懐かしい思い出が次々に甦りました。苦悩に歪んだ人麻呂の顔が次第に穏やかになり、焦燥のため泡立っていた血も鎮まり、春の小雨が若草を濡らすように、心の襞をゆっくりと濡らしました。そこには軍勢を率い、その先頭を雄叫びをあげながら馬を敵陣に向かって疾駆させている高市皇子や、小角《くだ》を吹く朴井雄君《えいのおきみ》、鼓《つづみ》を打つ和珥部君手、幡を捧げる身毛君広《みげのきみひろ》、大刀を振るう大分稚見、弓を引く大伴馬来田、村国男依などがいました。人麻呂の顔は口許に微笑を浮かべてうっとりと夢見ているようでした。言葉は、熱くなった胸の底から涙とともに迸り出ました。瞼に浮かんだ情景をそのまま言葉にするだけでした。

高市皇子の挽歌は、天武天皇による壬申の乱から始まりました。その戦いの中で、高市皇子の活躍を、

「大御身《おほみみ》に　大刀《たち》とり佩《は》かし　大御手《おほみて》に　弓取り持たし　御軍士《みいくさ》を　率《あども》ひたまひ　整ふる　鼓《つづみ》の声は　雷《いかづち》の　声と聞くまで　吹き響《な》せる　小角《くだ》の音も　敵《あた》見たる　虎が吼《ほ》ゆると　諸人《もろびと》の　おびゆるまでに　捧げたる　幡《はた》の靡《なび》きは　冬こもり　春さり来れば　野ごとに　つきてある火の　風の共《むた》、靡くがごとく　取り持ちたる　弓弭《ゆはず》の騒きみ雪降る　冬の林に　旋風《つむじ》かも　い巻き渡ると　思ふまで　聞きの恐《かしこ》く　引き放つ矢の繁けく　大雪の乱りて来《きた》れ」

（皇子は大刀を佩き、弓を手にして軍勢を統率なされた。軍勢を整える鼓の音は雷のように聞こえ、吹き渡る小角の音は敵を見た虎が吼えていると人々が怯えるほどだ。また、高く捧げた幡は、冬が終わり春がきてあちこちの野火が風とともに靡いているように見え、兵士が持っている弓の弭の動くざわめきは雪降る冬の林につむじ風が吹き渡っているかのように恐ろしく聞こえ、引き放った矢は大雪が乱れ来るかのように飛んで来る）

と詠いました。戦いの勝利の後、場面は一転して皇子の死に移り、

「香久山の宮　万代に　過ぎむと思《も》へや　天《あめ》のこと　振り放け見つつ　玉たすき　懸けて偲はむ　畏《かしこ》かれども」

（皇子が住まわれていた香久山の宮はいつまでもなくならないだろうから、その宮を天空のように仰ぎ見ながら葬送の玉襷を懸けて、皇子のことをいつまでも偲ぶことにしよう、恐れ多いことだが）

と永遠に皇子を偲ぶことを誓って歌を結びました。

朝がきました。人麻呂は疲れ切っていましたが、その顔は安らいでいました。

葬列は香久山の宮を発して、百済の原を過ぎ、城上《きのへ》に設けられた殯宮に着き、そこが永遠の墓所とされました。

人麻呂は、殯宮の儀式のとき高市皇子の挽歌を詠みました。低く、寂びた声がゆっくりと拡がっていきました。人々は頭を垂れて聞き入っていましたが、やがて一人が嗚咽をすると、その嗚咽は人々の間に波のように拡がっていきました。壬申の乱を経験した者は次第に少なくなっていましたが、経験のない者も父や兄たちから聞いた物語を鮮烈に記憶していて、歌は人々の心を激しく揺さぶりました。

人麻呂はこの儀式の後、中宮権大夫の致仕を願い出ましたが、持統天皇は許しませんでした。高市皇子の死は、持統天皇の謀《はかりごと》だという噂が大きくなりました。太政大臣の高市皇子が壬申の乱の立役者であることに加え、重厚な風貌、挙措がいよいよ父の天武天皇に似てきた上に、政《まつりごと》の手腕も確かなため官人たちの厚い信望を得ていました。高市皇子は天武天皇の第一皇子であるにも拘らず草壁皇子、大津皇子に次ぐ地位に置かれたのは、母が皇族の出でなかったためですが、二人の皇子の亡くなった今、そのことが支障にならない程の大きな存在になっていました。このことは病弱で若い軽皇子の立太子と即位を悲願とする持統天皇にとっては脅威で、悲願達成のために障害となる高市皇子を大津皇子のように謀殺した　というのが噂の内容でした。志斐嫗様は、天皇から大小に関わらず噂について報告するように命じられていたので、このことを天皇に伝えると、天皇の表情は一瞬凍りついたようになりましたが、やがて寂しそうに微笑まれました。

天皇は、高市皇子の死後、直ぐに有能な藤原不比等を昇進させ、重く用いました。この頃、不比等には既に武智麻呂《むちまろ》、房前《ふささき》、宇合《うまかい》、麻呂《まろ》の四人の息子とともに宮子《みやこ》などの娘がいましたが、県犬養三千代《あがたのいぬかいのみちよ》を娶りました。三千代は栗隈《くりくま》王の子の美努《みの》王に嫁して葛城《かつらぎ》王（後の橘諸兄《たちばなのもろえ》）、佐為《さい》王、牟漏《むろ》女王の三子を儲けていましたが、離別して、不比等に嫁したのでした。三千代は、草壁皇子の妃の阿部皇女に命婦として仕え、軽皇子の乳母をつとめる、小柄で色白の、よく気のつく、くりくりと働く女人でした。

高市皇子の死から三ヶ月後の、晩秋の朝から霧雨の降った日に、持統天皇は皇族や官人たちを宮中に召して、皇太子を立てることについて意見を求めました。

一座は水を打ったように静かでしたが、やがて弓削皇子がこれに応えて、数ある天武天皇の皇子の中から皇太子を立てるべきだと意見を具申したところ、それを待っていたかのように葛野王がこの国では皇位は古《いにしえ》から父から子へ、子から孫へと縦に継承されている、横にいる兄弟による継承は争いのもとになるので、草壁皇子の皇子の軽皇子が皇太子の地位に就くべきであると主張しました。

弓削皇子が、葛野王の主張は誤りで、古から兄弟間での皇位の継承が一般的であるといったとき、日頃無口で目立たない葛野王がすさまじい形相で声を荒げて、もう一度自説を述べて弓削皇子を指さして一喝したので、一瞬あっけにとられた弓削皇子は沈黙しました。その沈黙の瞬間を捉えた不比等の采配によってその場で軽皇子を皇太子とすることが決まりました。

天武天皇の皇子たちを退け、孫の軽皇子を皇太子に、そして将来天皇位に就ける悲願を抱く持統天皇は、葛野王の一言がこの国の基本を定めたと葛野王を褒めて昇進させ、式部卿に任じました。

葛野王の言動は、不比等の入れ知恵だ　と噂されました。

葛野王は、天武天皇を殺害しょうとした大友皇子の皇子であることから、持統天皇の世では生き辛いものがありました。天智天皇の皇子の川島皇子が親友の大津皇子の謀反を讒言して保身を図ったように、葛野王もまた持統天皇の思いを慮って表明することによって宮廷における自身の姿勢を明らかにして、持統天皇の世を生きようとしたのです。

文武元年（六九七年）二月、軽皇子を皇太子にするとの詔が宣せられました。軽皇子が十五歳になる数ヶ月前のことでした。立太子の詔が宣せられると、高市皇子の死は持統天皇の謀《はかりごと》だとする噂が一層大きくなりました。高市皇子の死を待っていたように、その三ヶ月後には立太子のことが諮られ、弓削皇子の主張のように古からの慣習を踏まえずに天武天皇の皇子たちを退け、孫の軽皇子を皇太子とする手順が余りに鮮やかだったからです。

八月、軽皇子が皇太子の地位に就いたときから僅か半年程経った、初秋の白い雲がゆっくりと西から東に流れていた日に、持統天皇が譲位し、軽皇子が藤原宮で即位して文武《もんむ》天皇が誕生しました。持統天皇はその悲願が達成され、この国で初めての太上《だじょう》天皇になりました。太上天皇は、文武天皇が十五歳という前例のない若さだったため天皇と並び座して政務を執りました。天武天皇の嫡孫にあたる文武天皇のまわりには、まだ天武天皇を父とする多くの年長の諸皇子が控えていました。

文武天皇が即位すると直ぐに、藤原不比等が中納言に昇進しました。不比等は父の鎌足に似て冷静、沈着で強い意志の力を持っていました。

持統天皇が皇族諸侯百官を召して立太子について意見を求める少し前に起きた、天武天皇の皇子の磯城《しき》皇子が兄の忍壁皇子を皇太子にしようとした画策を収め、また宮中での御前会議で天武天皇の数ある皇子たちを退け、孫の軽皇子の立太子を実現し、持統天皇の譲位、文武天皇の即位を円滑に運ぶには卓越した手腕が必要でした。不比等は持統天皇の期待に背くことなくこれをやり遂げ、天皇は不比等の功績を昇進によって嘉みしました。

文武天皇の即位、不比等の昇進があって間もなく、不比等と賀茂比売《かものひめ》女との間の娘・宮子が夫人《ぶにん》として、嬪《ひん》の紀竃門娘《きのかまどのいらつめ》、石川刀子娘《いしかわのとねのいらつめ》とともに入内しました。

不比等が紀、石川の二氏を抑えて、娘の宮子を夫人の地位に就けたため、天皇には皇族の出自を条件とする皇后や妃がいなかったので、実質的に宮子が皇后といっていい地位にありました。宮子がそのような地位に就いたのは不比等の手腕であるとともに、妻の三千代による文武天皇の母の阿部皇女への働きかけも与っていたと噂されました。

また文武天皇が皇族を出自とする后や妃を迎えなかったのは、不比等の深慮遠謀によるもので、后や妃に皇子が生まれるとその皇子が天皇の地位に就くことになるため、宮子が皇子を生んだとしても天皇の地位に就くことができないからだ　という噂もあわせて囁かれました。

この頃は災害は少なく、一昨年も昨年も稲は豊かに稔り、この年も豊作が期待できる天候に恵まれていました。

文武二年（六九八年）五月の初め、涼しい風が吹いていました。持統太上天皇は文武天皇が誕生してからは、重い荷を降ろしたようにほっとした様子で、その日、志斐嫗様を召されて世間話に興じられました。

「今日は本当に楽しかった。時の過ぎるのを忘れてしまうほどだった」

と太上天皇はいい、暫らく瞼を閉じた後、まるで童女のようにくすくすと笑いながら、

否《いな》といへど　強《し》ふる志斐のが　強ひがたり　この頃聞かずて　われ恋ひにけり

と詠まれました。驚いた志斐嫗様は、それでも咄嗟に、

否といへど　語れ語れと　詔らせこそ　志斐いは奏せ　強語と詔る

と詠むと、太上天皇は眼を細め、やがて二人は顔を見合わせて大笑いされたそうです。志斐嫗様が聞いた、久し振りの太上天皇の笑い声でした。

それから太上天皇は藤原宮の真近かに佇む青々とした香具山を眺めながら、

春過ぎて　夏来《きた》るらし　白妙《しろたえ》の　衣乾《ころも》したり　天《あめ》の香具山

（春が過ぎて、もう夏が来たようだ。天の香具山の辺りには今日は白い衣が沢山干してある）

と詠まれました。政《まつりごと》は軌道にのって安定し、宮廷を重苦しく覆っていた緊張がとけて、ようやく寛いだ気持ちになれたのでしょう。志斐嫗は（ああ、政《まつりごと》を執り行う非情な太上天皇の顔がようやく以前のやさしく、賢く、寛容な鵜野讃良皇女だった頃の顔に戻られた）と思いました。

安定した持統太上天皇と文武天皇の政《まつりごと》の中で、この国において久し振りの平穏な日々が過ぎていきました。

次ぎの二首は、この頃、志貴《しき》皇子の詠んだ歌です。志貴皇子は天智天皇の皇子であることから川島皇子や葛野王と同様に壬申の乱の後は生きにくい世だったのですが、世に阿《おもね》ることも、世を拗《す》ねることもなく自然に生きた皇子でした。

采女《うねめ》の　袖吹きかへす　明日香風　都を遠み　いたずらに吹く

（かつて都のあった飛鳥に来てみれば、今は都も遠く移り、采女の袖を揺らしていた明日香風もむなしく吹いている）

現実の飛鳥の都は宮殿の壁は剥げ落ち、柱は朽ちて荒れ果てていましたが、幻の飛鳥の都は故郷を忘れ得ぬ人々にとっては一途に哀しく懐かしいものでした。志貴皇子の眼にはかつての都の飛鳥の丘に立つ、赤い裳をつけ、白い広袖の上衣を着た采女がおおきな袖を翻しているのが見えたのでしょう、美しい淡彩の絵を見ているようです。

石《いわ》ばしる　垂水《たるみ》の上の　さわらびの　萌え出づる　春になりにけるかも
（岩を流れる滝の辺の蕨《わらび》が芽をふくらませる春になった）

清らかな水の流れ、その辺の蕨と薄緑の草葉、春を迎えた喜びが伝わってきます。志貴皇子の歌は、皇子の生き方のように清澄で繊細でした。

文武四年（七〇〇年）三月、太上天皇は、僧道昭《どうしょう》が亡くなり、その遺骸が荼毘に付されたとの報せを受けて大きな衝撃を受けました。この国では火葬はこれまで行われたことがなかったのです。道昭は白雉四年（六五三年）、鎌足の長男の定恵《じょうえ》らとともに遣唐使の船に乗って入唐し、長安の玄奘《げんじょう》のもとで経蔵、律蔵、論蔵を学び、斉明七年（六六一年）に帰国してからは、飛鳥の法興寺の片隅で諸々の経典を説く一方で、各地を歩いて井戸を掘り、橋などを造った高僧でした。火葬は遺命によるものでした。

太上天皇は、以前道昭を召して仏法を聴いたとき「この国の人々は、人が死ぬと黄泉《よみ》の国に行き、そこでこの世とは別の生をうけると信じているがそれは誤っている。魂と身体は別々のものだ」といった道昭の言葉に深い関心をもっていました。

四月、道昭の死から一ヵ月後、太上天皇のよい相談話相手だった、天智天皇の皇女の明日香皇女《あすかのひめみこ》が亡くなりました。明日香皇女は太上天皇の異母妹で、忍壁皇子の妻でした。人麻呂が明日香皇女の葬儀のときに詠んだ挽歌は、妖艶で官能の匂いがしました。この歌が、人麻呂が宮廷で詠んだ最後の挽歌になりました。

強い官能の匂いのする歌といえば、川島皇子の葬儀のときに、人麻呂が皇子の妻の伯瀬部皇女《はつせべのひめみこ》に、

玉藻なす　か寄りかく寄り　靡合《なびか》ひし　嬬《つま》の命の　たたなづく　柔膚《にきはだ》すらを　剣刀《つるぎたち》
身に副《そ》へ寐《ね》ねば　ぬばたまの　夜床も荒るらむ

と詠んで奉った歌です。玉藻のように男と女がもつれ合い、紅く染まった白い肌、昂ぶって剣のように硬直した体、乱れた夜の床。

人々はこの歌に驚愕し、感動しました。人麻呂は、生前の川島皇子と伯瀬部皇女との仲睦まじさをこのような比喩で表現したのですが、まるで人麻呂がその場にいるかのようだったため、人麻呂が夕暮れの軽の市を彷徨い、泣きながらその名を呼んだ禁断の恋の相手との交情を、この歌に詠み込んだのではないかと噂されました。

文武五年（七〇一年）文武天皇が在位四年目を迎えた新しい年の春正月一日、東の香具山に初日が昇る頃、十八歳の天皇と持統太上天皇は、藤原宮の大極殿に出御して、冷たい北風の中、正装に身を包んだ皇族や文武百官の朝賀を受けました。大極殿の正門には烏形の幢《はた》が樹《た》ち、左に日像、青竜、朱雀の幢、右に月像、玄武、白虎の幢が北風に靡き、大陸の使者たちは左右に列していました。

一月下旬、遣唐使の派遣が決定され、粟田真人《あわたのまひと》が遣唐執政使に任命されました。持統太上天皇は天武天皇の世に引き続き新羅と通行し、唐とはこれまで公的な関係を持たなかったために三十三年振りの唐への派遣となりました。翌年の六月に唐土に向った遣唐使の中に四十二歳の無位の山上憶良《やまのうえのおくら》が「少録《しょうろく》」（記録係）として一行に加わっていました。

同じく一月下旬、父・安麻呂の兄の、大納言だった大伴御行が逝きました。

二月の初め、伯父の大伴御行と入れ替わるように私・坂上郎女《さかのうえのいらつめ》が誕生しました。年の離れた異母兄の旅人は三十六歳になっていました。

二月の中旬、不比等と三千代との間に、後年聖武天皇の皇后になる光明子《こうみょうし》が誕生しました。

三月下旬、対馬嶋《つしまじま》からこの国で初めて金が産出し、献上されたことを祝って元号を立て「大宝《たいほう》」とされました。

同じ日に不比等は中納言から正三位大納言に昇進し、安麻呂は従三位中納言に昇進するとともに、御行の後の大伴一族の棟梁になりました。

八月初旬、忍壁皇子や不比等、下毛野古麻呂《しもつけのこまろ》などによって選定された、この国の基本となる大宝律令が完成し、翌年公布されました。大宝律令は直ちに施行されるとともに、養老律令ができてもそれは直ぐに施行されなかったため天平宝字元年（七五七年）の施行までの五十六年もの長い間、この国の基本法としての地位にあり続けました。

大宝律令に至る律令の編纂は先にお話したように二十年前の天武天皇の詔に遡ります。天武天皇の没後、持統天皇の世に飛鳥浄御原令が制定されましたが、制定を急いだために律の一部が未完成だったり、令も人々の暮らしの実態とずれている処があったので、その後も律令の選定が続けられ、この度の公布に至ったものです。

大宝律令で国号を「日本」と定めたこの国は、天皇を中心に二官八省の体制の下で、公地公民制を基礎にして、人々に平等に土地を分ける班田収受法《はんでんしゅうじゅほう》という仕組みを法制上も実態上も完成させ、六年毎に改められる戸籍に基づいて六歳以上の男女には暮らしの基礎となる口分田《くぶんでん》が与えられ、死後は国に返還することとされました。

口分田の支給を受けた民は、租《そ》、庸《よう》、調《ちょう》とよばれる税を納めるとともに雑徭《ぞうよう》に従事する義務がありました。租は田一段につき稲二束三把を、庸は正丁《せいてい》（二十一歳から六十歳までの男）と次丁（六十一歳以上六十五歳までの男）に都での年十日の歳役《さいえき》という労役を課すが、実際の労役に代えて布、綿、米、塩などの代納物を、また調は正丁、次丁、少丁（十七歳から二十歳）に絹、布、糸、綿、海産物などの特産物をそれぞれ納め、雑徭は正丁、次丁に年六十日を限度に、地域で官衙や寺院の造営、道路や堤防、池の建設、修理に従事し、都への税の運搬は民の負担、兵役の義務も負うとされました。

十二月、あと四日もすれば新しい年となるこの年の暮れに、文武天皇と宮子の間に、後の聖武天皇の首皇子が誕生しました。首皇子を生んだ宮子は、産後の肥立ちが悪く、その後、長い間病床に臥せることになりました。

大宝二年（七〇二年）十二月、壬申の乱に功績のあった地方の豪族を労うため三河国方面への五十日に近い巡幸から帰ったばかりの持統太上天皇は、急に病を発して再起できず、十日も経たないうちに文武天皇を始め近親者に見守られながら生涯を閉じました。穂積皇子が殯宮司《もがりのみやつかさ》に任じられ、大殿垣《おおとのがき》をめぐらせた西殿を殯宮とした一年間の殯の後、詔《みことのり》により飛鳥岡《あすかのおか》で火葬に付されました。太上天皇は、人の死後の甦りを信じていませんでした。

暗くて冷たい地下の墓穴に横たわった遺骸が将来甦ることを信じることによってようやく死の恐怖から免れることができるのが人の本性ですが、仏法の信仰の結果とはいえ、自身の肉体を焼き、無にすることを求めるのは余程の強い意志と理性とを持っておられたのでしょう。僧・道昭の遺骸が火葬に付されてから一年半が経過していました。この国における最初の天皇の火葬でした。

持統太上天皇の生涯は、不幸な母の死に始まり、壬申の乱、大津皇子の処刑、草壁皇子の死を迎え、その後は天武天皇の遺業を継ぎ、次代を安泰にした上で逝かれるという波乱に富んだものでした。太上天皇は大津皇子を処刑したときも政《まつりごと》の非情に耐えいつもと変わらない様子でしたが、「火葬に付せよ」の詔《みことのり》を宣したとき、「子故の闇よのう」との小さな呟きを聞いた志斐嫗様は（大津皇子のことが心に大きな傷をつけているのだ。この心の傷を焼き尽くすためにも自身を火葬に付されるのだ）と思いました。

太上天皇の骨は銀の壷に収められて、天武天皇の眠る檜隈大内陵に合葬されました。

持統太上天皇の葬儀が終わったのを機に、志斐嫗様は出仕を辞め、豊浦寺の近くに庵を結びました。

志斐嫗様の物語は終わりました。尼寺の外は依然として白い雨が降ったり止んだりしています。静かな板の間に湯の滾る音だけが聞こえました。

これからの物語は、母の石川内命婦や伯母の安曇外命婦から聞いたこと、それに私自身が見、聞きしたことを中心にして続けて参りたいと存じます。

この頃、持統太上天皇によって認められなかった人麻呂の辞任がようやく文武天皇によって認められました。

梯立《はしたて》の　倉橋《くらはし》川の　石《いは》の橋はも　男《を》ざかりに　わが渡りてし　石の橋はも
(倉橋川の飛び石の橋は、今はどうなっているのだろうか。若かった頃、憧れと不安を抱いて渡ったあの石の橋はどうなったのだろうか)

この歌は、人麻呂が中宮権大夫の任を辞し、生まれ育った大和を離れて、残り少なくなった命を、壬申の乱を共に戦い、心の通い合った大分稚見の墓参のために豊後国を訪ね、途中、無惨に散った若い生命を悼んで挽歌を作った吉備津《きびつ》の采女や出雲郎女《いずものおとめ》などの墓参に捧げるための旅に出る前に詠んだ歌です。稚見の兄の恵尺の墓は天武天皇の命により葛城山に造られましたが、稚見の墓は本人の遺言によって故郷の豊後国に造られました。

人麻呂は再び大和に還ることができないと思い、青春の日に憧れと不安を抱いて通ったあの山峡の「石の橋」は、今どうなっているのだろうか、年老いた今、二度と還らぬ日を回想して深い吐息をつきました。

荒栲《あらたえ》の　藤江の浦に　鱸《すずき》釣る　あまとか見らむ　旅行くわれを
(人は、旅をしている私を、藤江の浦で鱸を釣っている漁夫とでも見ているのだろうか)

この歌は、人麻呂が豊後国に向かう旅にあって、陽に焼かれ、風雨に晒さらされ、老いの進んだ我が身を顧みて詠んだ歌で、藤江の浦は播磨国の明石の少し西にある浦です。

沖つ波　来《き》よる荒磯《ありそ》を　敷栲《しきたえ》の　枕を枕《ま》きて　寝《な》せる君かも
(どうした、何があったのだ。沖の波が打ち寄せる荒磯を枕に横たわり死せる君よ)

妻もあらば　採《つ》みてたげまし　佐美《さみ》の山　野の上《へ》のうはぎ　過ぎにけらずや

（ここに妻でもいれば摘んで食べたことだろうに、この佐美の山の嫁菜はもう食べ頃を過ぎて固くなっている）

明石を経て讃岐国に渡った人麻呂が、讃岐《さぬき》国から備中国に上陸しようと船を漕いでいく途中、狭岑島《さねみのしま》に立ち寄ったとき、「石の中の死《みまか》れる人を見て」詠んだ長歌の反歌です。

長歌の趣旨は（船を漕いで来ると、時つ風が大空に吹き、沖を見れば波が立ち上がり、岸には白波が騒いでいる。海を畏れ、楫《かじ》を止めて　幾つもの島の中で狭岑の島を選んでその荒磯辺に庵を作って周囲を見ると、絶え間なく波の音のする浜辺を枕に、荒い岩床に倒れている人がいる。君の家を知っていれば行って知らせるものを、妻が知ったら来て訊ねるだろうに。愛しい妻は、ここに来る道さえも知らず、不安な気持ちで帰りを待っているだろう）というものです。

漂流者か、流人か、見上げると、磯と磯の間の狭い断崖の岩陰に風を避けるように小屋らしいものがありました。磯にあたって砕ける波の音と強い潮の匂いの漂う荒磯の浜辺を枕に永遠に眠っている、何処の誰かも分からない、愛しい妻も帰りを待っているかも知れない死者に、人麻呂は挽歌を捧げ、一人深く頭を垂れました。

備中国に着いた人麻呂は、生前縁のあった吉備津の采女の墓に詣でました。吉備津の采女は備中国都宇郡《つうのこおり》の豪族の娘で、天皇に仕える采女でありながら禁断の、臣下と恋をしたため捕吏に追われる身となり、捕らえられる前に入水自殺をしました。

楽浪《さざなみ》の志賀津の子らが　罷道《まかりぢ》の　川瀬の道を　見ればさぶしも
（美しい志賀に、吉備の国から出仕してきた采女が、許されぬ恋に落ち、天皇の怒をかい、川に身を投げて命を断った。そんな川瀬の道を見るのは悲しいことだ）

人麻呂もかつて貴人の妻と禁断の恋をしたこともあって吉備津采女の苦しみ、悲しみ、切さがよく分っていました。

山の際《ま》ゆ　出雲の子らは　霧なれや　吉野の山の　嶺にたなびく
（山間の谷から湧き出る雲のような豊かな黒髪の出雲娘子は霧なのだろうか、吉野の山の嶺々に棚引いている）

八雲さす　出雲の子らが　黒髪は　吉野の川の　沖になずさふ
（湧き上がる雲のようだった出雲娘子の黒髪は、吉野川の沖に漂っている）

この二首は、人麻呂が「溺れ死にし出雲娘子を吉野に火葬せる時に」作った歌です。

出雲娘子は、草壁皇子の皇女の氷高皇女に仕える采女で、持統太上天皇の吉野行幸に随っていたのですが、不幸にも吉野川に転落して若い命を散らしてしまったのです。

吉備津の采女の墓参をすました人麻呂は、出雲娘子の墓があるという出雲国を目指しました。備中国から出雲国に行くには高梁川を遡り、高く連なる山々に分け入り、岩石を攀じ登り、深い溪谷を渉って伯耆国に至り、さらに長い道程を歩まねばなりませんでした。

人麻呂は老いと長旅によって眼はかすみ、手は痺れ、足は傷つき痛んで杖を引くようになっていました。人麻呂は伯耆を経て出雲国に行くことをあきらめ、安芸国の北部辺りから直接出雲国に至る道を尋ねて東西に横たわる山々を北に見ながら、安芸国と周防国との国境辺りまで杖に縋って歩いてきましたが、背や足腰の痛さは耐え難いものになりました。周防国に入った辺りで、長門国の北西にある油谷《ゆや》の湯が傷や痛みによく効くと聞いて、そこで暫く湯治することにしました。

人麻呂が油谷に着いたのは山百合の咲く頃で、高台の、古い寺の片隅に小さな小屋を作って寝泊りしました。そこからは、白く輝く砂浜と緑の松林、岩礁に砕ける白い波、緑滴る沖の小島が見え、聞こえるのは波と松籟の音だけでした。

山の麓の岩石の間から湧き出た熱い湯は、傍らの、入り口に蓆を吊るした小屋の湯壺に引き込まれていました。

湯治を始めて七日ほど経った頃、湯壺から出て、入り口の蓆を上げたとき、人麻呂は思わず立ち竦みました。病に臥しても、亡くなっても訪れることもできず，軽の道をその人の名を呼びながら、泣き叫び彷徨った禁断の恋の相手がそこにいたのです。長い黒髪、切れ長の眼、白いうなじ、狂おしい夜を過ごした女人にそっくりでした。

名は依羅娘子《よさみのおとめ》、石見の豪族の娘で朝廷に采女として出仕していましたが、三年前に父が逝き、その後間もなく母が病床に就いたために帰郷し看病にあたっていました。

その母が逝った頃から吐き気や悪寒がして高い熱がでるようになりました。最初は疲れのためだろうと思っていましたが、そのうちに動悸がはげしくなり、吐血や強い胸の痛みに襲われるようになって、縁者に勧められてこの油谷で湯治をしていました。

人麻呂は依羅娘子を知らなかったのですが、吉備皇女に仕えていた依羅娘子は多くのすぐれた歌を作った人麻呂を、持統太上天皇や氷高皇女，軽皇子に仕える采女たちから聞いて知っていました。しかし依羅娘子は、眼の前にいる、深く皺を刻んだ顔、白髪混じりの頬髭、歯の抜けた口、垢に汚れた衣を纏った老人が人麻呂だとは思いもよりませんでした。

二人は、懐かしい持統太上天皇、草壁皇子、氷高皇女、吉備皇女、軽皇子や、大和の山や川、寺院などについて語りました。人麻呂は、禁断の恋をした貴人の妻と語っているようでした。

二人は一緒に暮らすようになりました。

人麻呂は、依羅娘子が高い熱を出したり、咳込み、震えたりしたときに何もできない自分を恥じて涙を流しました。

ある夜、依羅娘子が高い熱を出し、激しく咳込み、大量の血を吐きました。人麻呂にできることは濡れた布で丁寧に口許や顔を拭い、額に冷たい折りたたんだ布をのせ、背中をやさしくさすることだけでした。そのような夜が幾夜か続き、小雨の降った日の朝、依羅娘子が久し振りにまどろみ、軽い寝息をたてていました。ずっと背中をさすり続けた人麻呂は、その寝顔を見ているうちに不憫さが募って、思わず頬ずりをし、抱きしめて嗚咽しました。血と汗の臭いが微かにしました。

依羅娘子の気分のよい日には二人並んで小屋の蓆を上げて、白く輝く海辺の砂や緑の松、岩礁に砕ける白い波、大きな虹や西の空に浮かんだ夕焼け雲などを見たり、小鳥や蝉の鳴き声に耳を傾けたりしました。いつ頃かそのようなとき、人麻呂の骨太の荒れた手は依羅娘子の手をやさしく包んでいましたが、人麻呂は昂ぶることはありませんでした。

蒸し暑い夜、闇の中を一匹の蛍が瞬きながら飛ぶのを見た依羅娘子が、

「きっと、お母さんが呼んでいるのだわ」といい、それから数日後、蛍の後を追うように、二人は手をとって杖を突きよろめきながら、依羅娘子の故郷の石見国の角《つの》の里に向かいました。石見国の角の里に着いたとき、山々は既に赤や、黄、橙色などに彩られていました。石見国の

秋は短く、直ぐに強い北風が吹き、雪の降る冬がきました。

石見国の角の里の自然は美しくそして厳しいものでした。春には在所の、森の中の寂しい寺の境内にどっしりと根を張った山桜が咲き、森の精が宿ってでもいるように厳かで、風もないのに花びらが舞い落ちて、陽や雲の加減で野火のように紅く見えたり、光が渦巻いて白銀が輝いているようにも見えました。夏には群青色の空に雲が幾重にも立ち昇り、秋には美しい夕陽が西の海に沈むと、満天の星が輝く夜がきました。

人麻呂は、浜辺に打ち上げられた海草を拾い、漁師から魚をもらって暮らしました。

人麻呂は角の里で二度目の冬を迎えました。冷たく強い風が吹き、高い波の押し寄せる石見の海の荒磯《ありそ》の辺で、二人は玉藻のように寄り添い、睦み合って暮らしていました。

突然二人に別れの日がきました。人麻呂の居場所をどこでどう尋ねたのか、大和から使者がきて、和珥部君手が死の床にあると報せました。君手は、人麻呂の従兄弟で、人麻呂に剣を教え、舎人への道を拓いてくれ、壬申の乱では近江朝を攻撃する将軍の一人として活躍し、人麻呂もその軍勢に加わった、縁の深い人でした。

人麻呂は大和に旅立つ決心をしましたが、辿り着くことはできないだろうと思いました。

依羅娘子もこの別れが永久の別れになることを知っていました。

な思ひと　君は言へども　逢はむ時　何時《いつ》と知りてか　わが恋ひざらむ
（心配するなとあなたはおっしゃいますが、今度会う時がいつと分かってさえいれば、
私はこのように恋しく思わないでしょうに）

この歌は、人麻呂の出立に際して依羅娘子の詠んだ歌です。この日は朝から小雪が降ったり止んだりしていました。

石見のや　高角山の　木の際より　わが振る袖を　妹見つらむか
（石見の高角山の樹々の間から、恋しい思いに堪えかねて、あなたに向かって振った
私の袖をあなたは見たであろうか）

小竹の葉は　み山もさやに　さやげども　われは妹思ふ　別れ来ぬれば
（山中では笹の葉がさやさやと音をたてているが、私の心はずっと別れてきたあなた
のことを　思い続けている）

この二首は、人麻呂が依羅娘子と別れて大和に向かうときに詠んだ歌です。

鴨山《かもやま》の　磐根《いわね》し枕《ま》ける　われをかも　知らにと妹が　待ちつつあらむ

（鴨山の岩を枕に、私が横たわっているとも知らないで、あの人は私の帰りを今か今かと待っていることだろう）

この歌は、多くの人のために荘厳な、或いは悲痛な挽歌を作った人麻呂が、海路で大和に行くために周防国によろめくように向かう途中、鴨山の険しい山道を、折からの雪に足を滑らせて谷底に落ちて岩陰に横たわったときに作った自分自身への挽歌です。自分自身への挽歌を作ったのは、私の知る限りでは確実な死と向き合った、人麻呂と有間皇子の二人だけでございます。

直《ただ》の逢《あ》ひは　逢ひかつましじ　石川に　雲立ち渡れ　見つつ偲《しの》はむ

（直接あなたにお会いすることはできませんが、せめてこの石川に雲が立ち渡ってくれたならその雲を見てあなたをお偲びしましょう）

この歌は、人麻呂が亡くなったと聞いた依羅娘子が血を吐きながら、人麻呂が落ちた谷底の岩陰が遠くにうかがえる処に駆けつけたときに作った歌です。依羅娘子は人麻呂の死を予感していました。そして今は人麻呂の魂が生まれ故郷の大和に無事に着くように祈りました。

第三十章　元明天皇と元正天皇

大宝四年（七〇四年）三月、藤原宮の上空にめでたい兆しとされている五色の瑞雲が棚引いたので、五月に元号が慶雲《けいうん》と改元されました。

慶雲の世になると、早くも公布したばかりの大宝律令にひびが入り始め、庸、調、雑徭の負担が大きくのしかかった口分田の耕作者は疲弊し、口分田を耕作せず、土地を離れる浮浪が多くでるようになり、またこのような世情を反映して京や畿内では強盗が出没し、不審火が出るようになりました。

慶雲四年（七〇七年）四月、文武天皇は父の草壁皇子の命日のため国忌《こっき》に入った直後に病に倒れ、六月中頃、綻びの見え始めた政《まつりごと》の打開もできないうちに、病弱だった父の草壁皇子よりも三歳も若い二十五歳で亡くなりました。在位すること十年、五ケ月の殯の後に檜隈安古野《あこの》陵に葬られました。国忌とは先の天皇などの命日に、国の行事として追善供養の仏事を寺院で行うことで、天武天皇の一周忌の国忌が最初でした。

文武天皇の崩御の一ヶ月後に、天皇の母で、草壁皇子の妃だった阿部皇女が、元明《げんめい》天皇として、この国で初めて皇后を経ないで即位しました。文武天皇の皇子の首皇子はまだ七歳でした。元明天皇の即位は極めて異例のことで、これまで天皇の地位に就いた女人は、全て皇后の位にありましたが、阿部皇女は元の皇太子の正妃に過ぎなかったにもかかわらず、不比等が「文武天皇の生前の意志」だとして強引に事を運びました。

十一月、元明天皇の即位に伴う大嘗祭が執り行われました。その際天皇は、不比等の妻の三千代が天武天皇の代から仕えていることを称して、杯に浮かぶ橘の実とともに橘宿禰の姓を授けました。

大夫《ますらを》の　鞆《とも》の音すなり　もののふの　大臣《おほまへつきみ》　楯《たて》立つらしも

(兵士たちの鞆の音がしきりにしている　将軍が兵士たちの調練をしているのだろうが　何か事でも起こったのだろうか)

この歌は、元明天皇が、践祚の翌年、詠んだ歌です。天武天皇、持統天皇の充実した治世は日々遠くなりました。その頃、これといった事件が起こっていたのではありませんが、世に漂う暗い雰囲気の中で、天皇は、鞆の音を聞いて何か事でも起こったのではないかと漠然とした不安を覚えました。

わが大君《おほきみ》　ものな思ほし　皇神《すめかみ》の　嗣《つ》ぎて賜へる　吾無《われな》けなくにし

（わが大君よ、何の心配もいりません、私も皇祖神の命により、いつでもご名代になれるのでございますから）

この歌は、天皇の姉の御名部《みなべ》皇女が、天皇の歌に和《こた》えて励ました歌です。御名部皇女は高市皇子に嫁して既に長屋王《ながやのおおきみ》の母となっていました。

慶雲五年（七〇八年）一月、武蔵国秩父から和銅が献じられたことを祝って元号が和銅《わどう》に改元され、五月にはこの国最初の通貨である和同開珎《かいちん》が発行されました。

二月、平城《へいじょう》の地に新都を造営するとの詔が宣せられました。人口の増加とそれの伴う田地の確保が必要となったことから、かねてより平城への遷都が朝廷において議せられていましたが、文武天皇の逝去で立ち消えになっていました。政《まつりごと》の行き詰まりや社会不安が高まっていましたが、再議に付され上で実施と決定されました。詔に「平城の地は四禽《しきん》の図に叶《かな》ひ、三山鎮を作《な》して亀筮《きぜい》並び従ふ。都邑《といふ》を建つに宜《よろ》しく、その営を構へるに宜し」とありました。

三月、平城京造都の方針が確定した直後に、石上麻呂《いそのかみの》が左大臣に、不比等が右大臣に、父の安麻呂が大納言にそれぞれ昇任しました。上位には知太政官事《ちだいじょうかんじ》の穂積親王《ほづみしんのう》がいました。石上麻呂はかって物部麻呂といい、壬申の乱のとき最後まで大友皇子に随い忠節を尽くし、後に持統天皇によってその才能が見出され、重く用いられました。

知太政官事は「太政官のことを知る」、つまり太政官の長として万機を総攬する官職です。持統太上天皇の逝去によって生じた権力の空白を埋めるとともに、有力な皇族がまだ若い文武天皇を補佐することが必要と考えられて忍壁親王が任命されましたが、慶雲二年(七〇五年)に喪くなったため、その年にその後任として穂積親王が任命されていました。

遷都の決定は、宮廷に緊張をもたらしました。新しい都城の造営という大事業は、沈滞した状態を動かし、連帯の気運が醸成されることから、これまでも政《まつりごと》の行き詰まりの打開にこの方法がとられたことがありました。

和銅三年(七一〇年)三月、早くも都は飛鳥を離れ、内裏と大極殿などが造営された程度でまだ宮垣さえ整っていない平城に遷都され、都造りは山城《やましろ》国の長岡《ながおか》京に遷都するまで継続したため、人々に大きな負担を強いることになりました。この国初めての本格的に造られた藤原京がこの国の都であったのは僅か十六年で、翌年には焼失してしまいました。

和銅五年（七一二年）一月、太安万侶《おおのやすまろ》が元明天皇に「古事記《こじき》」を献上しました。古事記は、天武天皇の勅を受けて稗田阿礼《ひえだのあれ》が誦習していた「帝紀日継《すめらみことのひつぎ》」（天皇の系譜）と「先代旧辞《さきつよのふるごと》」（古い伝承）を太安万侶が書き記し、編纂したものです。

和銅六年（七一三年）三月、私は母と伯母の安曇外命婦とがいる処に呼ばれました。

「こういう方はどうかしらねえ」と伯母が穂積親王のことを話しました。

驚いたことに私の縁談でした。顔が真っ赤になって胸がどきどきしました。

「お年を召してらっしゃるわねえ」母が気乗り薄の声でいいました。

「それにあのこと」母がまたいいました。「あのこと」とは穂積皇子と但馬皇女との激しい恋でした。但馬皇女の情熱的な歌と、穂積皇子の切なく悲しい慕情を詠った歌は私の胸に深く刻まれていました。天皇の子女は皇子及び皇女の称号が使われていましたが、大宝律令で天皇の子女及び兄弟姉妹は親王《しんのう》、内親王《ないしんのう》と改称され、穂積皇子は穂積親王と呼ばれるようになりました。

「父上にご相談しなければ」と母がいいました。

「安麻呂殿は案外この話はもうご存知で、皇族と姻戚関係を結んでおけば、将来なにかと役にたつと思っておられるかもしれないよ」と伯母が笑いながら母を見ました。

九月、私はあの歌のような激しい恋をした人とは一体どのような人だろうか、と興味津々で嫁ぎました。嫁いだ日は空に薄い鰯雲が浮かび、日当たりのよい庭には、紫の、星のかたちをした桔梗の花が咲いていました。私は十三歳でした。

穂積親王は浅黒く引き締まった凛々しい男だとの私の想像とは違って、その面影は微かに残っているものの、今はすっかり太っていたのでがっかりしました。しかしやさしい人で、私が這ってきた百足に驚いて声を上げると、上手にそれを抓んで外に出して

「大丈夫だよ。虫が嫌いのなら、百足でも蜘蛛でも蜂でも何でも、ほれこの通り」とにこっと笑って、虫を剽軽に抓み、追い出す格好をしたので、虫が苦手の私は安心しました。

和銅七年（七一四年）六月、首皇子が皇太子の地位に就きました。天武天皇の皇子たちや、高市皇子の子で、天武天皇の孫の長屋王《ながやのおおきみ》など有力な候補者がいましたが、天皇の強い訴えと、不比等の後押しによって十三歳の首皇子の立太子が実現しました。

平城京の都造りは平城遷都の後も続き、旱魃や水害も発生して人々に大きな負担がのしかかり、負担を逃れるために浮浪、逃亡、偽籍する者が増えてきました。偽籍とは男が女より負担が重いため、男を女と偽って戸籍に登録することで、こうなると租庸調の収納が欠け、兵士が

弱体化するなど由々しきことになりました。また、平城京の造営のために都にでてきた諸国の役民《えきみん》や、庸調を運搬してきた農民が、故郷に帰る途中に食糧がなくなり、都の内外で行き倒れ、道端や溝などに折り重なって死んでいる姿が数多く見られるようになりました。

五月の初め、父の安麻呂が、母や、伯母の安曇外命婦、兄の旅人、宿奈麻呂《すくなまろ》らに看取られて逝きました。眠っているような穏やかな顔でした。その日、咲き遅れのかたかごの紫紅色の小さな花が佐保山の森の中で風に揺れていました。

和銅八年（七一五年）七月、嫁してから二年も経たないうちに、穂積親王が朝から蝉がやかましく鳴いた日の午後に逝きました。穂積親王が何かの折にごつごつした手を私の手に重ねて「お前の手は冷たいね、手の冷たい女人は情が濃いというよ」といった言葉は、いまでもはっきりと覚えています。

九月、元明天皇が老いを理由に、在位されること八年で、元明天皇の皇女で、文武天皇の姉にあたる氷高《ひたか》内親王に譲位しました。皇太子の首皇子の即位は、皇太子がまだ若く病身であったことや、長屋王を中心とする皇親勢力と外戚の藤原一族との対立などもあって先延ばしされ、皇太子の伯母の氷高内親王が元正《げんしょう》天皇として三十六歳で即位しました。初めての母から娘への皇位の継承でした。

元正天皇の即位後間もなく瑞亀が献上され、天皇はこれを「嘉瑞」として、元号を「霊亀《れいき》」と改元しました。

霊亀二年（七一六年）八月、多治比県守《たじひのあがたもり》らが遣唐使に任命され、留学を志す阿倍仲麻呂《あべのなかまろ》、吉備真備《きびのまきび》、僧・玄昉《げんぼう》らを含む総勢五五七人が四隻の船に分乗して難波津を出航し、十月の始めに長安に着きました。唐は玄宗《げんそう》皇帝の世でした。

十月、不比等と橘三千代の娘の光明子が夫人として入内しました。首皇子も光明子も同じ十六歳でした。不比等の娘の宮子が文武天皇の夫人となって首皇子を産み、その首皇子の夫人に異母妹の光明子がなったので、この異母姉妹は姑と嫁の関係になり、宮廷での不比等の存在が一層大きくなりました。

この年、兄の旅人に長男の家持が生まれました。旅人は五十二歳になっていました。

霊亀三年（七一七年）薄紫の桐の花が咲く頃、私は伯母の安曇外命婦の勧めで宮中に命婦として出仕することになりました。首皇子と光明子は仲睦まじくお過ごしでしたが、首皇子の母の宮子は皇子を出産されて間もなく心の病のため病床に臥せられ、三十六年もの長い間我が子に会うことができませんでした。

四月、朝廷は僧・行基の活動を禁止しました。

平城京の造営が続く中、寺院用と決められた土地に寺が建ち始めました。新たに創設された寺もあり、旧都藤原京から移築した寺もありました。元興寺《がんごうじ》、大安寺、興福寺、薬師寺などは旧都からの移築で、どの寺も平城京に移すと、堂塔を増やすなど従来よりも規模の大きいものにしました。一方、平城京造営のために全国各地から集められた役民や、重い課役を逃れるために出奔した農民、食糧が尽きて故郷に帰れなくなった調、庸の運脚夫などが頼ったのが僧・行基《ぎょうき》でした。

行基は、中大兄皇子が近江京で即位した年に、河内国大鳥郡蜂田郷家原《かわちのくにおおとりこおりはちたのさといえはら》に生まれ、十五歳で出家し、葛城山で修行した後に南大和の薬師寺に入り、高僧義淵《ぎえん》、道昭に仏道を学びました。師の道昭は唐に渡り、天竺に行った玄奘に師事し、この国で最初に火葬に付された人ですが、晩年は諸国を巡って地方の開発や人々の救護に献身し、このことに感銘をうけた行基は、この先達に随って辛苦を分かち合いました。

慶雲元年（七〇四年）、行基は、藤原京における大官や僧侶たちの逸楽の日々と民衆の悲惨な境遇との格差に心を衝かれ、官寺を脱して郷里に帰り、最初の道場・家原寺を開きました。

それは丁度、新しい国創りによって成立した、この国の根幹の体制が全盛を過ぎて、綻びを見せ始めた頃でした。

行基とその弟子たちは、道場を拠点に、遷都などによって悲惨な運命を背負わされ、精神的に孤独な人々や窮乏した人々の中に入って説法するとともに、貧しい農民のために渡し舟を造り、橋を架け、溜池を掘り、浮浪者に食べ物や宿泊所を提供する布施屋《ふせや》を設けました。川を渡るのに難儀をしていた、渡し舟や橋のなかった農民は喜び、平城京の造営に狩り出された役民や、庸、調の運脚夫など多くの人々が布施屋によって餓死から救われました。

こうしたことから行基は、「行くところ和尚（行基）の来ることを聞けば、巷《ちまた》に居人なく、争い来て礼拝す」とか「時の人号して行基菩薩といふ」といわれるまでになりました。

しかし、当時の仏教は国の鎮護のためのもので、僧尼は国のために奉仕すべきものとされていたため、人々の心の救済や慈善救済にまで及んでいた行基の行動は、僧尼令《そうにりょう》の枠からはみ出すものとして「小僧《しょうぞう》行基は、弟子とともに出没し、徒党を組み、いたずらに説教し、ものを乞い、聖道を偽って人々を幻惑している」として詔《みことのり》により禁止されました。

十一月、元正天皇が美濃国に行幸したときに多度山の美しい泉を眼にして「養老の滝」と命名したことに因んで元号を「養老《ようろう》」と改元しましたが、当面する事態は厳しいものがありました。

養老四年（七二〇年）三月、兄の旅人は、大隅国の国司の殺害に端を発した隼人の反乱を鎮めるために征隼人持節大将軍に任命され九州に赴任しました。

五月、舎人親王らの撰で神代から持統天皇までの世を扱った全三十巻、系図一巻から成る「日本書紀《にほんしょき》」が元正天皇に奏上されました。天武天皇がこの国の史実を確定し記録するように詔《みことのり》してから四十年の歳月が経過していました。先に完成した「古事記」は、人々に天皇家がこの国を統治することの正統性を説き、「日本書紀」は、官人に天皇家の歴史を教えるものでした。

八月、右大臣の藤原不比等が没しました。六十二歳でした。不比等は、すぐれた政治力によって草壁皇子の血を継ぐ天皇の地位を安泰なものにしました。

父の草壁皇子から子の文武天皇へ、子の文武天皇から孫の聖武天皇への天皇位の継承において、いずれも若死にした父とその後に即位した女人の天皇の持統天皇、元明天皇、元正天皇の背後でその力を充分に発揮しました。天皇は深く哀悼し、廃朝して群臣に弔喪の礼をとらせ、正一位太政大臣を追贈しました。不比等には四十歳の武智麻呂、三十九歳の房前、二十九歳の宇合《うまかい》、二十六歳の麻呂《まろ》の四人の子息がいました。

同月、隼人の反乱を鎮めるために九州に赴任していた兄の旅人は、不比等が没したため勅命により都に帰還しました。

九月、陸奥の蝦夷反乱を鎮めるため、多治比県守《たじひのあがたもり》が持節征夷大将軍に任じられました。

養老五年（七二一年）一月、元正天皇は不比等の後任として長屋王を右大臣に任命しました。長屋王は、父の高市皇子と天智天皇の皇女の御名部皇女との間に生まれ、元正天皇とは従姉弟の関係にあり、また天皇の妹の吉備内親王を妃としていました。

十月、病が昂じて死の床に横たわった元明太上天皇は、右大臣の長屋王と参議の藤原房前を枕頭に召して、死後のことを託して十二月に六十一歳で崩御されました。この年も稲の稔りが悪く、飢饉が続きました。慶雲期の危機のうちに即位し、一層深まった世の不安の中に元正天皇、首皇太子を残しての他界でした。

第三十一章　藤原麻呂

この頃、私は藤原麻呂の妻になりました。麻呂は不比等の四男で、藤原四兄弟の末弟です。長男の武智麻呂、次男の房前、三男の宇合の母は蘇我娼子《そがのしょうし》ですが、麻呂の母は五百重娘《いおえのいらつめ》で、首皇太子の夫人・光明子とは異腹の兄妹にあたります。

私は二十一歳、麻呂は二十七歳で右京大夫《うきょうのだいぶ》の職にあり、大柄で、頬髭が濃く、藤原一族の男たちの特徴の、固く結んだ薄い唇をしていましたが、澄んだ眼をしていました。

藤原一族と大伴一族とは複雑な関係にありましたが、〝恋多き女〟といわれた私も麻呂も恋の前には何程のこともありませんでした。

佐保の里の私の家にはいつも眉間に白い星のある大きな黒毛の馬に乗ってきました。人々は、麻呂を豪放磊落な切れ者だと噂していましたが、私の前ではいつも草花を描いた檜の琴を弾き、静かに酒を手酌で飲みながら話をしました。酒は強く、いくら飲んでも酔うことはありませんでした。

よく渡る　人は年にも　ありといふを　いつの間にぞも　我が恋ひにける

(辛抱強い人は、彦星のように年に一度だけの織姫との逢瀬でも我慢できようが私はいつもあなたが恋しくて会いたくて堪らない)

むし衾　なごやが下に　伏せれども　妹とし寝ねば　肌し寒しも
(柔らかな寝具にくるまっていても　あなたがいないと肌寒い)

麻呂が琴を爪弾きながら口ずさんだ歌です。

佐保河の　小石践み渡り　ぬばたまの　黒馬の来る夜は　年にもあらぬか
(佐保川の小石を踏みながら渡って、あなたの黒馬が来る夜は、年に一度はあってくれないものか)

千鳥鳴く　佐保の川瀬の　さざれ波　やむ時もなし　我《あ》が恋ふらくは
(千鳥が鳴く佐保川の川瀬のさざ波のように　止むときもない　私の恋心は)

この歌は、私が麻呂に和えた歌のうちの二首です。

麻呂とはうまくいっていましたが、任務が多忙なため平素から妻問いが間遠うな上に、今から考えると、元正天皇の譲位や首皇太子の即位、長屋王との相克など藤原一族にとって重要な事柄が山積していたためもあってか、いよいよ間遠うになっていました。

来るか、来ないか分からない人を、何のあてもなく待ち続けることほど女人にとって辛いものはなく、麻呂は結局、人を待つ辛さを分かることができませんでした。私たちは二年後に互いに自由の身になりました。

暫らくして、私は旅人の勧めにより、異母兄の大伴宿奈麻呂に嫁し、田村の里に住むことになりました。婚姻は、兄妹であっても異母の場合は認められていました。

宿奈麻呂は、安麻呂の三男で、兄には旅人、田主《たぬし》が、弟には稲公《いなぎみ》がいました。宿奈麻呂は、備前国の国司の在任中の養老三年（七一七年）に按察使《あぜち》の職が新たに設置された際、按察使も兼ねることになり、安芸、周防の二国を管していました。

旅人から婚姻の話があったのはそれらの任務を終えて都に帰っていたときでした。

第三十二章　長屋王

養老七年（七二三年）四月、不足した田地の開墾をすすめるために三世一身法《さんぜいっしんのほう》が施行されました。この法は、水路や池などの灌漑施設を新設して墾田した場合は三世（本人、子、孫）までその所有を許し、既設の灌漑施設を改修して墾田した場合は開墾者本人一世の所有を許すというものでした。

長屋王を悩ませたのは朝廷の官田すなわち公地が年毎に減少していくことでした。農民の徭役が造都や寺搭の建立などに振り向けられて公地の拡大が人口の増大に伴わないという一面はありましたが、減少の大きな原因は、国司から搾取される辛さから逃れるために農民が逃亡することによって耕地が荒廃し、また暮らしに困窮した農民の口分田が質地となって、次第に有力者のもとに流れていったからでした。

そこで朝廷は墾田を奨励し、農民の意欲を高めるために、開墾から三世代までの墾田の私有を認めたのです。朝廷が、三世または一世という制限をつけたものの、私有地を容認する方向に踏み出したことは、大化改新以来約八十年をかけて取り組んできた公地公民制の崩壊、この国の体制の根幹の崩壊に繋がる第一歩となりました。

養老八年（七二四年）二月、元正天皇は「昨年九月に白い亀という祥瑞が出現し、穀物が豊かに稔ったのは自分の徳によるものではなく皇太子の徳によるものと思われる」と詔し、養老の元号を神亀《しんき》に改元して、甥の皇太子・首皇子に譲位し、聖武天皇が誕生しました。

元号が、五色の瑞雲が現われたから「慶雲」、和銅が献じられたから「和銅」、瑞亀や白い亀が現われたり献じられたりしたから「霊亀」や「神亀」というように縁起のよい名の元号に目まぐるしく改元されたことに、人々は、為政者の、住みよい世の到来への祈りとともに、そのような世が到来しないことへの焦りを感じました。

二十四歳の皇太子が即位し、光明子が後宮の位階である夫人の号を得て、聖武天皇の治世が始りました。聖武天皇は、十七年にわたる元明、元正の女人の中継ぎの天皇のあとに、待望の皇子が宮廷の中心の地位に就いたため新しい世が開けたような明るい印象を人々に与えましたが、聖武天皇は祖父の草壁皇子や父の文武天皇に似て病弱だったため先の元正天皇が補佐することになりました。草壁皇子、文武天皇、聖武天皇と歴代の皇子、天皇が病弱なのは、近親婚のためだとか、周囲を女人で囲まれていたために体を鍛えられることなく大事に育てられすぎたためだと噂されました。

同じ日に長屋王が左大臣に昇任しました。長屋王は、生涯独身だった元正天皇の従姉弟であるとともに妹の吉備内親王の夫でもあって、天皇の厚い信頼を得ていました。長屋王は皇族の代表として宮廷において重きをなすようになり、知太政官事の舎人親王、大納言の多治比池守《たじひのいけもり》らとともに、政《まつりごと》の中枢を皇親すなわち天皇の親族によって独占しました。

この頃、藤原一族を出自とする光明子の立后をはかる外戚の藤原一族の四兄弟と、このことに真っ向から反対する長屋王らとの対立が次第に深刻になっていました。長屋王らが光明子の立后に反対する理由は、皇后は夫の天皇にもしものことがあると、中継ぎの天皇として即位する可能性があるため皇族だけが立后できるのがこの国の慣習だというものでした。

藤原一族は、長屋王が皇族の出で左大臣まで進んでいるのに、聖武天皇にはまだ皇子も生まれていないことから、長屋王が密かに皇位を狙っているのではないかとの疑念を抱いていました。

神亀元年（七二四年）四月、養老四年（七二〇年）の隼人や蝦夷の反乱に続いて、再び蝦夷の反乱が起こり、藤原宇合が持節大将軍に任じられ出兵しました。

神亀三年（七二六年）、笠金村《かさのかなむら》が、聖武天皇の印南野への行幸に従駕したとき作った長歌です。

名寸隅《なきすみ》の　船瀬《ふねせ》ゆ見ゆる　淡路島　松帆《まつほ》の浦に　朝凪《あさなぎ》に　玉藻刈りつつ　夕凪に　藻塩焼きつつ　海人《あま》をとめ　ありとは聞けど　見に行かむ　縁《よし》の無ければ　大夫《ますらお》の　情《こころ》は無しに　手弱女《たわやめ》の　思ひたわみて　徘徊《たもとほ》り　吾はぞ恋ふる　船楫《ふねかじ》を無み

(名寸隅の船泊りから見える淡路島、その松帆の浦に朝凪のうちに玉藻を刈り　夕凪のうちに藻塩を焼く海人の娘がいると聞く。しかし逢いに行こうにも手段がないので大人としての分別もなく、か弱い女のように心が萎えて、ただうろうろするばかりで恋焦がれている、逢いに行くための船も楫もないので)

同じ頃、山部赤人《やまべのあかひと》は、

春の野《ぬ》に　菫採《すみれつ》みにと　来《こ》し吾《われ》ぞ　野をなつかしみ　一夜宿《ひとよね》にける

(春の野に菫をつみにやってきたが、その野に心引かれて、とうとう一夜を過ごしてしまった)

百済野《くだらの》の　萩の古枝《ふるえ》に　春待つと　居《お》りし鶯　鳴きにけむかも

(百済野の萩の古枝に、春を待って止まっていた鳥は、今はもう鳴いただろうか)

天地《あめつち》の　分れし時ゆ　神《かむ》さびて　高く貴き　駿河なる　布士《ふじ》の高嶺を　天《あま》の原　ふり放《さ》け見れば　渡る日の　影も隠《かく》らひ　照る月の　光も見えず　白雲も　い行きはばかり　時じくぞ　雪は降りける　語りつぎ　言ひつぎ行かむ　不尽《ふじ》の高嶺は
（天と地が分かれたときから　神々しく　高く　貴い駿河の富士の高嶺　大空をはるかに仰ぎ見ると　空を渡る太陽もその背後に隠れて見えず　夜空に輝く月の光も見えない　白雲も遅々として進まず　雪がしんしんと降っている　この神々しいまでに美しい富士の高嶺のことをいつの代までも語り継ぎ言い伝えていこう）

反歌

田児《たご》の浦ゆ　うち出《い》でて見れば　ま白にぞ　不尽《ふじ》の高嶺に　雪は降りける
（田子の浦を過ぎて　視界の開けた処に出ると　真っ白に富士の高嶺に雪が降りしきっていた）

という歌を作り、また高橋虫麻呂《たかはしのむしまろ》は「河内《かふち》の大橋を独《ひと》り娘子《をとめ》を見る歌」を作りました。

級照《しな》る　片足羽川《かたしはがわ》の　さ丹塗《にぬり》の　大橋の上ゆ　紅《くれない》の　赤裳《あかも》裾引き　山藍《やまあい》もち　摺《す》れる衣《むぬ》着て　ただ独り　い渡らす児《こ》は　若草の　夫《つま》かあるらむ　橿《かし》の実の　独りか寝《ぬ》らむ

問はまくの　欲しき我妹《わぎも》が家の知らなく
（片足羽川の丹塗りの橋を、美しい乙女が裾を引く紅の裳をはき、山藍で摺った衣をまとって渡っていく。あの乙女は夫のある身なのだろうか、それとも櫃の実のように一人寝の身なのだろうかと訊ねてみたいが、あの人の家も知らない）

反歌

大橋の　頭《つめ》に家あらば　うらがなしく　独り行く児に　宿貸さましを
（大橋のたもとに家があればなあ、憂いを含んだあの一人で橋を渡る乙女に宿を貸すのだがなあ）

私は、笠金村や山部赤人、高橋虫麻呂の作ったこれらの歌を見たとき、つくづく（歌が変ってきた、人麻呂や額田王らの作った歌とは随分違ってきた）と思いました。

笠金村が十年前の霊亀二年（七一六年）に、志貴皇子の葬送のときに詠んだ淡い色彩の絵のように美しい挽歌は、高円山《たかまとやま》の裾を廻って野辺送りの火が続く様子を荘重な調べで描写しました。十年前の金村であれば、天皇の行幸に従駕したときには、きっと天皇や、天皇の治世、都を称える歌を捧げたことでしょう。しかし、金村の作ったこの歌は、対岸の美しい松帆の浦の風景を乙女への恋になぞらえて詠んでいるのです。

山部赤人は、身近なやさしい自然を歌い、神々しい富士の山に感動して歌を作りました。赤人の作った長歌は、遥かな太古のときから黝いまでに澄んだ大空の下で、太陽や月の光も見えず、白雲も行き難く、雪が季節を問わず音もなく降りしきり、悠久の時だけが刻まれている、神々しく清浄に鎮まっている観念上の富士を歌い、反歌は現実の晴れた初冬の日の富士の秀峰を歌っています。そして長歌と反歌とを有機的に結び付けてもう一つの新しい美を創りだしています。

高橋虫麻呂の歌は、周囲の山は緑で、流れる水は清く、そこに丹塗りの大橋があって、紅の裳を引いて藍色に摺染めした衣を着た、憂いありげな若い女人が登場しますが、この中で現実に存在するのは「大橋」ただ一つ、その他は全て現実のものではなく、虫麻呂が空想を膨らませて創り上げた美しい、幻想の世界なのです。

このように金村は美しい風景を描き、赤人は現実に背を向けて自然と接し、虫麻呂は幻想の世界を浮遊しました。また後に申し上げる兄の旅人は憂愁の心を抱いて風流にこだわり、山上憶良は人生や世の苦悩に眼を注ぐなど個性的な歌が作られるようになりました。

かつて人麻呂や額田王、大伯皇女、大津皇子、穂積皇子、但馬皇女らは、愛や死など人の世の真実を、凝った技巧や複雑な表現を用いることなく、心の叫びを表現するのにやむをえず言葉にするという自然さで歌を作りました。

どうしてこのように歌が変ったのでしょうか。歌は人の世を映します。天智天皇、天武天皇、持統天皇の治世を通じて、さまざまな軋轢や相克、遷都、海外遠征、新都の造営などを乗り越えて新しい国創りに向うとき、人々はこの国との一体感や安定感を感じ、愛や死など人の世の真実を率直に歌にすることができました。しかしこの国の政《まつりごと》の根幹が、農民の浮浪、逃亡などによって揺らぎ始め、藤原一族などによる陰謀が渦巻くようになると、人々に不安が生じ、一体感や安定感が薄れる一方で、価値観が変わり、関心が多方面に分かれていったため多彩で個性的な歌が詠まれるようになったからではないか、歌が心の叫びから一つの芸術作品として作られるようになると　人々の鑑賞に堪えられるように凝った技巧や複雑な表現をしたり、長歌の意を反復、補足、要約していた反歌を、長歌と有機的に結び付けて新しい美を作り出すなどの工夫をするようになったからではないかと思いました。

人々は、これまでに多くの恋の歌を作りました。それらは恋の喜び、悲しさ、切なさを心の叫びとして詠まれました。しかし虫麻呂も多くの恋の歌を詠みましたが、自身の恋を詠んだ歌は一首もありませんでした。虫麻呂は本当の恋をしたことは一度もなかったのではないでしょうか。

神亀四年（七二七年）九月、光明子に皇子が生まれ、ここに不比等の深謀遠慮が実り、聖武天皇を継ぐ次の天皇を再び藤原一族の血の系統から出すことができるようになりました。聖武天皇の基王《もとい》を得た喜びは大きく、不比等の旧館で育てられていた皇子は、生後僅か三十二日で皇太子に立てられました。天皇は勿論、皇太子も成人であることが慣習であった当時としては極めて異例なことで、藤原一族は喜びで沸きかえり、官人たちは基王を拝まされました。

立太子礼が執り行われて十日後に夫の宿奈麻呂が突然亡くなりました。前日まで元気でしたのに、朝いつもの時刻に起床しないので行って見ると冷たくなっていました。あっけない別れでした。朝露のように宿奈麻呂の命が消えてしまったのです。二人の間には大嬢《おおいらつめ》、二嬢《おといらつめ》の二人の娘が生まれていました。宿奈麻呂は歌には関心がなかったのですが、二人の娘を可愛がり、娘たちもよく懐いていました。

穂積親王には先立たれ、藤原麻呂とは別れ、そして今度は宿奈麻呂までが逝きました。

大伴一族の棟梁の旅人は、壬申の乱で活躍した大叔父の馬来田、吹負、伯父の御行、父の安麻呂の栄光の中に生まれましたが、次第に皇室と血縁関係を結ぶことによって宮廷で大きな力を得てきた藤原一族の武智麻呂らに押されるようになりました。

この年の終わり頃、旅人は大宰帥《だざいのそち》を命ぜられ、妻の大伴郎女《おおとものいらつめ》や子の家持らを伴って筑紫の大宰府に赴任しました。旅人は六十歳を過ぎ、家持は九歳でした。

母の石川内命婦は旅人の出立を機に、佐保の里の館を旅人の弟の稲公《いなぎみ》に任せて坂上《さかのうえ》の里に住むようになり、間もなく、先年夫に先立たれた安曇外命婦も一緒に暮らすようになりました。私も田村の里の館を、当時縁談のあった、大嬢、二嬢の異母姉の田村大嬢《たむらのおおとめ》に譲って、坂上の里に移りました。女人ばかり五人の暮らしが始りました。

神亀五年（七二八年）初夏、藤原一族の眼に見えない圧迫と敗北感の中で老いの身で筑紫に赴任した旅人を待っていたのは妻の死でした。筑紫に赴任して半年経った頃でした。

　世の中は　空しきものと　知る時し　いよいよますます　悲しかりけり

この歌は、妻の死に遭遇した悲しみに加えて、老いて一人になった旅人が身を嘆いて作った歌です。

　大野山《おほのやま》　霧立ち渡る　わが嘆く　息嘯《おきそ》の風に　霧立ち渡る
　（大野山に霧が立ちこめている。この霧は、妻の死を嘆く、自分の長い息づかいが風になってその風のために立ちこめているのだろう）

この歌は、山上憶良が旅人の妻の死を悼み、旅人の身になって作った「日本《やまと》挽歌」のうちの一首です。山上憶良は、大宝二年(七〇二年)、三十余年振りに再開された遣唐使の少録(記録係)として四十二歳のとき長安に入りましたが、それまでは無位でした。長安で儒教、仏教などの学問を研鑽し、慶雲四年(七〇七年)に帰国してから伯耆国の国司、首皇子の侍講を経て、神亀三年(七二六年)に六十も半ばを越えて筑前国の国司に任じられ、旅人より一年早く九州に着任しました。

神亀五年(七二八年)九月、基王は生後一年に満たずに夭折しました。天皇と光明子は突然皇太子を失って悲しみ、絶望し、藤原一族の受けた衝撃はその喜びが大きかっただけに深刻でした。皇太子は、那富山《なほやま》に葬られました。

しばらくして、皇太子の早すぎる死は、左大臣・長屋王の呪詛によるものだとの噂が拡がりました。そしてこの噂は、藤原一族の者によって流されたと噂されました。藤原一族を出自とする天皇の母・宮子の称号や、光明子の立后を巡る対立などで藤原四兄弟と長屋王との関係は抜き差しならぬ状況にありました。この噂は聖武天皇に、有力な皇位継承者の地位にある長屋王に不信の眼を向けさせました。

私は、兄嫁の大伴郎女が亡くなってから半年後に筑紫に赴きました。

旅人が帥《そち》に任じられた大宰府は、中国や朝鮮半島などの使節の対応、防人の統轄といった外交と防衛を主な任務とするとともに、筑前、豊後、肥前、薩摩など西海道九国と壱岐、対馬など三島の掾《じょう》以下の人事権を有するなど行政や司法も管轄していて、与えられた権限の大きさから「遠《とお》の朝廷《みかど》」と呼ばれていました。このような大きな世帯を側面から支えるとともに、大伴一族の祭祀を司り、甥の家持や書持《ふみもち》らの養育のために大伴一族の女人を派することになり、私がその任に当たることになりました。甥の家持は頭の大きい、色白の、よく気のつく、やさしい子でしたが、夢みがちな、傷つき易い子供でもありました。

私は当初、憶良と旅人とは水と火ほどの違いがあり相容れないだろうと思いました。それは旅人は衰えたとはいってもかつての名門の嫡流で、官位も高く、一方憶良は姓のない家に生まれ四十二歳まで無位無姓で遣唐使の少録をきっかけに、学問だけを頼りに地下《じげ》の人々にとっては最高の地位である五位の国司までに昇進しましたが、老いてできた多くの子供たちの将来など、前途に対して確実な見通しが立っていませんでした。

門閥の力ではなく学問だけでここまできたという自負を持つ憶良はこのような経歴の人にありがちな圭角の多い人で、恵まれた立場にある旅人に反発し、旅人はまたこのような憶良が誰も扱わない題材を、誰も使わない言葉や技法で詠むことへの反感を持つと思ったからです。

しかし、当初の印象とは違い、二人は恋歌が横溢していた世の中で、旅人は恋歌も自然を称える歌も少なく、憶良は恋歌にも自然の美にも無縁だという、歌を詠む共通の姿勢の他に、旅人は藤原一族の圧迫や妻の死による、憶良は自己の前に横たわる出自による、不遇や不安をかこち、ともに老境にあって平城京への強い望郷の念を持っていました。

二人はそれぞれ相手の心情を理解し、互いに尊敬していて、友情のようなものを感じているように思いました。旅人は憶良を「現実を直視する直情の人」だと評していました。

験《しるし》なき　ものを念《おも》はずは　一杯《つき》の　濁《にご》れる酒を　飲むべくあるらし
（くよくよと効もない物思いに耽るよりは一杯の濁り酒を飲む方がよいようだよ）

古《いにしえ》の七《なな》の賢《さか》しき　人達も　欲《ほ》りせしものは　酒にしあるらし

賢しみと　物言ふよりは　酒飲みて　酔《え》ひ泣きするし　まさりたる

旅人が憶良に贈った歌の一部です。

聖武天皇、光明子をいただいた外戚藤原一族の栄華の噂、大宰府着任早々の妻の死、老いによる孤独、都への望郷の念などが、旅人の心を炙り、憂鬱にしていました。旅人はこのような効もない物思いに沈む自分に「あまり気にするな」といい聞かせるとともに、貧、老、病、死など人生の苦労やこの世の矛盾を憤っている真面目な憶良に「こんな生き方もあるのだよ。少し肩の力を抜いたらどうだね」と諧謔を交えて詠んだ歌です。

憶良は、旅人が自分のことを思っていってくれているのが分っていました。ある日、憶良から旅先で詠んだ歌が贈られてきました。

瓜食《は》めば　子供念《おも》ほゆ　栗食めば　まして偲《しの》ばゆ　何処《いづく》より　来たりしものぞ　眼交《まなかい》に　もとな懸りて　安眠《やすい》し寝《な》さぬ

反歌

銀《しろがね》も　金《くがね》も玉も　何せむに　まされる宝　子に如《し》かめや

旅人は、この歌を見て「憶良らしいな」と呟きました。憶良は七十歳になっていました。

天《あま》ざかる　鄙《ひな》に　五年《いつとせ》　住《すま》ひつつ　都の風習《てぶり》　忘らえにけり

あをによし　寧楽《なら》の都は　咲く花の　薫《にほ》ふがごとく　今盛りなり

わが盛《さかり》　また変若《をち》めやも　ほとほとに　寧楽の京を　見ずかなりなむ

（自分の若い盛りが再び還ってくることがあるだろうか、それは叶わぬことだ。こうして老いていけば、寧楽の都も見ることができないだろう）

最初の一首は憶良の、次の一首は小野老《おぬのおゆ》の、後の一首は旅人の都を恋うる歌です。小野老は大宰大弐《だざいのだいに》として、都に還ることなく当地で亡くなりました。

神亀六年（七二九年）二月、皇太子の基王の死から五ケ月が経過しました。左京に住む官人の漆部君足《ぬりべのきみたり》と中臣東人《なかとみのあずまびと》との二人が「長屋王は、秘かに左道《さどう》を学んで、国を覆そうとしている」と密告しました。左道とは正しくない道、邪道のことです。

それを受けた藤原宇合らは、直ちに伊勢の鈴鹿関《すずかのせき》、美濃の不破関《ふわのせき》、越前の愛発関《あらちのせき》を閉ざすよう命令するとともに、六衛府《りくえふ》の軍勢を率いて佐保の長屋王の館を取り囲み、翌日、勅を奉じた舎人親王、新田部《にいたべ》親王、大納言の多治比池守《たじひのいけもり》、中納言の藤原武智麻呂らが長屋王の館に赴き、その罪を糾問しました。

その翌日、長屋王は、天皇に対して一言の申し開きも許されず、妻の吉備内親王、膳夫《かしわで》王ら四人の息子たちと毒を仰ぎ四十六歳で自らの命を断ちました。長屋王と、不比等の娘の藤原長娥子《ながこ》との間に生まれた安宿《あすか》王、黄文《きふみ》王、山背《やましろ》王の諸王は、天皇の特別の計らいで死を免れることができました。

倉橋部女王《くらはしべのじょおう》はこの痛ましい事件にふれて、長屋王の非命を「大君の命」にかかわらせて、

大君の　命恐《みことかしこ》み　大あらきの　時にはあらねど　雲がくります

の歌を作りました。

直ぐに、この事件は藤原四兄弟が仕組んだものと噂されました。長屋王と藤原一族の間には、藤原一族を出自とする光明子の立后などを巡る対立があるうえに、天皇と、皇太子の基王が亡くなった年に天皇と県犬養広刀自《あがたのいぬかいのひろとじ》の間に誕生した安積《あさか》親王とに不測の事態が生ずれば、長屋王自身や、長屋王と天皇の叔母の吉備内親王との間に生まれた膳夫王など四王が皇位継承の有力な候補となり、このことは藤原一族にとって由々しきことで、そのため長屋王とその一族を死に至らしめたというものでした。

事件から十年後、長屋王を密告した者の一人の中臣東人は右兵庫頭《うひょうごのかみ》に昇進していましたが、ある日、長屋王の恩顧を受けた左兵庫少属《さひょうごのかみしょうさかん》の大伴子虫《こむし》と囲碁をした後に、長屋王の事件が誣告であったことをうっかり口外したために、子虫の激憤をかって斬殺されました。長屋王の事件は何とも嫌な事件でした。

第三十三章　聖武天皇と光明皇后

三月、長屋王の変から一ヶ月も経たないうちに、不比等の長男の武智麻呂が大納言に昇任しました。

八月の初めに、河内国古市《ふるいち》郡の賀茂《かもの》子虫が獲たという、「天王貴平百年」の文字を背負った瑞亀が献上されたことを嘉して、元号が天平《てんぴょう》と改められました。武智麻呂らは、改元をもって長屋王の血腥い事件から人心を転換させ、さらに今一つの重大な企てのために、宮廷の気分を一新しておこうとしました。

瑞亀出現による改元の前例には和銅八年（七一五年）の霊亀と、養老八年（七二四年）の神亀がありました。霊亀元年には元明天皇譲位、元正天皇即位、神亀改元のときには元正天皇譲位、聖武天皇即位というように、瑞亀による改元には必ず皇位に関する大事が伴っていたことから、この度も皇位に関する大事の出現が予想されていましたが、予想通り改元の僅か五日後に、藤原光明子を皇后とするとの詔が宣せられました。

光明子の立后に真っ向から反対していた長屋王の死から僅か半年しか経っていませんでし

た。皇族以外から立后した最初の例でした。

これまでは蘇我一族のように権勢のある氏族でも、その子女が天皇の妃になることはあっても皇后になることはありませんでした。これは天皇がこの国を治める正統性を血に求めたことから、皇族内の、それもごく近親の間から皇后を選ぶことを厳格な慣習とし、浄御原令以後は、天皇の後宮は皇后、妃、夫人《ぶじん》などの区別が立てられ、妃以上は内親王に限り、諸王、諸臣の娘は夫人以下と規定されていました。天智天皇は異母兄・古人大兄皇子の娘の倭姫王を、その弟・大海人皇子は天智天皇の娘の鸕野讃良皇女を皇后としていて、文武天皇に嫁した不比等の娘・宮子は夫人のままでした。

光明子は不比等と美千代との間に生まれた娘で、幼時から聡明といわれ、十六歳で皇太子に嫁し、夫の聖武天皇の即位とともに夫人と称されましたが、それからこの度の立后まで六年の歳月が経過していました。

光明皇后の立后に際しての宣命《せんみょう》は、立后の遅延をしきりに弁解していました。これまで光明子の立后実現には左大臣・長屋王を始めとする皇親が、官人・臣下の娘を皇后にすることを、皇親の面子にかけて強く反対していました。

藤原一族は、文武天皇に嫁した宮子を皇后にできませんでしたが、今や長屋王を倒し皇親勢力を圧倒して、一挙に立后に成功し、初めて皇室の深部に楔を打ち込むことに成功しました。藤原一族がその目的を達した光明子の立后は、その後藤原一族の子女が皇后になる先例になりました。

皇太子・基王の死後、長屋王の変、武智麻呂の大納言就任、天平改元、光明子立后と重大事件が相次いで起こりましたが、その間一年と経っていませんでした。これらの連続して起こった事件の背後には何よりも安積親王の存在があると噂されました。

先にも申し上げましたが、安積親王は、神亀五年（七二八年）皇太子の基王が喪くなったのと相前後して、聖武天皇の他の夫人・県犬養広刀自《ひろとじ》との間に生まれました。広刀自は、後宮に隠然たる勢力をもつ県犬養一族を出自とし、事実、安積親王と同母姉妹の井上《いがみ》内親王と不破《ふば》内親王は、それぞれ光仁《こうにん》天皇皇后と、新田部親王の子の塩焼王の妃となりました。

光明子の生んだ皇太子の基王が死に、広刀自に安積親王が誕生し、長屋王とその息子の四人の王が除かれたとなると、今度は安積親王の立太子が現実味を帯びてきます。そうすると、折角、不比等が道を拓いた、天皇家と藤原一族との血の繋がりが絶たれるばかりでなく、天皇の外戚として国の政《まつりごと》を自由にすることが困難になります。このような事態を切り抜けるために、藤原一族によって画策されたのが、光明子を皇后にすることでした。光明子が皇后として再び皇子を出産すればその子が次の天皇になるし、例え皇子を出産しなくても皇太子と同等の資格において次の皇位継承者となりうる地位に就くからです。

一連の事件の究極の目的は光明子の立后であって、それによって天皇は不比等の孫、皇后は不比等の子、政の中枢にいるのは不比等の子の武智麻呂、房前という藤原一族の春を招来をしょうとしたものだったというのです。

天平二年(七三〇年)十二月、旅人が任務を終えて大納言として都に帰ることになりました。

吾妹子《わぎもこ》が　見し鞆《とも》の浦の　むろの木は　常世《とこよ》にあれど　見し人ぞ無き

(愛しい妻が往きに見た鞆のむろの木は、都に帰る今も変わらずにあるが、この木を一緒に見た人はもうこの世にいない)

この歌は、旅人が筑紫から海路都に帰る途中「鞆の浦を過ぐる日」に詠んだ歌です。

人もなき　空《むな》しき家は　草枕　旅にまさりて　苦しかりけり

吾妹子《わぎもこ》が　植えし梅の木　見るごとに　心咽《む》せつつ　涙し流る

この二首は、旅人が佐保の家に帰ってきて、妻のいない家を寂しく思い、大宰府で逝った妻を追慕する気持ちを詠んだ歌です。

天平三年（七三一年）七月、六十七歳の旅人は、都に帰ってから八ヶ月後の、空が黝いまでに青く澄んだ真昼に、好きだった萩の花の咲くのも待たず、口許に静かな微笑を浮かべて妻の大伴郎女のもとに旅立ちました。

八月、旅人が没すると、その後の太政官は、大納言の武智麻呂、参議の房前に加えて、宇合・麻呂の二人も参議となって九人のうち四人を藤原一族の四人の兄弟が占めることになりました。

天平四年（七三二年）、憶良が任務を終えて都に帰ってきました。夢にまで見た都でしたが、人々の暮らしは、筑前に赴く前と少しも変わっておらず貧しく苦しいものでした。

風まじり　雨降る夜《よ》の　雨まじり　雪降る夜は　寒くしあれば　堅塩を　取りつづし
ろひ　糟湯《かすゆ》酒　うち啜《すす》ろひて　咳《しはぶ》かひ　鼻ひしびしに　しかとあらぬ　髭掻き撫でて
我《あれ》をおきて　人はあらじと　誇ろへど　寒くしあれば　麻衾《あさぶすま》　引き被《かづ》り　布肩衣《ぬのかたぎぬ》
ありのことごと　着襲《そ》へども　寒き夜すらを　我よりも　貧しき人の　父母は　飢え寒《こ》
ゆらむ　妻子《めこ》どもは　乞《こ》いて泣くらむ　この時は　いかにしつつか　汝《な》が世は渡る
天地《あまつち》は　広しといへど　我《あ》が為は　狭《さ》くやなりぬる

日月《ひつき》は　明しといへど　我《あ》が為は照りやたまはぬ　人皆か　我のみやしかる　わくらばに　人とはあるを　人並に　我《あれ》も作るを　綿も無き　布肩衣の　海松《みる》のごと　乱《わわ》け垂《さが》れる　かかふのみ　肩に打ち掛け　伏庵《ふいいほ》の　曲庵《まげいほ》の内に　直土《ただつち》に　藁《わら》を解き敷きて　父母は　枕の方へ　妻子どもは足《あと》の方へ　囲み居て　憂へ吟《さまよ》ひ　竈には　火気《ほけ》吹き立てず　甑《こしき》には　蜘蛛の巣がきて　飯炊《いひかし》く　ことも忘れて　ぬえ鳥の　のどよひ居るに　いとのきて　短き物を　端切ると　言へるが如く　笞杖《しもと》執る　里長《さとをさ》が声は　寝屋処《ねやど》まで　来立ち呼ばひぬ　かくばかり　すなきものか　世の中の道

（風にまじって雨が降る夜、雨にまじって雪が降る夜は、寒さが酷いので、堅塩を嘗めながら糟湯酒を啜り、咳き込み、鼻水をすすり、薄い髭を撫でながら、自分ほどの人物はいるものかと嘯いてはみるものの、やはり寒いので、麻の布団を引っかぶり、布の袖無しをありったけ重ね着するがそれでも寒いのに　私より貧しい人の父母はさぞひもじく寒さに凍えているだろう　妻子たちは食べ物をせがんで泣いていることだろう　このようなときに　あなたはどのようにして世の中を過ごしているのか　天地は広いというが　私には狭いのか　日と月は明るいというが　私のためには照ってはくれないのか　人皆そうなのか　私にだけそうなのか　折角、人に生まれたのに　人並みに働いているのに　綿の入っていない布の袖無しの　海草のように乱れ垂れたぼろ布だけを肩にかけて、潰れたような小屋の中に　地べたに藁を敷き　父母は枕の方

に　妻や子は足の方に身を寄せ合って　愚痴をこぼす　竃には火の気もなく、甑には蜘蛛が巣をつくって飯を炊くことも忘れ　弱音を吐いていると　ただでさえ短い物を更に短くするように　笞を持った里長の声が、寝屋にまで聞こえるほど大きな声でがなり立てている。こんなにも詮方ないものか、この世を生きる道とは）

反歌

世の中を　憂しと恥《やさ》しと　思へども　飛び立ちかねつ鳥にしあらねば

（人の世は辛い、生きていくのが恥ずかしい　と思うけれど　ここを捨ててどこかへ飛び去ることもできない、私は鳥ではないのだから）

憶良の作った「貧窮問答歌」です。人々の暮らしに直に接した憶良は、その困窮振りに心を痛め、この歌をかつて首皇子の侍講を務めていたときに面識のできた参議の藤原房前に提出しました。憶良は朝廷を相手どった気持ちだったのですが、心血を注いだこの作品に、房前も朝廷も何の反応もしませんでした。

この年、都を始め諸国は数年来の凶作に見舞われ、その上に疫病までが荒れ狂いました。その一方で、薬師寺の東塔や興福寺の五重塔などが建立されました。

天平五年（七三三年）の終わり頃、憶良の最後の日が近づいたとき、房前の子の八束《やつか》は、使者の河辺東人《かわべのあずまひと》を遣わせて病状を尋ねました。憶良は厚く礼を述べ、「涕《なみだ》を拭《のご》ひ、悲しみ嘆きて」

士《をのこ》やも　空しかるべき　万代に　語り継ぐべき　名は立てずして

と口吟《うた》いました。自分は若いときに志を立ててここまで来たが、この歳になるまで一体何をしてきたというのだ。自分一代で何ほどのこともできず、子供たちにもいい目を見させてやれなかったというもどかしさや激しい悔恨が、八束の見舞いの言葉を聞いて、堰を切ったように溢れ出ました。憶良は齢七十を越え、老いてできた多くの子供を抱え、晩年を不遇のなかで暮らしていました。憶良はこの歌を作った日から程なくして亡くなりました。その日、空は十分明るいのに細い雨がきらきら光りながら降っていました。

一方、藤原一族の期待を担った光明皇后の活躍は目覚しいものがありました。立后後、直ちに皇后専属の宮司としての皇后宮職《こうごうぐうしき》を、従来の中宮職《ちゅうぐうしき》とは別に新たに設け、中宮職が中務省《なかつかさ》の管轄下にあったのに対して、皇后宮職は中務省と対等の地位に置かれ、その下で貧窮者の救済をする悲田院《ひでんいん》や、薬草を集め病者に施す施薬院《せやくいん》の活動を開始し、同時に大規模な写経や、興福寺の西金堂の造営などを始めました。

天平六年（七三四年）一月、武智麻呂が右大臣に昇任しました。武智麻呂の第二子・仲麻呂《なかまろ》もすでに内舎人を経て、大学の少允《しょうじょう》になっていて、ぬかりなく叔父の房前の娘を娶っていました。

天平七年（七三五年）、入唐留学生吉備真備《きびのまきび》や入唐僧玄昉《げんぼう》らが、遣唐大使・多治比広成《たじひのひろなり》の乗る第一船で十八年ぶりに帰国しました。

真備、玄昉、阿倍仲麻呂《あべのなかまろ》らは霊亀二年（七一六年）に一緒に入唐しましたが、仲麻呂は唐朝に仕えて高官になっていたのでこの度の帰国を見合わせました。当時、唐は玄宗皇帝の治世下にあって「開元の治」といわれ、最も世が治まり，盛唐の花盛りでした。

真備は儒学や天文学、音楽、兵学、太衍歴《たいえんれき》などの研鑽に努め、在唐中阿倍仲麻呂とともに令名をはせ、帰国に際しては唐礼など多くの書籍や珍しい器物を持ち帰り、帰国後は直ちに大学助に任じられ、ついで中宮亮《すけ》となりました。また、玄昉は法相宗《ほっそうしゅう》を智周《ちしゅう》に学び、経論五千余巻と仏像を招来し、帰国後は朝廷に信任されて紫の袈裟の着用を許され、義淵の例に倣って宮廷内の寺である内道場《うちのどうじょう》に入り、不比等の旧館、当時の皇后宮の東隅にあった寺を光明皇后から賜って住んでいました。

聖武天皇は、新しい知識を納めた二人を重用しました。

この年も秋の稔りは少なく、北九州では天然痘が流行して多くの人々が死にました。天然痘は、罹ると高熱を発し、頭、腰、手足などが激しく痛み、全身に赤い豆のような発疹が現われ、そこから膿がでて、苦悶のうちに死にいたるという怖い病でした。

十月に新田部親王が、十一月には舎人親王が没したので天武天皇の血を継ぐ皇子は絶えてしまいました。

天平八年（七三六年）八月、遣唐副使・中臣名代《なかとみのなしろ》が、大使多治比広成に遅れて帰国しました。中臣名代は、唐僧・道璿《どうせん》、波羅門《ばらもん》僧・菩提《ぼだい》、林邑《りんゆう》僧・仏哲《ぶってつ》、波斯《はし》人・密翳《みつえい》らを伴っていました。遣唐副使・名代の乗った第二船は、大使の乗った第一船、第三船、第四船と同時に、天平六年十月、蘇州を出帆し、帰国の途につきましたが、途中漂流し、南海まで流されて、翌年三月に命からがら広州に戻ってきたものの帰国する船がなかったため、今回の帰国になったものです。第三船、第四船は帰国することができませんでした。

第三十四章　橘諸兄《たちばなのもろえ》

十一月、美努《みの》王と県犬養三千代とを父母とする五十二歳の葛城王は、和銅元年（七〇八年）に三千代が賜った橘宿禰の姓を継ぐことを願い出て許され、以後橘諸兄と名乗りました。三千代が美努王と別れた後に不比等に嫁いで誕生した光明皇后は母を同じくする妹にあたります。

天平九年（七三七年）、大きな不幸が藤原一族を見舞いました。

天平七年に九州の北部で流行していた天然痘がじわじわと東上してきたため、朝廷は西国の国司や介《すけ》に斎戒沐浴し、天然痘が他の地域に入らないように辻境で疫病神に供え物をする道饗祭《みちあえまつり》を行うことを命じ、都では大安寺、薬師寺、元興《がんこう》寺、興福寺などで一斉に大般若経が読み上げられ、悪疫退散が祈られました。しかしこれらの祭りや読経などの甲斐もなく天然痘が都を襲い、多くの人々が死にました。こうした中で藤原一族の参議の房前が四月に五十七歳で、七月には同じく参議の麻呂が四十三歳で、同月左大臣の武智麻呂が五十八歳で、八月には参議の宇合が四十四歳で没しました。四人の兄弟が相次いで死んだのは互いに病気見舞いを繰り返したためでした。藤原四兄弟の死によって天平元年（七二九年）から八年間、天皇は不比等の孫、皇后は不比等の娘、政《まつりごと》の中心にいたのは不比等の四人の息子が占めた藤原一族の世は一旦終わりを告げました。
かつての夫だった藤原麻呂は、長年の懸案である蝦夷の問題に対応するため、陸奥から男勝を経て出羽柵にいたる、南北の直通路を拓くために持節大使に任じられ、陸奥国、出羽国へ赴いていましたが、任を終えて都に帰った途端に罹病しました。
藤原四兄弟の死は長屋王の怨霊によるものだと噂されました。

九月、天然痘によって藤原四兄弟を始め政《まつりごと》の中枢にいた人々が逝き、残ったのは参議の橘諸兄を含め二人だけでした。宮廷は急遽、諸兄を大納言に任じ、長屋王の弟の鈴鹿王と多治比広成、武智麻呂の長子の藤原豊成《とよなり》を加えて体制を整えました。橘諸兄は先にも申し上げたように光明皇后の異父兄にあたりますが、諸兄の父は敏達《びたつ》天皇の後裔の、大宰帥の美努王であることから藤原一族とは血が繋がっておらず、皇族の血が流れていました。長い間、藤原一族に押さえられてきた諸王たちからなる皇親派は、政《まつりごと》の首座に諸兄が就いたことを、天武天皇の世のような皇親政治を復活させる絶好の機会と捉えました。

十二月、聖武天皇の母・宮子夫人は、聖武天皇を産んだ後、産後の肥立ちがよくなく、心の病で長い間病床に就いていていましたが、玄昉に帰依し、その看病を受けるようになると程なく快方に向かい、三十六年振りに我が子の聖武天皇と皇后宮で再会することができました。僧侶が病を看ることは僧尼令の規定するところでした。この三十六年の間に、夫の文武天皇や父の不比等の死、子の首皇子の即位などがありました。玄昉はこの功により僧正に任じられ、聖武天皇や光明皇后の信頼を得、宮廷における地位は重いものになりました。

天平十年（七三八年）一月、聖武天皇と光明皇后との間に生まれた阿倍《あべ》内親王が皇太子になりました。誕生すると間もなく逝った基王の姉で、二十歳、未婚でした。阿倍内親王の立太子については、この国の歴史において女人の皇太子の例はなく、多くの反対がありましたが、光明皇后のたっての要望でした。女人の天皇は世に出ましたが、元明天皇までは全て天皇の皇后か、それに準じた地位にあり、元正天皇の場合は既に首皇子が皇太子であったにもかかわらず、「年歯幼稚」という理由での特例でした。

聖武天皇には、基王の逝った年に県犬養広刀自との間に生まれた、その年に十歳になる安積親王がいましたが、公式の文書にも藤原家の三女という意味の「藤三娘《とうさんじょう》」と署名するほど藤原一族の出自であることを誇りにしていた光明皇后は、自分の血の繋がる阿倍内親王を皇太子にしました。聖武天皇の唯一人の皇子である安積親王を差し置いて阿倍内親王の立太子をこの時期に唐突に執り行ったのは、藤原四兄弟という大きな後ろ盾をなくした光明皇后が、皇位が藤原一族と血の繋がらない安積親王に渡り、藤原一族が衰えていくことへの不安と焦りに駆られて、病弱で気の弱い聖武天皇を説いて実現したのだと噂されました。阿倍内親王の母は光明皇后であるとはいえ、臣下の藤原一族を出自としていることから聖武天皇の唯一人の皇子の安積皇子への皇位の継承を、多くの人々は期待していましたが、この期待をいち早く打ち砕いたのが藤原一族の策略による内親王の立太子でした。

阿倍内親王の立太子は、多くの諸王や官人たちに不平、不満を残し、その後の政《まつりごと》の不安定の原因になりました。

阿倍内親王の立太子と同時に諸兄は右大臣に任じられ、聖武天皇を補佐して、天然痘流行後の世の中の立て直しをしていくことになりました。諸兄の台頭を、藤原一族の衰退への不安と焦燥の中で、武智麻呂の次男の、若い仲麻呂が冷ややかに見守っていました。

この年の秋、兄の旅人の子で、甥の二十一歳の家持が内舎人《うどねり》になり、天皇の側に侍することになりました。内舎人とは、宮殿で帯刀して宿直や警備にあたり、行幸の際には天皇の前後を護衛する職分で、内舎人に任じられたことは、代々武門の名門として天皇家と強い絆に結ばれていた大伴一族の家に生まれた家持にとって心躍る誇らしいもので、ようやく前途に一縷の希望を抱くことができました。

これまで家持は鬱々とした日々を過ごしてきました。父の旅人が六十七歳で逝ったとき、十五歳の家持は大伴一族を背負って立つ棟梁を引き継ぎ、八色の姓の制定にあたって大伴一族が受けた屈辱や、長屋王の死の陰に藤原一族の策略が蠢き、旅人の大宰府赴任が大伴一族と良好な関係にあった長屋王から引き離すための謀《はかりごと》であったとの噂も知っていました。家持は藤原一族に対抗し、大伴一族の棟梁として祖先の栄光を回復するのが自分の務めだと思っていましたが、現実には藤原一族に押さえられて何もできない自分を憤り、苛んでいました。

私には夫の宿奈麻呂との間に大嬢《おおいらつめ》と二嬢《おといらつめ》の二人の娘がいました。長女の大嬢は夫に似て穏やかでおっとりした、やさしい娘で、従兄弟の家持に恋心を抱くようになりました。家持が十六歳、大嬢が十四歳のときでした。

月草の　うつろいやすく　思うかも　我が思ふ人の　ことも告げなむ
(私のことを月草のように移ろいやすい女とでも思っているのでしょうか　あなたが何も言って寄越さないのは)

この歌は、おとなしい大嬢が恋の思いを精一杯詠んで、家持に贈った歌です。

わが屋外《やど》に　蒔《ま》きし瞿友《なでしこ》　いつしかも　花に咲きなむ　比《なそ》へつつ見む
(私の家に蒔いた撫子の花はいつになったら咲くのだろうか　咲いたらその花をあな

ただと思って眺めよう）

家持が大嬢に和えた歌ですが、物事の核心に触れずに素通りした、歯切れの悪い歌です。この頃、家持には巫部麻蘇娘子《かむなきべのまそのをとめ》、日置長枝娘子《へきのながえのをとめ》など多くの女人から歌が寄せられていました。家持は端正な容貌で、繊細なところが多くの女人をひきつけたのでしょう。とりわけ熱心だったのは笠金村の娘の笠女郎《かさのいらつめ》でした。

八百日《やほか》往く　浜の真砂も　我が恋に　あに勝らじか　沖つ島守
（渡るのに八百日もかかる長い砂浜の真砂全部よりも私があの人を恋い慕う気持ちの方がずっと強いのです　ねえ　沖の島守さん）

皆人《みなひと》を　寝よとの鐘は　打つなれど　君をし思へば　寝ねかねてぬなも

など二十四首もの歌が贈られました。

今更《いまさら》に　妹《いも》に逢めと　思へかも　ここだわが胸　いぶせくもあるらむ
（もうこの上、あなたに逢うまいと思うからだろうか　私の胸がこんな鬱々としてい

るのは)

なかなかに　黙《もだ》もあらましを　何すとか　相見そめけむ　遂げざらましに
(こんなことになるのであれば　いっそ黙っていたほうがよかった　どうして私たちは逢い始めたのだろう　この恋は遂げることができないのに)

家持が笠女郎に和えた歌はたった二首でした。笠女郎の情熱の前にたじろぎ、慌てた様子が窺われます。

この年から六年後の天平十一年(七三九年)、家持と大嬢との恋が復活し、二人は結ばれました。家持が内舎人になるなど前途に一縷の希望を見出したことが恋の成就に幸いしたのでしょう。

聖武天皇は、敬慕する天武天皇がおこなった皇親政治の復活を志し、諸王、諸氏族の大官を統御しようとして、古《いにしえ》から常に皇室の側にあって、衰えたとはいえ軍事面に隠然たる影響力を持つといわれる大伴一族や、その分かれの佐伯一族に心を寄せていました。

家持は、このような聖武天皇に大きな期待をして、古《いにしえ》に父祖たちが天皇家に奉仕したように一族をあげて忠誠を捧げようとしました。

天平十二年（七四〇年）二月、聖武天皇は、難波宮に行幸の途中、河内国大県《おおがた》郡の知識寺《ちしきじ》に立ち寄り、盧舎那仏を拝し、大きな感銘を受けました。知識寺とは、「知識」と呼ばれた、信仰を同じくする人々が持ち寄る財物や労働奉仕、知恵によって建立された寺のことです。

九月、藤原宇合の長男の大宰少弐《だざいのしょうに》の藤原広嗣《ひろつぐ》が任地の筑紫で約一万人の反乱の兵を挙げました。兵を挙げるに先立って広嗣が朝廷に送った上表文《じょうひょう》には「天平初年から引き続いた天変地異とそれによって悪化した世情の元凶は、反藤原一族の要にいる吉備真備と玄昉である。よってこの二人の奸臣を除くこと」を要望するとありました。弾劾の直接の相手は吉備真備ら二人でしたが、真に弾劾しているのは諸兄であり、その退陣を求めたもので、広嗣は上表文への返事がこない間に挙兵しました。

広嗣が諸兄の退陣を迫ったのは、藤原四兄弟の死により藤原一族が失墜し、今、政《まつりごと》の中枢には末席の参議に武智麻呂の長男の豊成《とよなり》がいるだけで、広嗣自身も傲慢な性格が疎んじられ、天平十年の末に四月になったばかりの大和《やまと》国の国司を突然免じられ、大宰少弐に左遷されたからだと噂されました。また藤原一族は、この度の広嗣の挙兵はあってはならないことと考えているが、吉備真備や玄昉を重用し、藤原一族を冷遇する諸兄体制には、広嗣同様強い反感を抱いているとの噂も併せて囁かれました。

広嗣が大宰府における第三の地位の少弐にもかかわらず兵を挙げることができたのは、大宰帥が欠員の上、大宰大弐の高橋安麻呂が右大弁を兼ねていたため筑紫に赴任していなかったからでした。

聖武天皇は直ちに大野東人《おおののあずまんど》を大将軍に任じて節刀を授け、東海道、東山道、山陰道、山陽道、南海道の五道の兵一万七千人を動員しました。広嗣《ひろつぐ》は、筑紫国板櫃《いたびつ》河の戦いに敗れて、十月の終わりに肥前国値嘉嶋《ちかのしま》で捕らえられ、十一月の初めに肥前国唐津で処刑されて、三ヶ月も経たぬうちに乱は鎮圧されました。

聖武天皇は広嗣の乱の終結の報告が未だ届かない十月の終わりに、「朕意《ちんおも》ふところ有るに縁《より》て、暫く関東に往かむとする」といって光明皇后、橘諸兄らを引き連れて平城京を離れました。この行幸は、天皇が広嗣の乱に呼応する者の出現を恐れたためだと噂されました。

聖武天皇は、かねてからこの世から旱魃や長雨による飢饉や、疫病の流行による死、盗賊の横行などをなくして、人々が平穏な暮らしができる世にしたいとの強い願望を持っていましたが、飢饉や疫病は毎年のように発生し、盗賊の横行も止まず、人々を不安に落とし入れていました。そんな折、広嗣の乱が起きたので、天皇は大きな衝撃を受け、無力を嘆き、世の中が思う方向にいかないことに焦りを募らせていました。

この度の行幸は、聖武天皇が、天皇の敬慕する、力に満ちた政《まつりごと》と文物創造に大きな足跡を残して、現人神と崇められた天武天皇の壬申の乱において「関東」に進んだ故事に倣って、天武天皇の苦難を追体験することによって天武天皇の霊力を身につけようとしたもので、聖武天皇の前後を天武天皇の軍勢に擬えた四百人の騎馬兵が固めていました。平城京を出立した天皇は、伊賀国の名張などを経て、十一月の初めに伊勢国の河口《かはぐち》行宮に入り十日間滞在しました。随った家持たちは野宿をしました。

河口の　野辺《のべ》に庵《いほ》りて　夜の経《ふ》れば　妹がたもとし思ほゆるかも

(河口の野辺で仮寝をしていると夜が更けるにつれて妻の手枕が思いだされる)

この歌は、家持が河口の野辺で野宿をしたときの歌です。

聖武天皇は、六十八年前の壬申の乱の古戦場を過ぎながらどのような感慨を抱き、また家持は、その庵る野辺が、一族の祖の馬来田や、吹負或いは安麻呂らが慌ただしく往来した道であることに気付いていたのでしょうか。

第三十五章　恭仁京《くにのみやこ》

霜の降りた冷たい朝を美濃国の不破郡不破で迎えた天皇は、諸兄を召し、穏やかな眼を向けて、

「朕が皇太子の地位に就いてから二十六年、即位してから十六年の年月が既に経過した。この間朕は、現人神と崇められた天武天皇の力に満ちた政《まつりごと》を範としてこの国の鎮護と人々の平穏な暮らしの実現に努めてきた。しかし現況は、光明子の立后を巡って長屋王と藤原一族とが対立し、讒言によって長屋王の変が起こり、藤原四兄弟は天然痘に罹って没した。また、この国の根本体制の公地公民制が、民の浮浪や逃亡などで揺らぎ始め、これを立て直すための三世一身法も所期の目的を達することができなかった。毎年のように日照りや長雨による飢饉が発生し、疫病が流行り、多くの人々が死に、盗賊が横行している。このため人々は不安に慄き、苦しい生活を強いられてきた。それにこの度の広嗣の乱だ。朕はこのことを思うと、夜眠ることもできず、無力を嘆き，苛み、焦燥に駆られて、心が炙られているようだ」といいました。

諸兄は固唾を飲んで次の言葉を待ちました

「この度の行幸は、天武天皇が壬申の乱において辿った道を進み、天武天皇の苦難を追体験す

ることによって天武天皇の霊力を身につけようと思ってのことだった。しかし実際に道を進んでみて、朕は力においても、徳においても天武天皇に遠く及ばないことがよく分かった。これからは朕は、朕の信じる処によって政《まつりごと》を執っていこうと思う」

天皇の言葉が続きました。天皇は病弱なためいつも顔色が勝れず、政《まつりごと》についても諸兄らに任せて発言をすることも稀でしたが、その朝は顔色もよく、言葉に力がありました。

「朕は新しい政《まつりごと》を、平城京から離れ、新しく造る都で執りたい」聖武天皇の頬は紅潮していました。

突然の重大な内容の言葉に、諸兄は驚愕し動揺しました。

「新しい政《まつりごと》との仰せでございますが」諸兄は動揺を抑えて尋ねました。

「朕を始め歴代の天皇は、この国の安泰と災厄の滅除を八百万神《やおよろず》に祈願したが災害は止むことはなく、民の暮らしは苦しいままだ。これからは朕は仏を信仰し、仏に随うことによってこの国の鎮護と民の幸せを護りたい」

聖武天皇は、皇太子の基王の夭折、母の宮子夫人が玄昉の看護によって長年の病気が平癒したこと、河内国の知識寺で盧舎那仏を拝し大きな感銘を受けたことなどで深く仏を信仰するようになっていました。

諸兄は、天皇の眼を見つめました。朝の冷気が流れ込み、思わず身震いしました。

「新しい都を造るとの仰せでございますが」諸兄は不安を抱きながら尋ねました。

「都を山背国相楽郡恭仁郷《やましろさがらのこおりくにのごう》に遷そうと思う。平城京は、元明天皇の御代の和銅三年（七一〇年）に造営されてから三十年が経った。幾度も飢饉が発生し、疫病が流行り、多くの人々が死に、権謀術策の渦巻いた穢れた都だ。恭仁郷は山川の美しい地だ」 聖武天皇の凛とした声が周囲の冷気を震わせました。

（異常な事態に直面している）諸兄はそう思うと、不安が一層募り、冷たいものが背を濡らしました。

これまでにも仏を信仰した天皇はいましたが、それは個人としての信仰であって、国として信仰するというものではありませんでした。聖武天皇は、これまでの天皇とは異なり、国として仏を信仰し、その教えによって世を治めようとするものでした。

諸兄は（神よりも仏に護国安民を祈り、その効果を期待するという天皇の考えが、到底人々に理解されないだろう）と思いました。

また遷都は容易ならないことで、新しい都を造るには莫大な費用と多数の民の労役が必要で、このことは民にとって大きな災厄でした。

諸兄は（窮乏した多くの民にこれ以上の負担をかけることには群臣や民がこぞって反対するだろう）と思いました。

恭仁の地は平城京を一山越えたところにあり、東方の山々の間から泉川の幅広い清流が西に流れ、鹿背山《かせやま》の山裾を北に迂回し、南に向かっています。恭仁の地は四方を山々に囲まれ、泉川を抱いた清雅な盆地でした。

諸兄は恭仁の地について思いあたることがありました。一年前の秋、諸兄が、天皇の心労を慰めるために、恭仁の別館に行幸を願って、幾重にも重なる山々が赤や、黄、橙などさまざまな色に彩られているのを御覧いたことがありました。その折、紅葉とともに、長い間見入っておられたのは泉《いずみ》川の清流でした。「世の中が少しもよくならないという焦りが、この澄明な水の流れを見るときれいに洗い流されて、心が穏やかになる」と秋の午後のやわらかな陽射しを受けてきらきらと光りながら流れている川を見て言われたこと、そしてそのとき（天皇はきれいな水がお好きなのだ）と思ったことを思い出しました。

「仏を信仰し、仏に随う、朕の新しい政《まつりごと》を、清らかな水の流れる、山川の美しい恭仁の地で執りたい」聖武天皇はもう一度、自分にいい聞かせるようにいいました。

諸兄は、病弱で気弱な天皇が背筋を伸ばし、これまでに見たこともない、頬を紅潮させ、凛とした声で語り続ける姿を見ているうちに、諸兄の不安や躊躇は次第に去り（純粋な心を持った天皇の熱い思いの実現のために、力を尽くすのが自分の務めだ）と決断しました。

決断した諸兄の行動は迅速で、翌日の午後には四百人の兵士を引き連れて、恭仁の地に向かい、到着すると直ぐに道を拓き、整地に着手し、泉川に橋を架ける準備をしました。

聖武天皇の行幸が平城京に還幸することなく美濃国、近江国を経て直接に恭仁に着いたのはその月の中頃の、氷雨の降る寒い午後でした。兵士の寝泊りする兵舎がようやく建設されたばかりでしたが、天皇は咳き込みながらも満足そうに周囲、とりわけ氷雨に煙る泉川の方を眺めていました。翌々日、天皇はこの地を都にすると詔されました。

天平十三年（七四一年）一月、天皇は新年を恭仁京で迎えました。恭仁京は、平城京の大極殿の移築や、解体された回廊などによって宮殿が造られ、条坊の区割りがなされ、泉川には大きな橋が架けられることになりました。

二月の中頃、天皇は、玄昉、真備の献策を容れて、仏教によって「国泰かに、人楽しみ、災除き、福至る」ように、諸国に国分寺《こくぶんじ》、国分尼寺《こくぶんにじ》の建立を詔しました。国分寺には僧二十人が、尼寺には尼十人がそれぞれ置かれ、毎月八日に金光明最王経、大般若経などを転読することなどが決められました。

天平十四年（七四二年）八月、天皇は、恭仁京で執る新しい政《まつりごと》がどのようなものであるかを、人々によく理解してもらうには、それを眼に見えるようにすることが大切だと考えました。そのため恭仁宮から東北に道を拓いて、近江国甲賀郡の紫香楽《しがらき》村に離宮を造営して、それを中心に澄んだ水を湛えた池の辺に、金堂、経堂、鐘楼、塔、僧坊などを配して、清らかで美しい、この世の仏土を造ることにしました。紫香楽の地は山中ですが、清澄な水が豊富に湧き出ていました。天皇は険しい山道を踏み越えて幾度も行幸しました。

今造《つく》る　久邇《くに》の都は　山川の　清《さや》けき見れば　うべ知らすらし

（新しく造る久邇の都は、その周囲の山川が清らかなのを見ると、天皇がここで新しい政《まつりごと》を執られれのはもっともです）

この歌は、家持が恭仁宮を讃めたたえて詠んだ歌で、敬仰する天皇と恃《たの》む諸兄とが造っているこの都の永遠の命を願っていました。

天平十五年（七四三年）五月、墾田永年私財法《こんでんえいねんしざいほう》が制定されました。

朝廷は、口分田の不足を解消するために養老七年（七二三年）に墾田を孫まで三代は私財とすることを認めた三世一身法を制定したことは先に触れましたが、思うような成果があがらなかったため、二十年後のこの法は永久に私財とすることを認めました。しかし、この法によって墾田を私財とすることができたのは、法の意図する農民ではなく、墾田する余裕のある富裕な藤原一族や大寺院などで、この法律は折角築き上げたこの国の骨格を大きく揺さぶりました。

この頃、三十七歳の藤原仲麻呂が、民部卿から大納言・中納言・少納言に次ぐ官職の参議に任じられ、政《まつりごと》の枢機に参画するようになりました。仲麻呂は藤原四兄弟の武智麻呂の次子で、光明皇后の甥であるとともに、皇太子・阿倍内親王の十二歳年上の従兄にあたります。藤原一族の捲土重来を期す仲麻呂は俊敏で、家持の十二歳年上でもありました。

この度の異例の昇進は、藤原一族の出自を誇りとし、藤原一族の衰運を憂う光明皇后の強い推挙によるものだと噂されました。

十月の中頃、天皇は、紫香楽に盧舎那仏《るしゃなぶつ》金銅像（大仏）を造立するとの詔をしました。

これは、天皇の造るこの世の仏土の中心に、万物の創造主の、太陽の化身のような光明遍照《こうみょうへんしょう》の仏・盧舎那仏の大像を安置するという、光明皇后と玄昉の献策を容れたからでした。光明皇后は、幼い皇太子の基王を失い、また天皇の母の宮子夫人が玄昉の看護によって病気が平癒したことから、聖武天皇のように仏教に深く帰依するようになっていました。

天皇は三年前に河内国の知識寺で拝仏以来、盧舎那仏への崇信の念が高まっていたので、二人の献策は天皇の心を捉えました。

大仏の造立を決意したとき、天皇は、その容貌は荘厳であって、なお温容でなければならない、また、大仏の造立は朝廷だけで行うのではなく、知識寺や盧舎那仏が知識で造られ、金剛場陀羅尼経《こんごうじょうだらにきょう》も知識によって書写されたように、万民が手を貸す知識によってなされなければならない、そうすることによって人々の心が一つになり、大仏が人々のものになると思いました。

天皇はを造仏の詔をするにあたり、恭仁京の郊外の泉橋院で行基と会見し、知識による大仏の造立への協力を訴えました。かつて朝廷は、僧侶の資格を定めるなど、寺、僧尼を統制し、その範囲で仏教を保護、育成していて、仏の教えを人々に布教することを禁じていました。先にも触れましたように、行基はその禁を破り畿内を中心に貧富を問わず人々に広く仏の教えを説き、道場、寺、溜池、船着場、橋などを作り、困窮者のための布施屋などを設けて人々を救済したため、朝廷から僧尼令違反とされ、養老元年（七一七年）には「小僧《しょうそう》行基」と、詔で名指しされて弾劾されるなど幾度も弾圧されましたが、多くの人々の熱烈な支持を得ていて、その頃には朝廷も行基を無視できなくなっていました。これまで生涯の大半を人々の中で起居し、活動してきた行基は、天皇の切なる訴えによって、造仏のために行動を起こすことにしました。

天皇は「もし更に、人の一枝の草一把の土を持ちて像を助け造らんと情願する者あらば、恣《ほしいまま》にこれを聴《ゆる》せ」と大仏造立を知識で行うことを詔し、天皇自身も後に大和国添上《そうのかみ》郡山金里《やまかねのさと》で再開された大仏造立に際しては、袖に土を入れ、持ち運んで御座に加え、それに続いて夫人、命婦、采女、官人らも土を運んで御座を築き固めました。

十一月、紫香楽の甲賀寺で大仏像の骨組みが始まり、十二月、新しく始った大仏像造立のために莫大な経費と傜役が要るため恭仁宮の造営が中止されました。

天平十六年（七四四年）閏一月中頃、家持にとって、前年の恭仁宮の造営中止に続いて、天皇の難波宮への行幸に従駕していた安積《あさか》親王が途中の桜井行宮で脚気に罹ったために恭仁宮に引き返し、その二日後に没するという、突然の辛く悲しい事件が起きました。親王が十七歳、親王に付き添っていた家持は二十七歳でした。

安積親王は、神亀五年（七二八年）に聖武天皇と光明皇后との間に生まれた皇太子・基王の喪くなった年に、天皇の第二皇子として誕生しました。親王は母が県犬養広刀自であることから、同族の県犬養三千代の子である諸兄や、諸兄を盟主に集まっている諸王、大伴一族、佐伯一族などと近い関係にありました。

直ぐに、安積親王は藤原仲麻呂によって毒殺されたのだという噂が拡がりました。宮中の一部には、次の天皇に即位するのは、藤原一族の後押しによって異例の皇太子になった女人の阿倍内親王ではなく、聖武天皇の唯一の皇子の安積親王がふさわしいという声が以前からあり、もしも安積親王が即位するとなると、藤原一族がかつての権勢を取り戻すことは不可能になると思った留守官《るすかん》の仲麻呂が、安積親王を排除するために手を下した　というのが噂の内容でした。留守官と申しますのは、天皇が都を離れるとき、都において天皇の代理としてこの国の政《まつりごと》を担当する大きな権限を持った官職です。

家持は、体を張って護ろうとしていた安積親王を失って、掌中の珠が粉々に砕かれ、夢が破れたように思いました。家持の夢は、聖武天皇、安積親王を頂点にした諸兄体制を支え、大伴一族を昔日の栄光に戻すことでした。

かけまくも　あやに畏し　言はまくも　ゆゆけしも　我が大君　皇子の命　万代に見《め》したまはまし　大日本《おほやまと》　久迩《くに》の都は　うち靡く　春さえいぬれば　山辺には　花咲きをり　川瀬には　鮎子《あゆこ》さ走り　いや日異《ひけ》に栄ゆる時に　およづれの　たはこととかも　白栲に　舎人よそひて　和束山《わづかやま》　御輿立たして　ひさかたの　天知らしぬれ　臥《こ》いまろび　ひづち泣けども　為すすべもなし

（畏れ多く　口にするのも憚れることだが　我が大君の安積皇子が万代に亘ってお治めされる筈であった大和国の恭仁宮は　春がくると山辺には花が咲き誇り　川瀬には若鮎が泳でいて日毎に栄えているときに　戯言《ざれごと》か　白い喪服に舎人たちが着替えて和束山に皇子の御輿を立て　遥かに天をお治めるために行ってしまわれた皇子を思って身悶えし　涙にくれるけれど　どうしょうもない）

家持が二月に詠んだ挽歌です。

大伴の　名に負う靫《ゆき》帯びて　万代《よろずよ》に　憑《たの》みし心　何処にか寄せむ

（大伴の名に恥じない靫を身につけて、永代にと頼みにしていたこの心を一体どこに向けたらよいのだろう）

家持が三月に詠んだ歌で、親王に寄せた期待がどれほど大きいものだったか窺えます。安積親王は山背国の和束《わずか》の丘に葬られました。

安積親王の死についての仲麻呂の責任は留守官の職を外されただけの軽い処分でした。諸兄体制には安積親王の死を契機に、対峙している仲麻呂を果断に処分する力も度胸もなかったのです。光明皇后を叔母とし、皇太子の阿倍内親王を従妹とする仲麻呂は、諸兄の力の限界を知り、大きな自信を持つようになりました。

それにしても藤原一族は不思議な一族です。藤原一族は、今から百年前の乙巳の変以降天智天皇を支えてきた中臣鎌足が死の直前にその功によって藤原の姓を授けられたときから始った新興の氏族でした。鎌足の次子の不比等は、父の関係から近江朝廷にありましたが、壬申の乱のときは十三歳であったため処罰されることはなかったものの勝者の天武天皇の朝廷にあっては長い間恵まれない官職に留まっていました。

天武天皇が亡くなり、新たに即位した持統天皇は、天武天皇の血を継ぐ多くの皇子と壬申の乱に功労のあった官人たちに囲まれていました。こうした中で心を許せるのは、僅かに病弱な皇太子の草壁皇子と、その妃の、天皇の異母妹でもある阿部皇女、それに二人の間に生まれた六歳の軽皇子とその姉の氷高皇女たち数人だけでした。天武天皇の異腹の皇子たちは、その能力や人望が高ければ高いほど、持統天皇が皇位を継承させたいと思っている草壁皇子や軽皇子を脅かす存在になるのです。そのような脆弱な立場にある持統天皇は、皇位を草壁皇子や軽皇子に継ぐためには頼もしい官人の支えが必要でした。その頼もしい官人の一人として見出したのが不比等でした。不比等の登用にあたっては、官位や来歴などを一切無視してその能力のみを考慮しました。

不比等は期待に応えて、持統天皇の愛する皇太子の草壁皇子が若くして他界すると、その皇子の軽皇子を文武天皇として皇位に就くのを支え、文武天皇が父と同じように若死にすると、その皇子の首皇子が幼かったため、天皇の母の阿部皇女が元明天皇として、さらに元明天皇が譲位すると文武天皇の姉にあたる氷高皇女が元正天皇としてそれぞれ即位するのを支え、更に首皇子の即位によって聖武天皇が誕生するまで支え続けたのです。

持統天皇の執念であった天皇の血が、皇太子の草壁皇子、文武天皇、聖武天皇と、二人の女人の天皇を挟んで見事に繋がったのは卓越した不比等の力量によるものでした。

不比等には武智麻呂、房前、宇合、麻呂の四人の子息があり、それぞれ南家《なんけ》、北家《ほっけ》、式家《しきけ》、京家《きょうけ》の始祖になりました。武智麻呂の第一子が豊成で参議を経て天平十五年（七四三年）に中納言に昇進し、第二子が仲麻呂で、諸兄に抗して反乱の兵を挙げた広嗣は宇合の長男でした。

藤原一族の不思議の一つは、藤原一族が世に出てから異例なことが多く起こるようになったことでした。多くの天武天皇の皇子たちを差し置いての軽皇子の立太子、宮子の文武天皇の夫人としての入内、光明子の聖武天皇の夫人としての入内、元明天皇及び元正天皇の即位、一歳にもならない基王の立太子、長屋王の死、光明子の立后、基王の死後聖武天皇の唯一の皇子の安積皇子を差し置いての阿倍内親王の立太子、安積皇子の死などです。数々の異例なことの裏には藤原一族の隠微な手が関係しているとの噂が公然と、或いは秘めやかに囁かれました。

藤原一族の不思議の二つは、皇室の男性と一族を出自とする女人が次代の天皇を産むという仕組みを作ったことでした。宮子の入内はそのような仕組み作りの最初の例になったのですが、こうすることによって藤原一族は皇室を表に出し、自らは表にでることなく常に政《まつりごと》の中枢にいることができました。皇室という大樹に絡み付いてその栄養分を吸って成長するのは、まるで他の樹木に絡み付いて生きる「藤」にそっくりです。「藤」は美しい花をつけますが、蔓が他の樹木を巻き込み、食い入って栄養分を吸い取って生きているのです。藤原一族のこのような生き方は、その姓の中にある「藤」から思いついたことなのでしょうか。

藤原一族の不思議の三つは、不比等、武智麻呂を始めとする四人の兄弟、それに後にお話する仲麻呂、良継《よしつぐ》、百川《ももかわ》、種継《たねつぐ》など、世の流れを敏感に感じ取って、天皇の政《まつりごと》に関与し、巧みに競争相手を排除して、自己や一族の栄達を勝ち取る手腕を持った人物を次々に輩出したことでした。このことは藤原一族が南家、北家、式家、京家それぞれの家の繁栄のために切磋琢磨して鎬をけずり争う一方で、藤の樹が土中に太い根を張っているように、一族が深いところで結び付いて行動し、とりわけ共通の敵には固く結束してことにあたった結果なのでしょうか。

二月、安積親王の葬儀が終わるか終わらないうちに大仏の造立の始った紫香楽の離宮の付近で毎夜のように山火事が発生しました。

聖武天皇の身を案じた諸兄は、天皇に旧都の難波宮への遷都を献策しました。難波宮は一度焼失した難波長柄豊埼宮を、聖武天皇が藤原宇合を知造難波宮官事に任じて再建した離宮です。難波宮長柄豊埼宮は、天皇が敬慕する天武天皇が大海人皇子のときに住んだ都で、仏教を重んじた大海人皇子は、高台からよく海を眺めて、仏教伝来の道に想いをいたしたことで知られていました。その海は、仏教が伝わってきた海の道を逆に辿ると、朝鮮半島、中国を経て、仏教発祥の地の天竺に繋がっています。天皇は諸兄の献策を容れ、その月の下旬に難波宮を都にする詔を発しました。恭仁宮は都造りに着工してから三年余りで、完成することなく廃都になりました。

難波宮から見える冬の海は白い波頭が一面に立ち上がっていました。鈍色の雲で覆われた空から薄い陽が僅かでも射すと、聖武天皇は微熱があっても高台の回廊に佇んで、不安や苦悩、焦燥に炙られて苛立った心を癒してくれる冷たい冬の海を陽が翳るまでじっと見ていました。

天平十七年（七四五年）一月、朝廷は行基に、大仏造立の勧進に大きな功があったとしてこの国で初めての「大僧正（だいそうじょう）」の称号を授け、行基は天平九年（七三七年）僧正に任命された玄昉に替わって法界第一の座に座ることになりました。仲麻呂は、同族の広嗣が乱を起こして真備とともに排斥しようとした、諸兄体制の中枢にいる玄昉を敵視していましたが、玄昉が「僧正」として天皇の側近にある以上、簡単に罷免することができないために、これを超える官職を新しく設けて「僧正」の地位を相対的に軽くしたのです。

同じ一月、二十八歳になった家持は、正六位上から従五位下に昇叙せられました。官人たちにあっては五位以上と六位以下の間には待遇において大きな差がありました。この国の五位以上の官人は僅か百数十人に過ぎませんでした。

二月の終わり頃、天皇は大仏像造立の進み具合を見るために難波宮から恭仁宮を経て、紫香楽離宮に行幸しました。

三月に入ると暫らく止んでいた山火事がまた発生するようになり、

四月になると一夜に三つも四つもの山火事が出て、不穏な空気が漲り始めました。また、紫香楽の地はしきりに地震に見舞われました。

五月、天皇はこれらの事態を憂慮して、官人たちに難波、紫香楽、平城のどこに都すべきかを問うたところ、官人らはこぞって平城と応えたため都を元の平城に戻すことにしました。傷心の聖武天皇は百官を随え、大仏の骨組みが聳え立つ紫香楽離宮を後にして恭仁宮に入り、平城京に還りました。後の書物に「恭仁京の市人《いちひと》、奈良に徒《うつ》る。暁夜《あかときよ》も争《あらそ》ひ行き、相接《あいつぎ》て絶ゆることなし」と記されました。

四年半のうちに恭仁、難波、平城と三回の遷都が繰り返されましたが、聖武天皇のこれらの遷都の意味を理解してくれる人は稀で、多くの人々はその意図を訝しみ、重い徭役を呪い、濫費を怒り、この世を仏土にしたいという聖武天皇の思いから始った遷都は失敗しました。

以後、政《まつりごと》の実権は、藤原一族の血に繋がる光明皇后や皇太子・阿倍内親王の信頼の厚い、明敏な頭脳と冷徹な行動力をもつ仲麻呂に次第に移っていきました。

第三十六章　大仏造立

六月、大仏像造立工事は紫香楽の甲賀寺から大和の添上郡《そうのかみ》の山金里《やまかね》の金鐘寺《きんしゅ》に移して続けられることになりました。聖武天皇は紫香楽の地に仏土を造るという悲願は潰えたが、大仏だけは造立しなければならないと思いました。金鐘寺は、天皇が亡き皇太子の基王の供養のために建てられ、国分寺の建立の際には大和国の国分寺に定められた思いの深い寺で、大仏の造立にあたって金鐘寺の寺域が狭いことから、その寺域を含めた東大寺が建造されることになり、大仏造立と東大寺の建造とが併行して進められることになりました。

十一月、僧正玄昉が僧正の地位のまま筑紫の観世音寺《かんぜおんじ》を造るために観世音寺別当に任じられました。この人事は、諸兄体制の限界を見定めた仲麻呂の、諸兄の政《まつりごと》の中枢にいる玄昉を配流するという、諸兄体制への本格的な挑戦でした。

ここまで仲麻呂の力は大きくなっていました。玄昉には、仲麻呂の従兄弟の広嗣が五年前に筑紫で兵を挙げて、吉備真備とともに朝廷から排斥しょうとした過去がありました。玄昉が配流されてから半月後、全ての財産が没収されました。

観世音寺は天智天皇が筑前で亡くなった母の斉明天皇のために造り始めた寺ですが、八十年経っても完成の目途が立っていませんでした。玄昉が配流されてから六ヶ月経った、次の年の六月の中頃、ようやく伽藍が完成した観世音寺の落成式で、玄昉は導師となって高座で読経しているとき、突然死に襲われました。この死は藤原広嗣の怨霊によるものだと噂されました。

天平十八年（七四六年）正月、都が平城に戻り、聖武天皇は久し振りに平城京で新春を迎えました。この日、都は大雪に見舞われました。

三月、天皇の傍に内舎人として侍して八年が経った二十九歳の家持は、宮内少輔《くないしょうゆう》に、その三ヶ月後には越中国の国司に任じられました。越中国は当時、出羽国や陸奥国が完全にこの国の体制に組み込まれていなかったので、蝦夷対策として軍事上でも、また日本海に突き出た半島と長大な海岸線を有していることから防衛上でも、新羅や渤海との外交上からも重要な地域で、加えて朝廷は、大仏造立や東大寺造営の費用に充てるために越前国や越中国を中心に広大な墾田を開発しょうとしていたことからも最も重要な地域でした。家持がこの要職に起用されたのは、武門の伝統を引き継いでいる大伴一族の出であることと、聖武天皇や諸兄の厚い信頼があったからだと噂されました。家持は高揚していました。安積親王は没していましたが、敬仰する聖武天皇と諸兄の政《まつりごと》を支える者の一人として何事かをしたいというかねてからの思いの実現に一歩近づいたからです。

追うようにして仲麻呂が人事や朝議を掌る式部省《しきぶ》の長の式部卿に任じられました。

九月の終わりに、大和から歌と野辺の草花が好きな心のやさしい弟の書持《ふみもち》が没したとの報せがきました。家持は、越中に赴任するときに奈良山を越えて泉川の辺まで見送ってくれた書持の最後の姿を思い出して号泣しました。

天平十九年（七四七年）三月、光明皇后は、病を度々発して病床に就くことが多くなった聖武天皇の病気平癒を祈って新薬師寺を造営し、七仏薬師像を造立しました。

天平二十年（七四八年）四月、六十九歳の元正太上天皇が崩御されました。藤原一族の血の入っていない元正太上天皇は、諸兄の母の三千代が弟の文武天皇の乳母であったことから諸兄との関係は、諸兄が天平八年（七三六年）橘の姓を賜ったときにはこれを寿ぐ歌を詠んだほど緊密で、背後から諸兄の政《まつりごと》を支えていました。太上天皇は崩御ののち初七日をもって火葬に付され、母の元明太上天皇と並んで佐保山陵《さほのみささぎ》に葬られました。太上天皇の死は諸兄の政《まつりごと》に大きな打撃を与えました。

天平二十一年（七四九年）の元旦は、前年太上天皇が没せられたため全ての儀礼が廃され寂しいものになりました。

一月の中頃、聖武天皇と光明皇后は、大僧正行基を戒師として菩薩戒《ぼさつかい》を受けて出家されました。聖武天皇の戒名は「勝満《しょうまん》」、光明皇后の戒名は「万福《まんぷく》」でした。

二月の初め、行基は大仏の完成を待たずに、右京の菅原寺東南院で多くの弟子に見守られながら波乱にとんだ八十二歳の生涯を閉じました。行基は、義淵やこの国で最初に遺言によって火葬に付された道昭に学び、三十数歳まで山林で修行した後、畿内を中心に人々に仏の教えを説き、寺を造り、橋を架け、船着場を造り、道を作って人々の尊敬を受けるようになりました。

しかし、朝廷は行基のこのような行動は僧尼令によって許されている僧の行動の範囲を超えるとして弾圧をしました。それから二十数年後に行基は多くの人々の支持を得、また聖武天皇の訴えに応えて、大仏造立の勧進に大きな功績を挙げ、この国最初の大僧正に任じられました。

二月の終わり頃、大仏の建立を長年に亘って支えてきた行基の死による朝廷の動揺を鎮めるかのように、陸奥の国司の百済王敬福《くだらのこにしききょうふく》から陸奥国小田《おだ》郡で金が産出したとして、黄金が献上されました。

百済王敬福は斉明天皇の頃、この国に滞在していた百済の義慈王の子の善光の曾孫で、善光の兄は唐・新羅の連合軍によって滅亡した百済の復興のために百済の遺臣に請われて故郷に帰国した豊璋です。折りしも、大仏の鋳造も完成に近づいていましたが、大仏に塗る金がないことが問題になっていました。

四月の始め、天皇は陸奥国から金が産出したことを喜び、光明皇后、皇太子・阿倍内親王、諸王、群臣を伴って東大寺に行幸しました。この日は、空は青く澄み渡り、奈良山の上にはやわらかな白い雲が浮かび、朱雀大路の街路に植えられた柳は芽吹いて春風に揺れていました。天皇の顔色は病床にあるためやつれていましたが、大仏殿に向かう足取りは確かでした。壮大で端麗な大仏の前に設けられた高殿に、天皇は皇后、皇太子を伴って着座し、その後ろには群臣が列していました。

天皇は、完成間近の大仏に北面して対され、三宝《みほとけ》の加護で黄金の献上があったことを報告し、自らを「三宝の奴《やっこ》と仕えまつれる天皇《すめらみこと》」と称しました。これまで歴代の天皇は南面して人に対され、「奴」と自称されたことはありませんでした。

天皇の喜びは大きく、この喜びを天下万民と分かち合おうと、年号を「天平」に「感宝」を加えて、この国初めての四文字の年号の「天平感宝《てんぴょうかんぽう》」と改めました。

家持は、陸奥国から金が産出したことを喜びました。金が出たことによって敬仰する聖武天皇や諸兄の大仏造立の悲願がかなえられるからです。

四月の中頃、家持は、朝廷からの使者によって従五位下から従五位上への昇進が告げられるとともに、大仏に捧げられた「陸奥国より金を出《いだ》せる詔」のことを知りました。

天皇が大仏に捧げた詔は、陸奥国から黄金の献上があったことと、年号を天平感宝に改めたことの報告とともに、橘三千代が代々忠誠を尽くしたこと、藤原不比等が朝廷を護ってきたこと、それに大伴一族とその分かれの佐伯一族とが「天皇《すめらみこと》が朝《みかど》守り仕え奉ること顧みなき人等《ひとども》」であり、天皇の「内の兵」(親衛隊)であったことを、一族の言立《ことだて》て(家訓)を引用しながら称え、聖武天皇の大伴一族に対する信頼と期待とが陳《の》べられていました。

大伴一族の言立ては「海行かば　水漬《みづ》く屍《かばね》　山行かば　草生《くさむ》す屍　大君《おおきみ》の辺《へ》にこそ死なめ　かえりみはせじ」というもので、元来は戦いの歌で、葛城一族と戦い、平群一族と戦い、紀一族と戦い、歌っているうちに家訓になりました。乙巳の変や壬申の乱などに際しても歌われ、一族の正月の宴などでも必ずこの歌が最後に歌われました。

家持は、(天皇は我々のことを忘れずに覚えてくださっている。大伴一族に伝わる言立てまでも)と思うと胸に熱いものが込み上げてきて、詔を引きながら皇室の尊厳と伴造としての大伴一族の天皇への忠誠を歌い上げた長歌一首と反歌三首から成る「陸奥国より金出せる詔書を賀《は》せる歌」を作りました。家持の高揚は翌月まで続き、五月の終わりには諸兄賛歌の「橘の歌一首并せて短歌」を作りました。

天皇《すめらぎ》の　御代《みよ》栄えむと　東なる　陸奥山《みちのくやま》に　黄金花《こがね》咲く

この歌は「陸奥国より金出せる詔書を賀する歌」の中の反歌のうちの一首です。

黄金の出土は、大仏造立の発願以来七年にもなった天皇の心に大きな安らぎをもたらしましたが、この年の夏の暑さは酷く、天皇を苦しめました。天皇は東大寺に行幸した日から薬師寺を御在所として療養しましたが体調は一向によくなりませんでした。

頬は痩け、髪には白いものが多くなりましたが、依然として人々の暮らしはよくならず、過ぎ去った年月を思うと、悲しみで眠れない夜が続きました。天皇はまんじりともしない幾夜かを過ごした朝、この老いの身の肩から政《まつりごと》の煩いや責務の全てを振り払って次の世代に一切を託し、余生を心静かに仏弟子として暮らそうと決心しました。

七月の初め、譲位の儀式が執り行われ、三十一歳の阿倍内親王が大極殿で即位し、孝謙天皇が誕生しました。この日から四月に天平感宝に改元されたばかりの年号は、孝謙天皇の即位に伴う代始改元《だいはじめかいげん》により「天平勝宝《てんぴょうしょうほう》」に改められました。代始改元とは譲位などによって天皇位の交代が行われた際の改元です。「勝宝」も勝《すぐ》れた宝、即ち金を意味します。譲位によって聖武天皇は、男性としてこの国初めての太上天皇になり、光明皇后は皇太后になりました。孝謙天皇の即位は、皇嗣問題を結果として伴いました。

孝謙天皇の即位の日、藤原仲麻呂は中納言を飛び越えて大納言になり、人々は、この仲麻呂の異例の抜擢に驚きました。同じ日に、諸兄の子の橘奈良麻呂は参議に昇進しました。

このことによって太政官の枢要な構成者は、左大臣諸兄、右大臣藤原豊成、大納言仲麻呂、中納言大伴牛養《うしかい》、参議は諸兄の子の、剛毅な奈良麻呂らとなりました。穏健な藤原豊成は、武智麻呂の長男で仲麻呂の兄にあたりますが、仲麻呂の専横独断な性格を嫌い、強い反感をもっていました。この人事によって、仲麻呂と奈良麻呂の政敵同士が廟堂で真正面から顔を合わせ、事毎にぶつかりあうようになりました。

八月の中旬、仲麻呂は新しく設けた紫微中台《しびちゅうだい》の長の紫微令《しびれい》を兼ねることになりました。

紫微中台は、光明皇后が聖武天皇の譲位によって皇太后になったことを理由に、これまでの皇后宮職を改め、政《まつりごと》の中枢である太政官から権力を奪うために、藤原一族を出自とする仲麻呂と光明皇太后との画策によって設けられた、光明皇太后の令旨を発動する権能を持った組織でした。

仲麻呂は、紫微令の地位に就いたことによって、大納言でありながら左大臣諸兄や右大臣豊成に対抗できる権限を握り、爾来、光明皇太后の逝去までの十二年間にわたり、この国の政《まつりごと》を、仲麻呂が皇太后の名のもとに取り仕切ることになりました。

こうなると、紫微中台が強化されればされるほど太政官の権威が貶められ、太政官の首座を占める諸兄は政《まつりごと》から浮き上がり、紫微中台は「朝廷内の朝廷」と呼ばれるほどの存在になりました。仲麻呂がこのようにしてまで権力を握ろうとしたのは、孝謙天皇が女人の独身の天皇であることから必ず将来起こる皇嗣問題を自己の側に有利に展開したいがためでした。

十一月、孝謙天皇の即位後初めての新嘗祭である大嘗祭のとき、大伴一族や佐伯一族の軍事力に期待した奈良麻呂は、佐伯全成《またなり》に次期天皇には長屋王の子の黄文王を擁立する計画を打ち明け、仲間入りをすすめましたが、全成はこれを拒みました。長屋王の四人の息子たちは、長屋王らとともに毒を仰いで自らの命を断ちましたが、長屋王と不比等の娘の長娥子との間に生まれた黄文王らは、聖武天皇の特別の計らいで死を免れていました。奈良麻呂が全成に仲間入りをすすめたのは、これが初めてではなく、六年前の難波への行幸中に聖武天皇が病に倒れたときに続いて二回目でした。全成はそのときも仲間入りを拒んでいました。

孝謙天皇は、既に十一年前に皇太子に立てられ、四ヶ月前には天皇の地位に就いているにもかかわらず、奈良麻呂が黄文王の擁立をもちかけたのは宮廷の一部に、独身であるため一代で終わる女人の天皇ではなく、男性の皇位継承者を求める動きがあったからです。

孝謙天皇は生来聡明で美しい女人でした。十歳のとき、弟の皇太子の基王が夭逝したことから将来の、この国第一の人にふさわしい、浄い心を持ち、美しい立ち振舞いができるように、そのために必要なことは全て、父母の聖武天皇、光明皇后を始め、元正天皇、それに天武天皇、持統天皇、文武天皇、元明天皇、元正天皇、聖武天皇の六代の天皇に忠実に仕え、信頼の厚い橘三千代から教わりました。とりわけ父母の聖武天皇、光明皇后が娘に伝えた最大のものは仏を敬う心でした。

六年前の五月に恭仁宮において、皇太子であった阿倍内親王が、聖武天皇、光明皇后を始め百官の前で、天武天皇の創始と伝わる「五節《ごせち》の田舞」を荘重に舞ったとき、天皇、皇后は美しく成長したわが子を見て、満足そうに顔を見合して頷き合っていました。しかしこの国第一の人に育てる手本となったのは高貴で美しく、生涯独身の元正天皇であったために、聖武天皇には娘の阿倍内親王が高貴で独身であることは当然のことであって婚姻を考えたこともなく、誰も性や男について教えることはありませんでした。また元明天皇や不比等の願いを重んじて、自らすすんで自己の人生を擲って聖武天皇の実現に尽くした元正天皇の心情を、誰も思いやることもありませんでした。

このため、孝謙天皇の男を選ぶ基準は他の女人とは著しく異なっていて、十二歳年上の、四十歳を幾つかこえた従兄で、紫微中台令としてまた大納言として孝謙天皇の傍に侍るようになった、俊敏ではあるが謀を好む仲麻呂を、初めて出会う生身の男で、頼りがいのあるというただそれだけ理由で、これまで経験したことのない甘美な思いを抱くようになりました。

三十歳をこえた孝謙天皇の遅い初恋でした。

天平勝宝二年（七五〇年）一月、突然、吉備真備が筑前の国司に任じられました。この人事については、十年前に反乱の兵を挙げ、朝廷軍に敗れて処刑された藤原広嗣の怨霊を鎮めるためだとか、孝謙天皇が皇太子であったとき、吉備真備が東宮学士として「漢書」や「礼記」を教授したこともあって、真備に私淑する孝謙天皇の下での勢力伸張を恐れたからだなどと噂されました。

藤原仲麻呂は、玄昉亡き後、朝廷で重きをなしている吉備真備を排除して諸兄体制の一層の弱体化を謀りました。仲麻呂は執念深く、猜疑心の強い男でした。それから二ヶ月後に、仲麻呂は権力を見せ付けるかのように吉備真備を肥前の国司に遷任しました。

天平勝宝三年（七五一年）四月、朝廷は天竺僧菩提僊那《ぼだいせんな》を僧正に任じました。菩提僊那はヒマラヤを越えて入唐し、長安の崇福寺《そうふくじ》を拠点に活動していたところを、入唐僧理鏡《りきょう》や遣唐副使の中臣名代《なしろ》らの要請により林邑僧仏徹《りんゆうぶってつ》、唐僧道璿《どうせん》らとともに大宰府に着き、難波津で行基らの出迎えを受けて平城京に入り、大安寺に住んでいました。入国してから十五年の歳月が経っていました。

八月、家持は二十九歳から三十四歳までの間、越中国の国庁で五度の雪の冬を過ごし、少納言となって都に帰る日を迎えました。

しなざかる　越《こし》に五箇年《いつとせ》　住み住みて　立ち別れまく　惜しき宵かも
（都から遠く離れた越中に五年もの間住み続けて今宵限りにお別れしなければならないと思うと名残惜しい宵です）

この歌は、都に還る日の前日、介《すけ》の内蔵縄麻呂《くらのなわまろ》の館で催された送別の宴で詠んだ歌です。

住み住みて立ち分かれる宵の家持の胸に去来したのは、都に還る喜び、複雑な都の政《まつりごと》もさることながら五年間の越中での生活でした。天平勝宝二年の春に妻の大嬢が越中に来るまでの任期の大半を、寂寥と望郷の中に過ごした家持の愉しみは、一つは配下の官人たちとの歌の贈答であり、一つは都からの使者に接することであり、一つは長く暗い北国の冬が終わって暖かい春を迎えることでした。

越中国の国庁は二上山《ふたかみやま》を背にして射水川《いずみかわ》に臨み、奈呉海《なごのうみ》、三島野《みしまの》、石瀬野《いわせの》を隔てて立山連峰を望むことができる高台にあって、柵や築地などで囲まれた正殿と前殿、後殿、東西の脇殿から成り、その周囲には国庁の官人たちの住む館が並んでいました。家持は、同族で配下の、掾《じょう》の大伴池主《いけぬし》と盛んに歌を贈答し、また家持や池主、縄麻呂らの館で歌を詠み合いました。家持は、寂寥、望郷の歌とともに異郷の風土の接した新鮮な感動を歌にしました。

可敝流廻《かへるみ》の　道行かむ日は　五幡《いつはた》の　坂に袖振れ　われをし思はば

（あなたが可敝廻辺りの道を帰って行く日には五幡の坂辺りで袖を振ってください。後に残る私のことを思ってくださるのならば）

この歌は、家持が都から橘諸兄の使者として来た田辺福麻呂《たなべのさきまろ》をもてなした宴のときの歌です。玄昉の死、元正太上天皇の死、弟の書持の死などの悲しい報せも、「陸奥国より金出せる詔」、昇進などの嬉しい報せも、諸兄や大嬢らからの使者によってもたらされました。任地に赴任している官人にとって、都の新しい情報は貴重で、北国に取り残される家持の寂しさは、使者が都に帰っていくと一層深くなりました。

春の苑《その》　紅《くれない》にほふ　桃の花　下照《したで》る道に　出で立つをとめ

（春の苑に美しく紅に咲いている桃の花の下の明るい道に乙女が佇んでいます）

朝床《あさどこ》に　聞けば遥けし　射水川　朝漕ぎしつつ　唄《うた》ふ船人

（物憂い春の朝の床に遠くから聞こえてくる人の声、それは射水川を漕ぎのぼってくる船頭たちの歌声です）

北国に暮らす人々は、雪の降る暗く長い冬が過ぎて暖かい春がきたことを喜びます。天平勝宝二年（七五〇年）の春は、越中国に赴任してから四度目の冬が過ぎ、妻の大嬢がこの地にきて一緒に暮らすことになった家持には格別に嬉しい春でした。前の歌の「をとめ」は大嬢のことでしょう、豊潤な色彩の画を見ているようで、「出で立つをとめ」と止めたのは新しい工夫なのでしょう。後の歌は、これまで歌の対象とされたことのなかった、春の朝の爽やかさと物憂さが溶け合ったような気怠《けだる》い雰囲気を詠んだものです。送別の宴のあった翌日、家持は旅立ち、長い道を辿って都に帰りました。使者から聞いていた通り、政《まつりごと》の実権は仲麻呂と光明皇后によってほぼ掌握されていました。

天平勝宝四年（七五二年）閏三月の初め、吉備真備は遣唐副使として、遣唐大使の藤原清河《きよかわ》と、もう一人の遣唐副使の大伴古麻呂《こまろ》らとともに唐に向かいました。真備は五十七歳になっていました。

真備は霊亀二年（七一六年）二十三歳のとき、遣唐留学生として玄昉や阿倍仲麻呂らとともに入唐し、十九年間も唐に滞在して天平七年（七三五年）に帰朝しましたので十七年振りの入唐です。遣唐大使、遣唐副使が決まっていたにも拘らず、後日になって思いついたように追加して遣唐副使に任命し、高齢の真備を二度目の命がけの航海に向かわせたのは、仲麻呂の真備を排除したいという強い執念によるものだと噂されました。真備は、天平勝宝二年（七五〇年）一月に筑前国の国司に、まもなく肥前国の国司に遷任、次いで翌年には遣唐副使に補任されて、この度の出航となったのです。仲麻呂は、真備の運命を弄んでいるようでした。

遣唐大使の藤原清河は北家の房前の第四子で、藤原一族から遣唐大使がでるのは今回が初めてでした。それだけに一族の期待と不安は大きく、春日の神地で遣唐使の平安を祈って天神地祇が祭られた日に、光明皇太后は甥にあたる清河に、

大船《おほぶね》に　真楫繁《まかじしじ》ぬとき　この吾子《あこ》を　唐国《からくに》へ遣《や》る　斎《いは》え神たち

（大船に櫓や櫂をたくさん取り付けて、このいとし子を唐国に遣わします　どうか神々よ　お守りください）

という歌を贈りました。

唐国《からくに》に　行き足《た》らはして　帰り来む　ますら健男《たけを》に　御酒《みき》奉《たてまつ》る

（唐国に派遣された使命を終えて、無事に帰国されることを祈り、神聖な門出のために、この偉丈夫に御神酒を奉ろうぞ）

この歌は、衛門督《えもんのかみ》大伴古慈斐《こじひ》の館で催された遣唐副使大伴古麻呂を餞する宴で、多治比鷹主《たじひのたかぬし》が詠んだ歌です。仲麻呂の勢力と、奈良麻呂を中心とする反仲麻呂の勢力との暗闘から逃れ中立の立場を保とうとして人との往来を断って館に引きこもる日々を過ごしていた、大伴一族の棟梁の家持はこの送別の宴に出席していませんでした。

この遣唐使船には、仲麻呂の第六子の刷雄《よしお》が留学生として乗っていました。難波津を出航した四船、五百余人が、寧波《にんぽう》付近の海岸によろめくように漂着したのは七月でした。

四月九日、大仏の開眼供養が、聖武太政天皇、光明皇太后、孝謙天皇、諸王、文武百官、僧一万人らの出席のもとに執り行われました。大仏は紫香楽で「天下の富を有《たも》ち、「天下の勢を有」する聖武天皇が「国銅を尽くして像を鎔《とか》し、大山を削りて以て堂を構えて」大仏を造立するとの詔を宣せられてから九年の年月が過ぎていました。大仏の鍍金はこの年の三月から始ったばかりでしたが、前の年の末頃から聖武太上天皇の健康が酷く損なわれたために大仏の開眼供養が急がれたのです。

開眼供養の日は、釈尊降誕の日に因んで四月八日とされていましたが、聖武太上天皇の健康が勝れないため一日延ばして九日に変更され、太上天皇がとる予定だった開眼の筆は、急遽、僧正・菩提僊那に託されました。

その日は前夜来の雨も止み、明るい陽が射していました。

赤や、青、黄、白、緑など色とりどりの幡が春風に揺れ、一万人の僧の読経が春の空に響き、散華が舞い降り、久米舞、楯伏舞などが舞われ、伎楽、唐古楽、高麗楽なども奏せられて、仏土がそこに現出したようでした。聖武太上天皇、光明皇太后、孝謙天皇が木の香も新しい大仏殿内の定められた席に着くと、開眼導師の僧正・菩提僊那が正面の仏前に昇り、筆をとって開眼の作法をしました。この筆には五色の縷が引かれ、参集した人々の上にも結縁の糸が垂れていて導師とともに大仏開眼に参加する喜びにひたることができました。

欽明七年（五三八年）、百済の聖明王から仏像、経典、幡蓋《はたきぬがさ》などが送られてきてから約二百年の歳月が経っていました。

家持はこの式典に暗い顔をして参加していました。三年前、黄金産出にあれほど感激した家持でしたが、この晴れがましい開眼供養については一首の歌も作りませんでした。

開眼供養の終わった後、孝謙天皇は宮中に帰らず、仲麻呂の田村第《たむらだい》の館に幸し、そこに暫く滞在したため、官人たちの耳目を集め、三十五歳の孝謙天皇と四十七歳の仲麻呂とは何か特別の関係にあるのではないかと噂されました。

第三十七章　春愁三首

家持は都に帰ってから因幡国の国司として赴任するまでの七年間を鬱々として日々を過ごしました。

光明皇后、孝謙天皇と固く結び付き、巧妙に玄昉を死に至らしめ、真備を都から遠く退けて足場を固めた仲麻呂は、いよいよ念願だった諸兄を政《まつりごと》の首座から排除することに着手しました。諸兄は既に老いて孤立していました。諸兄を支えたのは、病床にあるとはいえ、光明皇太后や孝謙天皇の上座にいて、必ずしも仲麻呂の意のとおりにならない聖武太上天皇の存在と、皇太子の奈良麻呂で、奈良麻呂は仲麻呂を打倒するための挙兵を決意して、家持や佐伯全成らに強く仲間入りをすすめていました。

天平勝宝五年（七五三年）春二月、家持は次の三首を詠みました。

春の野に　霞たなびき　うら悲し　この夕かげに　鶯鳴くも
（野に霞がたなびく春の酣《たけなわ》なのに　何となく　物悲しい　この夕暮れの薄明りの中で

鶯が鳴いている）

わが屋戸の　いささ群竹《むらたけ》　吹く風の　音のかそけき　この夕《ゆふべ》かも

（我が家の小さな竹林に風が吹いて　葉擦れの音が幽かに聞こえてくる　そんな夕べです）

うらうらに　照れる春日《はるひ》に　雲雀《ひばり》あがり　情《こころ》悲しも　独りし思へば

（うららかな陽の射す春の日、雲雀も空高く舞い上がって鳴いているのに　独り物思う私の心は悲しい）

これらの歌は、夕暮れに鳴く鶯や、うららかな春の空に舞う雲雀の鳴き声に、心の底から込み上げてくる、生きていることへの悲しみや、竹の葉の幽かな揺れにも感じる寂しさを「うら悲し」、「情悲しも」などという繊細で優美な言葉で表しました。

雲雀や鶯の鳴き声の中に悲しみや寂しさを感じたり、それを「うら悲し」などこれまでに使われたことのない言葉を初めて使って表現したのは、赤人や、虫麻呂、旅人、憶良らにはない、家持の独自の感性であり、歌でした。

古《いにしえ》の氏族の誉れに執着し、一族の繁栄を願う家持は、八色の姓の制定以来、大伴一族を圧迫し続けてきた藤原一族の、光明皇太后、孝謙天皇の寵愛を背景に横暴を極める仲麻呂を打倒するには、仲麻呂を殺害し、光明皇太后の権力を奪い、孝謙天皇を廃し、新しい天皇を即位させようとしている奈良麻呂を始めとする大官の中に入っていかねばならないにも拘らず、敗れたときの大伴一族の運命を思い、また古くから天皇家に忠誠を尽くし、それを誇りにしてきた大伴一族の棟梁の立場から自らを自由にすることには躊躇いがありました。

逡巡する家持は、親密な関係のあった諸兄、奈良麻呂の側からは白眼視され、仲麻呂の側からは嘲笑され、多くの同族の男たちからは疎んじられました。

そのような家持の孤独や苦悩によって閉ざされた心を僅かに開いたのが、眼前の鶯の鳴き声や、空高く舞い上がっている雲雀、群竹に吹く風の音でした。

第三十八章　鑑真

天平勝宝六年（七五四年）一月、二年前に入唐した遣唐副使大伴古麻呂が、唐の高僧鑑真《がんじん》や法進《ほうしん》ら八人を伴って帰国しました。天平五年（七三三年）に大安寺の僧普照《ふしょう》と興福寺の僧栄叡《ようえい》とが、知太上官事の舎人親王から「すぐれた伝戒の師僧（僧侶に位を与える人）の招聘」を命じられてから二十一年の歳月が経っていました。

天平の世が始った頃、朝廷では、正式の受戒制度を布《し》くために唐から学徳のすぐれた伝戒の師僧の招来が議されていました。この国に仏教が伝来して約二百年経ち、人々の間に広く拡がりましたが、同時に堕落の影もさしてきました。

僧侶になれば税などの課役が免除されたことから、経の読めない者までも争って出家してこの国の財政を脅かし、僧侶が守るべき規範が明確でなかったため僧侶の俗化、腐敗が甚だしくなっていました。伝戒の師僧の招来によって、この国に真の、僧侶の守るべき戒律を伝えて伝来の仏教を完全なものにしようとしたのです。戒律は仏弟子の非道徳な行為を防止する法律であり、「戒」は規律を守ろうとする自発的な心のはたらき、「律」は他律的な規範で、新たに僧侶になる者が受けるべき具足戒《ぐそくかい》は三師七証《さんしななしょう》の、十人以上の正式な僧侶の前で儀式（受戒）をすることが必要とされていました。

普照と栄叡とが唐にわたってから八年の歳月が経って、ようやく巡りあった鑑真に、長安、洛陽に次ぐ都の揚州《ようしゅう》の大明寺《だいめいじ》で、門下の僧侶の派遣を乞うたとき、鑑真が前に居並ぶ三十数人の僧侶に、

「日本は仏法興隆に有縁の国である。要請に応えて日本に渡って、法を伝える者はいないか」と訊ねたとき、鑑真の炯炯とした眼光に顔を上げ、視線を合わせる僧侶は一人もなく、皆頭を垂れたままでした。

「法のため渺漫《びょうまん》たる滄海《そうかい》が隔てようとも命を惜しむべきではあるまい。お前たちが行かないのなら私が行くことにしょう」と鑑真が低いがよく透る声でいった瞬間に全てのことが決まり、全てのことが始りました。僧侶たちは合掌し、一層深く頭を垂れました。

鑑真は額が広く、骨格ががっちりした大柄な人で、揚州江陽県に生まれ、十四歳で出家し、長安、洛陽などで修行した後に故郷に帰り、「淮南江左《わいなんこうさ》、浄持戒律《じょうじかいりつ》の者、鑑真独り秀で」、これに及ぶ者はないといわれた程の高僧でした。

渡航の決意をしたときから、弟子たちが鑑真の安否を気遣って行った渡航の妨害や、嵐による難破などで五回も渡航を試みたがことごとく失敗しました。

普照とともに伝戒の師を招請するために開元二十一年（天平五年）（七三三年）に入唐した栄叡は、天宝八年（天平勝宝元年）（七四九年）の暮れに端州《たんしゅう》の竜興寺において五十歳で逝去しました。入唐してから十六年が過ぎていました。

栄叡が没したのは、栄叡と普照との一途な情熱が鑑真の心を捉え、天宝元年（天平十三年）（七四一年）に大明寺で、鑑真と初めて会ったあの日から、一行をいつ実現するとも分からない渡海という冒険へ駆り立て、天宝七年（天平二十年）（七四八年）五度目の渡航が嵐によって海南島の南端に漂着して挫折し、再挙の機会を求めて江南への道を辿る途中のことでした。鑑真は、栄叡の逝去の報せのあった日は一日中眠りもせず食事もとらず、合掌し瞑目していました。

鑑真の六回目の渡航についても思いがけないことが起こりました。鑑真たちは、今回は二十年ぶりに入唐した遣唐使の一団とともに渡航することになり、大使の藤原清河が玄宗皇帝に鑑真の招請を上奏したところ、鑑真の人徳を惜しんだ皇帝はこれを認めなかったのです。皆、ことの成り行きに愕然としました。渡航の許しを得ずに出国すれば遣唐使船であるだけに如何なることになるのか想像もできませんでした。しかし、鑑真の渡海の信念は揺らぎませんでした。

この窮状を救ったのは、気骨のある副使の大伴古麻呂でした。古麻呂は自分の責任で、大使の乗る第一船に乗船する予定だった鑑真及び従僧十四人、玉作人、画師、彫刻工、刺繍工などの同行者十人、併せて二十四人を、ひそかに自分の乗る第二船に乗せ、第二船に乗ることにしていた、三十六年振りに帰国する阿倍仲麻呂らを第一船に替えることにしました。第三船には副使の吉備真備が、第四船には判官《じょう》の布勢人主《ふせのひとぬし》が乗船し、天宝十二年（天平勝宝五年）（七五三年）十一月の初旬、黄泗浦《こうしほ》を同時に出航しました。

大伴古麻呂は一族のなかで衛門督《えもんのかみ》大伴古慈斐《こじひ》と並んで一目置かれる存在でした。古麻呂は、その年、清川、真備らが出席した唐朝の、蓬莱宮含元殿《ほうらいきゅうがんげんでん》で催された新年の賀筵《がえん》において、新羅との席次について自己の説を譲らず、その主張を通したことで知られていました。

大使藤原清河の第一船に乗ることになった阿倍仲麻呂は、真備や玄昉らとともに霊亀二年（七一六年）に入唐しましたが一緒に帰国することなく三十六年も唐に留まり、唐朝の諸官を歴任して武器、武庫、守宮の三署を統轄する秘書監・衛尉卿《えいいけい》の地位にあり、李白《りはく》、王維《おうい》らと深く交わっていました。仲麻呂の唐での名前は晁衡《ちょうこう》でした。

天《あま》の原　ふりさけ見れば　春日なる　三笠の山に　出でし月かも

（天空を見上げると月が昇っています。この月は唐に来る前に、故郷の春日にある三笠の山の上に昇っていたあの月なのでしょう）

この歌は、帰国する仲麻呂のために王維らが開いてくれた送別の宴で仲麻呂が作った歌です。自分が青年時代に国を立つときに三笠の山の麓で送別の式をあげてもらったあの三笠の山がたまらなく懐かしかったのでしょう。このとき、王維は「秘書晁監の日本国へ還るを送る」という別離の詩を作りました。

天宝十二年（天平勝宝五年）（七五三年）十一月の初め、唐の黄泗浦を出航した四隻は行装具足した大船でしたが、荒れ狂う大海の波浪に木の葉のように翻弄されました。遣唐副使の大伴古麻呂や鑑真らの乗った第二船は阿古奈波《あこなは》（沖縄）を経て、薩摩国の小さな漁村の坊津《ぼうのつ》に漂着したのは十一月の下旬の夕方で、船はぼろぼろでまるで難波船のようでした。大明寺で普照と栄叡とに会い、渡航を決心してから十三年の歳月を経て、この度六回目にして遂に仏舎利を携えた鑑真は、念願の渡航を果たすことができました。

鑑真は多年に亘る流離艱苦の生活のなかで次第に視力を失い、この国の地を踏んだときには失明していました。一行は直ちに大宰府に向かい、着いたのが翌月の中頃でした。

天平勝宝六年（七五四年）正月の初め、古麻呂が唐への使いを果たし、大宰府に帰朝したことが朝廷に奏せられ、難波津に到着したのが二月の初めでした。普照は鑑真の一行とともに難波津に着きました。二十一年前に栄叡と一緒にこの港を出ましたが、今は一人で帰ってきました。

入京した鑑真は、聖武太上天皇、光明皇太后、孝謙天皇の歓迎を受け、「今より以後授戒伝律一《ひと》へに和上《わじょう》に任《ま》かす」と宣せられ、同時に大僧都に任じられました。

三月、遣唐副使吉備真備の乗船した第三船は第二船より五日遅れて、第二船と同じ薩摩国の小さな漁村の坊津に漂着し、大和に入ったのは、大伴古麻呂のそれより約一ヶ月後でした。遣唐大使藤原清河の乗った第一船、判官布勢人主の乗った第四船については、何の消息もありませんでした。
吉備真備は、命がけの渡海の疲れを癒す暇もなく大宰少弐《しょうに》に任じられました。五十九歳でした。高齢の真備は、以前、突然筑前国の国司へ遷任され、二ヶ月後には肥前国の国司へ転じ、そして遣唐副使に任じられ、遣唐副使の任務を果たして帰朝すると直ちに大宰少弐に任じられたのです。官人たちは、仲麻呂の執拗な攻撃を怒り、憎むとともに恐れました。

二年前に、真備が突如、遣唐副使に追加されたのは、藤原清河が遣唐大使に、大伴古麻呂が遣唐副使に任じられ、判官《じょう》、主典《さかん》の発表があった日から二ヶ月も経ったころでした。

このときも「この急な人事は、表向きは真備の経験や才能をかったように見えるが、実際はあえて危険な役を押し付けた藤原仲麻呂の謀《はかりごと》だ」と噂され、この度の大宰少弐への任命についても「仲麻呂は余程真備の存在が怖いのだろう。だからこそ老いた真備に辞任せよといわぬばかりの人事をしたのだ」と噂されました。すっかり白髪になった真備は「まだ孝徳天皇のために何事かをせよということなのだろう」といって、淡々と任地に赴きました。

四月初め、東大寺の大仏殿の前に仮設の戒壇が立てられ、聖武太上天皇、光明皇太后、孝謙天皇が鑑真、普照らを師として登壇受戒し、続いて四百四十余人が受戒しました。間もなく宣旨《せんじ》が下され、大仏殿の西に戒壇院《かいだんいん》が建立されました。

七月、遣唐副使大伴古麻呂が鑑真一行を伴って帰朝しことで、都はひとしきりその話題で賑わいましたが、遣唐大使の藤原清河の消息は依然として不明でした。不安が重なるうちに、聖武天皇の生母の太皇太后・藤原宮子が没しました。

八月、長安に大使清河の率いる第一船の遭難の噂が伝わりました。このとき李白は阿倍仲麻呂が没したと伝え聞き、「哭晁卿衡」という七言絶句を作って仲麻呂を悼みました。

しかし大使や仲麻呂の乗船した第三船は遠く安南の驩州《かんしゅう》に漂着し、乗船者の大部分は現地で殺害されたり病没したりしましたが、天宝十四年（天平勝宝七年）（七五五年）清河、仲麻呂は十余人の生存者とともに長安に還ってきました。仲麻呂は再び唐朝に仕え、清河も新しく唐朝の官途に就きましたが、二人は異郷で没し、二度とこの国の地を踏むことはできませんでした。

判官布勢人主の乗った第四船の消息はいつまで経ってもありませんでした。

第三十九章　防人《さきもり》の歌

天平勝宝七年（七五五年）二月の初め、家持は兵部少輔《ひょうぶしょうゆう》として、防人を検校《けんぎょう》するために難波に赴きました。東国で徴集された防人は、国々の防人部領使《ことりづかい》に引率されて難波に集結し、検閲を受けた後、船で筑紫に向かい、筑紫、壱岐、対馬など北九州の防備にあたりました。任期は三年、毎年二月に約二千人の防人の三分の一が交替しました。家持は難波に一ヶ月滞在した間に各国の部領使を通じて防人の作った歌を集めました。

霰《あられ》降り　鹿島の神を　祈りつつ　皇御軍《すめらみくさ》に　吾は来にしを
（鹿島神宮の神に武運を祈って、私は天皇の御軍勢に加わった。是非手柄を立てて帰りたいものだ）

韓衣《からころむ》　裾《すそ》に取り付き　泣く子らを　置きてぞ来ぬや　母《おも》なしにして
（韓衣の裾に取り付いて泣きじゃくる子供たちを置いてきました。母もいないのに、今頃はどうしているのだろうか）

父母が　殿《との》の後方《しりえ》の　ももよ草　百代《ももよ》いでませ　我が来《きた》るまで
（父母がお住まいの屋敷の裏のももよ草のように　いつまでもお元気でいてください
　私の帰る日まで）

筑波嶺《つくばね》の　さ百合《ゆる》の花の　夜床《ゆとこ》にも　愛《かな》しけ妹《いも》ぞ　昼も愛しけ
（故郷の筑波山に咲く小百合のように美しい私の妻は、夜の床でも可愛いが、昼日中でも可愛いくて忘れられない）

防人に　行くは誰《た》が夫《せ》と　問ふ人を　見るが羨《とも》しさ物思ひもせず
（見送りの人々に混じって、防人に行くのはどなたのご主人ですか、などと気楽に訊ねる人を見ると何とも羨ましい）

これらの歌は集まった歌の一部ですが、歌は防人は勿論、その父や母、妻や恋人などさまざまな人々によって詠まれていました。

第一首は常陸《ひたち》国那珂郡出身の大舎人部千文《おおとねりべのちふみ》の歌で、皇御軍に加わることへの感動を詠んでいますが、多くは家族と離れ離れになる悲しさや、夫が遠くに行ってしまう切なさ、不安、無事を祈る気持ちが詠まれていました。第二首は他田舎人大嶋《おさたのとねりおほしま》、第三首は生玉部足国《みむべのたるくに》、第四首は第一首を作った大舎人部千文の詠んだ歌です。大舎人千文は、皇御軍に加わったことに深い感動を詠む一方で、可愛い妻との辛い別れの歌も詠んでいます。第五首は防人の妻が、悲しみと羨望の綯い交ぜった複雑な気持ちを詠んだ歌です。防人たちの飾らない歌に感銘を受けた家持は、長歌三首を作って防人を励まし、旅路の安全を祈りました。鬱々とした日々を過ごしていた家持にとって、防人との歌の出合いは心の安らぐものでした。

第四十章　橘奈良麻呂の変

十一月、北風が強く吹く夜、諸兄が病の篤い聖武太上天皇を見舞った後、館で夕べの膳を数名の側近と囲んだ席で酒を酌みながら、

「孝謙天皇は、しばしば田村第の仲麻呂の館を御在所とし、そこに行幸なされる。そのため官人たちの綱紀は緩み、宮中には怠惰の気が漂っている」となにげなくいいました。

そのときには既に光明皇太后の権威を背景にして紫微中台令になった仲麻呂の専横によって太政官という組織が形骸化されていました。

諸兄の言を聞いた諸兄に近侍する祗承人《しょうにん》の佐味宮守《さみのみやもり》が、そのことを仲麻呂に告げると、諸兄を政《まつりごと》の座から引き摺り落とす口実を探していた仲麻呂は直ちに、

「諸兄の言は孝謙天皇を侮辱するものだ」と諸兄を激しく攻撃しました。

このことは、藤原一族に対抗する諸兄の政《まつりごと》を支え、その下で過去の栄光を取り戻そうとする大伴一族にとっては容易ならぬ事態でした。

先に仲麻呂の手によって、諸兄の政《まつりごと》の中枢にいた玄昉は都を追われるように筑紫に西下させられて命を落とし、また、吉備真備は大宰府に、大伴古慈斐も衛門督《えもんのかみ》から出雲の国司に、それぞれ遷任されて朝廷から遠ざけられていました。いずれも仲麻呂が手にした権力を見せつけ、諸兄の政《まつりごと》を揺ぶったものでした。

吹負の子の祖父麻呂《おおじまろ》を父とする古慈斐は家持よりずっと年上ですが、その才知と器量は藤原不比等が娘を娶わせた程でした。仲麻呂の獲物を嬲るようなやり方に、諸兄に多くを頼み、諸兄からも多くを期待されている大伴一族の男たちのなかには将来に危機感を抱き、何事かを成さなければならないという気運が爆発寸前までに達していました。

十二月の初め、佐保の家持の館に大伴一族の男たちが集まりました。

その日の佐保の里は、時折、雲の間から冬の弱い陽が射し、道の傍には黄色く枯れた草や黒く立ち枯れた野菊がありました。夕べになり陽が西の雲を一瞬赤黒く染めると直ぐに暗くなって、雪が舞い落ちてきました。男たちの坐っている板の間の紙燭は忍び込んだ隙間風で大きく揺らいだり、消えたりしました。男たちの前にはいつものように須恵器の瓶《へい》と杯、炙った獣肉、魚の干物、瓜の漬物、いり豆などをのせた皿が置いてありましたが、誰も手をつけようとしませんでした。板の間に敷いた円座の下から冷気が這い上がってきました。若い男たちが、家持、古慈悲、古麻呂の三人を取り巻いていました。

古慈斐は、佐味宮守の密告の報せを聞いて、直ちに、赴任地の出雲から佐保の里に駆けつけていました。半白の頭と穏やかな眼が、不比等が認めた豊かな才能をどこにでもいる好々爺に見せていました。古麻呂は御行を父とし、前年に遣唐副使の任務を果たし、鑑真らを伴い帰朝しました。家持は温容な古慈斐と剛直な古麻呂を信頼し、大伴一族の男たちも二人を慕っていました。多治比鷹主《たじひのたかぬし》が遣唐副使として渡海する古麻呂に贈った歌を詠んだのは、古慈悲の館で張った壮行の宴の席でした。

「仲麻呂の専横は許し難い」若い男が口火をきりました。

「奈良麻呂殿が、仲麻呂を倒し、その後ろ盾になっている光明皇太后、孝謙天皇に退いてもらうために、大伴一族に助力を求めているのに棟梁は何故手を貸さぬ。これまで幾度も申し上げてきた。何故棟梁は逡巡なさる」髭の濃い、眼の鋭い男がまくしたてました。

「棟梁が右往左往しているうちに、謀《はかりごと》によって古慈斐殿は遷任され、諸兄殿は窮地に陥った。仲麻呂は我々を見くびり、嘲笑っている。このままでは大伴一族は息の根が止められるぞ」

「今、皇族の然るべき人を擁立して奈良麻呂殿が檄を飛ばせば大伴の他にも同族の佐伯は無論のこと多治比、賀茂の男たちも必ず立ち上がる」

と大勢の男たちが一族の決起を求めて口々に叫び、或いは嘆願しました。批判は家持に集中しました。

激した言葉が飛び交うのを、小柄で小太りの古慈斐も、痩せて長身の古麻呂も眼を瞑り、腕を組んで聞いていました。かつて家持が越前国の国司であったときに歌を詠み合った池主は、最初家持と眼が合った際、小さく黙礼した後は一言も発することなく悲しそうな眼をして大伴兄人《えひと》と並んで円座に坐っていました。

更に激越な言葉が発せられ、大伴一族の決起、仲麻呂打倒の声が座を圧し、やがて男たちの言葉が尽きたとき、古麻呂と古慈斐とが眼を見合わせて頷き、家持を見ました。

家持は腕を組んで暫らく黙っていましたが、やがて口を開いて、

「天孫降臨のとき先頭に立った天忍日命《あめのおしひのみこと》の子孫の大伴一族の遠祖《おや》は君の御代御代において忠誠の限りを尽くし、天皇家とは伴のなかの伴として強い絆で結ばれてきた。大伴の男たちが剣太刀《つるぎたち》を研いできたのは大君の御門をまもるためである。仲麻呂は不倶戴天の敵だが、これを討ち、孝謙天皇や光明皇太后を退けることは天皇家に弓を引くことになる。大伴はきよらかな

名だ。この名はこれからも語り継がれなければならない。決して軽挙妄動してはならぬ」といいました。家持がこれまでに何度もいってきた言葉でした。

一座を沈黙が支配し、古麻呂の顎鬚が震えていました。男たちは、

「武門の名門に生まれ、しかも兵部少輔の任にありながら、棟梁には奈良麻呂殿のように仲麻呂と対決する気概も勇気もない。我が身の安全だけを考えて厳しい現実から逃避しょうとしている」と嘆声を上げてがっくりと肩を落としたり、両手で面を覆って涙を流す者もいました。家持、古慈斐、古麻呂の三人は、この様子を見て、大伴の男たちはここまで追い込まれているのかと思うと、胸に悲しみといとおしさが込み上げてきました。

男たちは、一人で、あるいは連れ立って館を去っていきました。池主は、都に上がったときにはいつも佐保の里の家持の館に泊まっていましたが、その夜は大伴兄人とともに三人に深く一礼して帰っていきました。外は暗く、雪が直ぐに二人を隠しました。家持が見た池主と兄人の最後の姿でした。

広間には古慈斐と古麻呂だけが残っていました。雪がどさりと屋根から落ちた音が消えると静寂が一層深くなりました。二人は互いの眼を見詰めて、

「棟梁はよく耐えられた。私の出雲への遷任は、仲麻呂の大伴一族への挑発だった。この挑発にのって事を荒立てると、大伴一族を根こそぎ葬り、反仲麻呂派を全滅させる魂胆だった」

「分かっていました、古慈斐殿。しかし血気に逸る男たちをこのままにしておくと、一族の者

同士が憎み合い、争い、滅亡に向うことになりましょう。私はこの体を若い男たちにやり、奈良麻呂殿に組し、仲麻呂と戦おうと思います。古慈斐殿は棟梁の傍にいていただきたい」

「これから棟梁の受ける屈辱の幾らかでも分かつことができれば」と自分を運命に委ねた二人は静かな声で話し、長い間互いの眼を見詰めていました。二人は生きて再び会うことはありませんでした。

天平勝宝八年（七五六年）二月、左大臣橘諸兄は不本意にも老齢を理由に職を退きました。奈良麻呂は、仲麻呂の奸計を憤りましたが、挙兵の態勢が整っていなかったため決起することができませんでした。

諸兄が退いたあとは、右大臣の豊成、大納言の仲麻呂の兄弟が政《まつりごと》の中枢となりましたが、紫微中台令を兼ねていた仲麻呂の勢いは、太政官のみを支配する兄・豊成を圧倒していて、自分に反感を抱く、温厚で人望のある豊成をいつか排除しょうと考えていました。

五月、聖武太上天皇が孤独の中に、多難な五十六年の生涯を閉じました。太上天皇の生涯は、仏法に帰依して、この世を仏土にしたいという大きな夢を追った生涯でしたが、その夢をこの地上に実現することはできませんでした。また、皇族を中心にした勢力と藤原一族の勢力とに囲繞された息苦しい半生でもありました。

その治世には多くの寺院やすぐれた仏像が作られ、平城京を中心に仏教文化が花開きました。こうした仏像のなかで、私の心を惹いたのは興福寺の阿修羅像でございました。阿修羅は軍神だからその像は猛々しい姿をしている筈なのに、この像はもの静かで寂しそうな、少年の顔をしているのです。聖武天皇と光明皇后がこの像を造るにあたって瞼に浮かべたのは、生きていれば十歳位に成長した基王だったのではないでしょうか。父や母にとって自分より早く逝った子ほど愛しく、不憫なものはありません。あの憂いを帯びた眼には無限の悲しみを感じます。

聖武太上天皇は死に臨んで、遺詔によって新田部《にいたべ》親王の子で、天武天皇の孫にあたる中務卿の道祖《ふなど》王を皇太子に立てました。孝謙天皇は独身の女人であることから、この数年、皇嗣を巡ってそれぞれの勢力がさまざまな画策をし、孝謙天皇の皇嗣を容易に決めることはできませんでした。その帰趨によっては、この国を大きな波乱に巻き込むことになるからです。太上天皇は政《まつりごと》の理念を同じくし、忠順であった諸兄を側近から失い、一方、光明皇太后、孝謙天皇、仲麻呂が固く堅く結びついているなかで、皇嗣を決めるのは自分の責務だと考えて遺詔という異例な形で、周囲の異論を排して自身の意志を実現しようとしたのです。

その月の下旬、御大葬の儀が執り行われました。御大葬には二省八官の官人たちが参列し、朱雀門を出た葬列は、衣笠で覆われた柩を中心に、その前後を蓮の花をかたどった紙が撒かれ、大小の笛が奏されるなかを二条大路を東に向かい、柩は佐保山の山陵に葬られました。

光明皇太后は聖武太上天皇の七七忌にあたり、自ら願文を草し、太上天皇遺愛の品々を東大寺に献じました。
諸兄が致任し、光明皇太后、孝謙天皇の上座にあって唯一人仲麻呂を抑えることができた太上天皇が逝って、仲麻呂の専横は一層激しくなりました。
太上天皇の死の直後、出雲国の国司の大伴古慈斐が、天皇に近侍する内竪《ないじゅ》の淡海三船《おうみのみふね》とともに「朝廷を誹謗し、臣下の礼を失した」として衛士府《えじふ》に拘禁されるという事件が出来《しゅったい》しました。二人は三日後に赦免されましたが、古慈斐は遠国の土佐の国司へ追いやられました。この事件は、仲麻呂と意を通じた三船の、古慈斐の言葉の端を捉えた讒言によるものだと噂されました。大伴の男たちは激昂し、古麻呂の館を訪ねる者が多くなりました。

剣太刀《つるぎたち》　いよよ研《と》ぐべし　古《いにしへ》ゆ　清《さや》けく負《お》ひて　来にしその名ぞ
(剣太刀をますます励み研げよ　大伴は古の神の御代から清かに武勲の誉れを背負ってきた由緒ある名であるぞ)

この歌は、古慈斐の事件からほぼ一ヶ月が経った六月の中頃に、家持が「族《やがら》を諭す歌」と題して詠んだ二首のうちの一首です。古慈悲の下獄に激昂している古麻呂らの大伴一族の男たちに、天孫降臨以来の大伴一族の父祖たちの皇祖への忠節を詠い、「祖《おや》の名断つな」と訴えて軽挙妄動を戒め、仲麻呂の挑発をそらし、他方では自身の中立の姿勢を宮廷の内外に示した長歌に続く反歌として作られました。家持にできたのは、祖先の栄光を思い出すことによって、自分を支え、大伴一族の男たちを諭すことだけでした。

現身《うつせみ》は　数《かず》なき身なり　山河の　清《さや》けき見つつ　道を尋ねな
（人の命は短くはかない　だから　濁世を厭離して清らかな山河を見ながら仏の道を修めたいものだ）

この歌は「族を諭す歌」を詠んだ同じ日に「無常を悲しみ、修道を欲《ほり》ひて」作った歌です。諸兄体制の一員として聖武天皇を支えることを夢にした家持に、諸兄の致仕と聖武太上天皇の死は大きな打撃でした。それに続いて古慈斐の事件です。同族の長者が謀られて罪に落とされてもこれを座視した無力感、罪悪感、一族を護り、鼓舞しなければならない大伴一族の棟梁としての責任感、一方そのような世俗とは無縁な清らかな世界に入ることを願う気持ち、家持は悩み、迷い続けました。このような家持を優柔不断と決め付けて、一族の男たちが家持のもとからまた去っていき、仲麻呂もこのような家持を嘲笑し、一層軽んずるようになりました。

天平勝宝九年（七五七年）一月、先に宮廷を追われた諸兄が失意の裡に逝きました。聖武天皇とともに夢を追った七十四年の生涯でしたが、仲麻呂からは、聖武天皇の気儘な遷都を諫止もせず、大仏造像とそれに続く東大寺の建立にも唯々諾々と随い、莫大は経費を費やして民を苦しめたと謗られました。

三月、孝謙天皇は突如、聖武太上天皇の遺詔という異例な形で皇太子の地位に就いた道祖王を廃しました。廃立の理由は「私かに侍童に通じて先帝に恭しきことなし」とか「機密の事、皆民間に漏せり」というような他愛もないことでした。聖武太上天皇が最後の力を振り絞って宣した遺詔は一年も経たないうちに破棄されました。

四月の始めに、孝謙天皇は諸臣から皇嗣についての意見を徴しました。兵部卿の奈良麻呂は長屋王の子の黄文王《きふみおう》を、左大弁の古麻呂と攝津大夫《だいふ》の文屋珍努《ふみやのちぬ》は舎人親王の四男の池田王《いけだおう》を、右大臣豊成は道祖王の兄の塩焼王《しおやきおう》を推すなど幾人かの王の名が挙がりましたが、仲麻呂は意中の王を明らかにすることなく、最後に巧妙にも「臣を知る者は君に若《し》くはなし。子を知る者は父に若くはなし。唯天意に択び給ふ人を奉ぜむのみ」とかわし、皇太子の決定に有利な地位を確保しました。

その数日後、孝謙天皇は諸臣の推した諸王について「塩焼王はかつて聖武太上天皇から無礼を責められたことがある」とか、「池田王は孝行に欠ける」、「船王《ふねのおう》は閨房に乱れがある」など一人ひとり批判して退け、舎人親王の子の大炊王《おおいのおう》を「年は若いが、悪い評判を聞いたことがない」という理由で皇太子にすることを宣しました。豊成以下は「ただ勅命是れ聴かん」と応えたのみで、誰も反対する者はありませんでした。この王は舎人皇子の第七子で、これまでどの大官も問題にしなかった人ですが、仲麻呂はこういう日のくることを想定して、先に亡くなった自分の長男の真従《まより》の妻だった粟田諸姉《あわたのもろえ》を娶わせ、、田村第の館でともに起居していました。道祖王の廃太子と大炊王の立太子は、仲麻呂が謀かり、孝謙天皇がそれに乗ったものでした。

大炊王が皇嗣と定められた日に立太子の儀が執り行われ、皇太子が決定すると、仲麻呂の子の内舎人の薩雄《ひろお》が中衛二十人を率いて田村第にいる王を迎えに赴きました。

このように専横を恣にする仲麻呂に対する反感、憤りが多くの人を結びつけました。その中には仲麻呂の膝元の紫微中台の官人もいました。奈良麻呂や古麻呂らを中心にしたそれらの人々は、政《まつりごと》の中枢の交代を図る計画を密かに練りました。その計画は、仲麻呂を誅殺し、皇太子の大炊王を退け、皇太后の宮を包囲して駅鈴と玉璽を奪い、右大臣の藤原豊成を奉じて天下に号令し、その後に孝謙天皇を廃して、塩焼王、道祖王、黄文王、安宿王の中から天皇を推戴するというものでした。

黄文王、安宿王はいずれも長屋王の子ですが、多くの兄弟が長屋王の変で死罪となったなかで、不比等の外孫であることから死を免れ、また、豊成は仲麻呂の兄ですが、弟の専横を憎み、諸兄を支えてきた謙虚な人物として知られていました。

五月、仲麻呂は、皇嗣問題の抜き打ち的な処理が必ず反対派の逆襲の呼び起こすと思い、仲麻呂は紫微令を改めて新たに作った紫微内相《ないしょう》という律令に規定のない令外官《りょうげのかん》に就き、大臣の権限であった「内外諸《もろもろ》の兵事」を吸い上げて、反対派による謀反を制圧する一切の兵力を握りました。

同じ日に、養老律令が施行されました。養老律令が編纂後すぐに施行されず、四十年後の、このときになって施行されたのは、この養老律令を施行しなければならないという実際上の要請ではなく、仲麻呂が祖父の不比等の編纂したこの律令を施行することによって、その功績を顕彰し、自身が紫微内相の地位に就いたことと併せて、藤原一族の勢威を人々に見せつけるためでした。

六月の中旬、反対派の不穏な気配を察知した仲麻呂は、奈良麻呂を兵部卿から右大弁に左遷し、古麻呂を陸奥鎮守将軍に補任して都から放逐するなど、突然大幅な人事をし、その後には息のかかった者を据えて守りを固めました。

七月、奈良麻呂、古麻呂らは、最後にこれまでに決められたことを確認し、成功を誓うため、大胆にも決行予定日の三日前の蒸し暑い夜、太政官院の庭に集結しました。

一同は口々に「時既に過ぐべし。宜しく立ちて拝すべし」と叫び、天地四方に礼拝し、塩汁を啜り、誓いを交わしました。しかしこの計画は周到さに欠け、いたるところから情報が漏れ、右大弁の巨勢堺麻呂《こせのせきまろ》、医師の答本忠節《たほのちゅうせつ》、黄文王、安宿王の弟の山背王や中衛舎人《ちゅうえのとねり》の上道斐太都《かみつみちのひたつ》らによって、孝謙天皇や仲麻呂に密奏されました。

決起予定の夜、仲麻呂は兵をもって謀議者の一人、先の備前国の国司の小野東人《おののあずまひと》らを捕らえ監禁し、廃太子道祖王も右京の館に拘束しました。奈良麻呂らはその夜、挙兵することができませんでした。

翌々日、東人らは拷問に屈して自白し、また、先にお話した佐伯全成《またなり》は、反対派に組することを拒んでいましたが、結局は説得されて組し、自白した後に自死しました。

自白に基づいて、容疑者は一人残らず逮捕され、訊問されました。拷問は、藤原房前の子の永手《ながて》、百済王敬福、大炊王の兄の船王の立会いのもとに容赦なく行われ、愚かな者を意味する久奈田夫礼《くなたふれ》と改名させられた黄文王、惑い者を意味する麻度比《まどひ》と改名された道祖王、橘奈良麻呂、大伴古麻呂、多治比犢養《こうしかい》、小野東人、紫微中台の官人・賀茂角足《かものつのたり》、大伴池主、大伴兄人、多治比鷹主らは杖で絶命するまで打たれました。

また、安宿王は佐渡島に、古慈斐は土佐の国司を解任された上に任地にそれぞれ配流となり、豊成は、三男の乙縄《おとただ》が奈良麻呂と親交があったという、ただそれだけの理由で、右大臣から大宰員外帥《いんがいのそち》に左遷されました。処分は徹底したもので、この事件に連座して流罪や官位剥奪などの処罰を受けた官人は四四三人にもなりました。この変によって大伴一族、佐伯一族、多治比一族、橘一族などの氏族は大きな打撃を受けました。

十七年前に起きた広嗣の反乱では、専ら君側の奸を除くことを目的にして、聖武天皇に鉾を向けることはありませんでしたが、この度の奈良麻呂の変では、仲麻呂の専横を憎み、これを倒すためには仲麻呂と深く結び付いている光明皇太后、孝謙天皇、皇太子・大炊王をもそのままにしておけないことになり、天皇の廃立というかつてない異例な事態までに突きすすんでいました。

七月の中頃、家持は右中弁に昇任しました。親交のあった奈良麻呂に加担せず、大伴一族の暴発を抑えた論功行賞とでもいうのでしょうか、家持は、仲麻呂の嘲笑する顔が眼に浮かび、屈辱で全身が震えました。

八月の中頃、仲麻呂は、まず改元の問題を取り上げました。奈良麻呂の変から一ヶ月程経った頃、駿河国から蚕が作り出したという「五月八日開下帝釋標知天皇命百年息」の字が献上され、朝廷はこれを「国家全平之験也」と解釈して慶び、八年続いた天平勝宝の元号を天平宝字《ほうじ》に改めました。紫色の雲が漂うとか、白い雉が献上されるなどの瑞祥が現われるのは天皇の徳のためとされて盛大な祝典が催されたり、改元の理由にされたりしましたが、仲麻呂はこの機を捉えて、人心を一新するために改元するとともに、この改元に事寄せて人々の不安や動揺を和らげるためその年の田租の減免、徭役の減免などの融和策を講じました。

十一月の中頃、肆宴《とよのあかり》が内裏で執り行われ、群臣らはこれに列しました。

いざ子ども　狂業《たはわざ》なせそ　天地《あめつち》の　固めし国そ　大倭《やまと》島根は

この歌は、反対派を始めとして四四三人を殺害し或いは流した仲麻呂が勝利に酔いしれ、ほくそ笑みながら作った歌です。

天地を　照らす日月の　極《きはみ》無く　あるべきものを　何をか思はむ
(皇位は日月のように無窮である筈のものだ、何の心配もいらない)

この歌は、同じ席で皇太子の大炊王の作った、現世の幸に酔いしれた、何とも悠長な歌ですが、七年後には仲麻呂の凋落とともに廃帝となり、淡路島に流されて殺害されました。

天平宝字二年（七五八）年六月、仲麻呂はまたしても家持の運命を弄び、あざ笑うかのように、家持を因幡国の国司に遷任しました。家持が五年の越中国の国司の任を終えて帰還してから七年の年月が経っていました。先の越中国への赴任は、聖武天皇、諸兄の政《まつりごと》を支える一員として任務を果たすという誇りと喜びに満ちていましたが、この度は、仲麻呂によって大伴一族の嫡流・棟梁としての礼節をもって遇せられず、追われるように悄然と因幡国へ向かいました。

八月、孝謙天皇は大炊王に譲位し、淳仁《じゅんにん》天皇が誕生しました。家持が因幡国に赴任してから二ヵ月、奈良麻呂の変から一年が経過していました。譲位の宣命には「既に在位久しく負荷の大任に耐え難くなったことと、母の光明皇太后に人の子として孝養を尽くす閑暇を得たいこと」とされていました。全て仲麻呂が仕組んだことでした。

孝謙天皇は譲位に際して、仲麻呂を大保《たいほ》という、唐風の名称の、右大臣に相当する地位に就けました。そして「汎《りろ》く恵《めぐ》むの美、これより美はなし」との意味の「恵美《えみ》」の二字を藤原に加え、「暴を禁じ強に勝ち、戈《か》を止め乱を静む」との意味の「押勝」の名を授け、さらに「鋳銭《ちゅうせん》、挙稲《ことう》及び恵美の家印を用」いることを許しました。鋳銭、挙稲は、朝廷のみがおこなうことができ、朝廷以外の者がおこなうことは厳禁されていました。「恵美の家印を用」いるとは「恵美家印」を官印として使用することができるということで、まさに国の権力が仲麻呂に譲られた、異常な状態になりました。

藤原恵美押勝の名になった仲麻呂の、淳仁天皇の背後にあっての専横ぶりに、人々は「あってはならないことだ」と憤り、嘆き、この国の将来に大きな不安を感じました。仲麻呂は、太政大臣を大師《たいし》、左大臣を大傅《たいふ》、右大臣を大保《たいほ》、大納言を御史太夫など百官名を全て唐風に改易しました。

家持は因幡国の国庁で、大炊王が即位し、仲麻呂が大保の地位に就いたことを知りました。全ての誘惑から身を護り、大勢の一族の男たちが斃れるのを見過ごしてようやく大伴一族の滅亡の危難を脱したものの、隠忍の月日のうちに抱き続けた復古の夢は砕け散り、周囲にはあの池主も古麻呂も兄人もいませんでした。

因幡国の夏は暑く、明るい北の海上の空には雲の峰が連なり、晩秋の空には風が笛のような高い音を立てて吹き荒び、冬には雪がしんしんと降り積りました。雪が降り積もると付近の寺々の鐘の音も雪に吸収されて静寂が辺りを支配しました。

天平宝字三年（七五九年）一月、家持は、

新しき　年の始の　初春の　今日降る雪の　いや重け《し》吉事《よごと》
（新しい年の初めの　初春の　今日降る雪のように　ますます重なれ吉き事よ）

という歌を作りました。この歌は、家持が因幡国に赴任した翌年の春正月一日、国庁で国府の官人たちとともに開いた新年の宴の席で、しんしんと降り積る雪を見ながら前途を祝福して詠んだ歌です。居並ぶ官人や郡司たちは、この歌をありきたりの寿ぎの歌と聞き流しましたが、四十二歳の家持の胸の奥には抑えることのできない悲しみが湧き上がっていました。この歌を詠ったあと、家持は二十六年後の延暦四年（七八五年）八月、持節征東将軍として赴いていた陸奥国の多賀城《たがじょう》において六十八歳で没するまで歌を作ることはありませんでした。歌を作って披露するような世の中の状況や心境ではなかったのでしょう。

仲麻呂は訪れた栄華を、自己の手腕によるものだと自負しながらも、その真の拠りどころは光明皇太后、孝謙太上天皇の母娘の持つ朝廷の権力であることを知り、またその権力の内部には、依然として仲麻呂を嫉視し、嫌悪する一派が反撃の機会を狙っていること、そしてそれに同調している同族の存在も知っていました。

九月、仲麻呂は、この国の使節に無礼があったとして新羅を攻めるのために北陸、山陰、山陽、南海道の諸国に軍船五百艘の建造を命じました。他国との緊張関係を作って国内の矛盾から人々の眼を逸らせるためでした。

天平宝字四年（七六〇年）一月、仲麻呂は、大傅（左大臣）を経ないで大師（太政大臣）になりました。大保の地位に就いてから僅か一年半のことでした。皇族以外で初めての、不比等ですら生前に就くことを躊躇った、大師（太政大臣）の地位でした。仲麻呂が大師になってからその専断はいよいよ募り、宮中には白々とした空気が漂い、政《まつりごと》は停滞しました。

二月、天竺僧菩提僊那が、西大寺で西方を向いて合掌したまま五十七歳の生涯を閉じました。ヒマラヤを越えて入唐し、長安で活動していたところを遣唐副使の中臣名代らの要請により林邑僧仏徹らとともにこの国に渡り、僧正に任じられ、大仏の開眼供養が執り行われるにあたって、聖武太上天皇に代わって開眼の導師を務めるという数奇な生涯でした。

第四十一章　仲麻呂の乱

六月、天神地祇への祈願、宮中での大般若経の読経などの甲斐もなく、病床に臥していた光明皇太后が六十歳で他界しました。十六歳で首皇子の妃になってから夫の即位、基皇子の夭折、自らの立后、国分寺、国分尼寺、東大寺の造営、聖武天皇の譲位後は紫微中台を設けて娘の孝謙天皇の執政を補佐するなど、その果たした役割は大きいものがありました。陵は佐保山に聖武太上天皇の陵と並んで造られました。

光明皇太后の死は、仲麻呂の将来に暗い影を落とすことになりました。光明皇太后が喪くなったことによって、仲麻呂を背後から支えていた紫微中台は廃止されましたが、仲麻呂は既にそのような組織を必要としないまでの地位に昇っていて、かねてからの計画通り、親族同様の淳仁天皇の下で太政官を舞台に、政《まつりごと》を専横していました。

こうなると孝謙太政天皇を重くみる必要がなくなり、そのことがやがて仲麻呂が、孝謙太上天皇、道鏡《どうきょう》と対立する伏線になりました。

一方、母の光明皇太后の死は、孝謙太上天皇にも仲麻呂とは違った打撃を与えましたが、反面、母と母を取り巻く勢力による制約から自由になりました。孝謙太上天皇は、嫡流でない淳仁天皇を歯牙にもかけていませんでした。

天平宝字五年（七六一年）十月、孝謙太上天皇は肩の凝りや、頭痛、のぼせ、不眠、めまいなどに悩み、少しのことに不安になったり、いらいらしたり、感情の起伏が激しくなったので療養のために近江国の離宮・保良《ぼら》宮に行幸しました。保良宮は、近江の海から流れ出す瀬田川の右岸にあって、いつでもきれいな水の流れを見ることができました。孝謙太上天皇も父のようにきれいな水の流れを見るのが好きでした。

父の聖武太上天皇が逝って五年、母の光明皇太后が逝って一年、淳仁天皇に位を譲って三年が過ぎて、孝謙太上天皇は四十三歳になっていました。

保良宮への行幸には淳仁天皇が同行し、道鏡も随行しました。

道鏡は河内国弓削の豪族の出身で、義淵に仏法を学び、葛城山《かつらぎ》に籠って修行し、星座の運行から人の運命を占うことのできる宿曜秘法《すくようのひほう》に達し、その施す按摩や、薬湯、看病の効能は世評が高く、当時少僧都の地位にあった兄弟子の良弁《ろうべん》の推挙で宮中の寺院である道場に入っていました。

孝謙太上天皇は、このような行幸には必ず従駕していた仲麻呂がこの度も政《まつりごと》と称して都に残り、自分の意を迎えようと卑屈なまでに取り入ったこれまでの仲麻呂とは違って、自分を軽んずるようになったことに気付きました。

孝謙太上天皇は、込み上げてくる怒りのなかで、仲麻呂が自分と距離を置き始めたのは大炊王が即位した頃からだったことに思い至りました。そうすると全てが透けて見えてきました。見えてきたものは、仲麻呂が自己の利益、自己の栄達だけを目的にして自分に擦り寄ってきたこと、父の聖武太上天皇の遺詔を踏みにじり、策略をもって身内同然の大炊王を即位させ、その淳仁天皇の下で権勢を恣にしていること、淳仁天皇はこの国の天皇ではなく、自分のための天皇でもなく、仲麻呂のための天皇に過ぎないこと、そして自分は仲麻呂の野望達成のために利用されただけだということでした。

孝謙太上天皇は仲麻呂の全てが嫌になり、穢く見えました。かつて「恵美押勝」を名告らせ、貨幣鋳造などの特権を与えた程好もしく思ったことが信じられませんでした。

孝謙太上天皇は、この頃夕刻になると決まって襲うようになった微熱と不安を鎮めるために高殿の回廊に出て、そこから赤い夕陽の中を流れていく瀬田川の水を見ました。清冽な水の流れは、孝謙太上天皇の微熱と不安を少しずつ取り去りました。陽は既に西の山々の中に没し、空は濃い紫色が消えて、薄暗がりが周囲の山々の上に拡がりました。薄暗がりが闇になって光が失われると、それにつれて星の輝きが冴えてきて、星明かりの中で淙々と流れる水を見ているうちに気持ちの落ち着いた太上天皇は、こめかみにあてていた親指と人差し指とを離して、回廊を離れました。

道鏡は内道場で一人薬を練り、湯を沸かし、経を唱え、日夜枕頭にあって看病しました。病気平癒を祈る道鏡の読経は、寂しく、不安な、独り身の太上天皇の心を穏やかにし、煎じる薬湯は冷たい体を温め、施す按摩は固く凝った肩や腰を柔らかくしました。道鏡の年齢は太上天皇よりも幾つか年上でしたが、深山での修行で鍛え抜いた体は頑健で大きく、声は太く、仏に長年仕えてきた心は清らかでした。

このような日々が三ヶ月続いて、太上天皇は眠ることができるようになり、頭痛、めまい、肩こり、怒り、悲しみ、苦しみは少しずつ和らぎ、表情の乏しかった顔には次第に明るさとやわらかさが浮かぶようになりました。

健気に看病する道鏡に信頼を置くようになった太上天皇は、道鏡に故郷の河内国の弓削について訊ねました。

道鏡は、弓削の地の山川、草花、伝説などについて語りました。とりわけ広く拡がる水田の、植えたばかりの青々とした稲の苗の上を風が渡り、風の通り道に沿って苗が揺れ、それが波のようにつたわっていく様子や、夏の稲の熟する強い匂い、秋のたわわに稔った稲穂、雪で真っ白に覆われた別世界のような清浄な田圃、そしてその中央に佇んでいる、雷に打たれて真っ二つに裂けながらも春には青い新芽をだそうとしている榎《えのき》の大樹について熱心に語り、師の義淵や、同郷の兄弟子の行基らについて誇らしく語りました。

道鏡は美しく、高貴な女人と話しをするのは初めてでした。

次の日、太上天皇は薬草について訊ねました。

その次の日からは毎日のように道鏡の葛城山中での修行のことを訊ねました。道鏡は、聞かれるままに葛城山の頂上付近の、渓谷に張り出した岩窟で瞑想に耽った日々のこと、美しい明けの明星、季節毎に変る渓流の音、間近に聞いた北に帰る渡り鳥の羽音や、傍らで轟いた雷と稲妻の光、深雪に覆われた気高い峰々、長く悲しい狼の遠吠え、群青色の空に漂う白い雲などについて語りました。

　太上天皇は道鏡が話すのを黙って聴いていました。太上天皇は、初めて何の企みを持たずに話す人の話を聴いたように思いました。

　道鏡は、美しく、高貴で、純粋な心をもった太上天皇を尊敬し、憧れ、慕うようになりました。

　二人の話は次第に心のことに及ぶようになりました。道鏡は太上天皇の話すことをひたすら聴き、聴いた後、必要なことだけを少し話したり、訊ねたりしました。太上天皇は、道鏡が心を開いて自分の言葉を開いて聴いてくれていること、一言も聴き漏らすまいとしていること、言っていることを全て理解しょうとしていること、また言葉の背景を感じ取ろうとして耳を澄ませているのが分かりました。

　太上天皇は、道鏡が傍にいると気持ちが落ち着き、不安や悲しみ、怒りなどが去って心が洗われたようになり、悦びが、小波が浜辺の砂を濡らすようにゆっくりと心の襞を濡らしました。太上天皇は長い間漠然と探し求めていたものが道鏡だった、長い年月が経ったがようやく会うことができたと思いました。このような気持ちになったのは初めてでした。太上天皇の二度目の恋でした。太上天皇の病は次第に快方に向いました。

　孝謙太上天皇の愛情を巡って道鏡に敗れた仲麻呂は、二人に嫉妬し、不安になり、焦燥に駆られました。仲麻呂は太上天皇と深い関係にあり、その権勢も太上天皇との関係に大きな拠りどころもっていたから深刻でした。仲麻呂は「取り返しのつかないことになった」と、事態を打開するために、太上天皇のもとを何度も訪れましたが、会うことは許されませんでした。淳仁天皇も、太上天皇と道鏡との関係を憂慮していました。仲麻呂の不安や焦慮は、自分の不安であり焦慮であるからでした。

天平宝字六年（七六二年）五月の中頃、太上天皇は淳仁天皇から「看病禅師道鏡との関係についてとかくの噂があるので慎んでいただきますように」との諫言を受けました。太上天皇はこの言葉を聞いて淳仁天皇と、このことを淳仁天皇にいわせたに違いない仲麻呂を「礼儀をしらぬ」と激怒して、一臣僚に過ぎない仲麻呂と、仲麻呂の親族同然の、天武天皇の嫡流でもない淳仁天皇とを許しがたいと思いました。

直ぐに孝謙太上天皇は、八ヶ月を過ごした保良宮を出て、道鏡を伴って平城京の法華寺に入り、出家して仏弟子になって法基尼と号しました。

六月の初め、孝謙太上天皇は五位以上の官人を朝堂に集めて、淳仁天皇の言動について「今の帝と立ててすまひくる間に、うやうやしく相従う事はなくてまとひらの仇のいえるごとく言ふまじき辞《こと》も言ひぬ。為すまじき行《わざ》も為《し》ぬ」と非難し、更に「政事は、常の祀り小けき事は、今の帝行ひ給へ。国家の大事、賞罰二つの柄《もと》は朕行《あ》はむ」との宣命を太上天皇の資格で下し、淳仁天皇から天皇としての最高の権能を取り上げました。

光明皇太后が在世中は、その娘・孝謙太上天皇と、従兄の仲麻呂及び仲麻呂の擁立した淳仁天皇との間には問題はなかったのですが、光明皇太后が没すると両者を仲介できる者がいなくなりました。

この宣命は、淳仁天皇と、天皇と一体化した仲麻呂に対しての絶縁を宣告したものであり、「言ふまじき辞」とは太上天皇への諫言であるのはいうまでもありません。天皇の権能を取り上げるというような重大な宣命が下されても、現に天皇の地位にある淳仁天皇も、あれだけの勢威を誇った仲麻呂も、太上天皇の厳しい仕打ちにただうろたえるだけで何の抵抗もできませんでした。

十二月、孝謙太上天皇の愛情を失い、焦慮に駆られた仲麻呂は、七月に腹心の参議紀飯麻呂《きのいいまろ》が、九月にも同じく腹心の中納言・石川年足《いしかわのとしたり》が相次いで病没したため、二人の子・訓儒麻呂《くすまろ》、朝狩《あさかり》、さらに女婿の藤原弟貞《おとさだ》らを参議に任じました。一年の間に、一月に参議に昇任させた真先《まさき》と併せて三人の子と一人の女婿を枢要な地位に就けるというあからさまな人事は、多くの官人たちの顰蹙を買い、北家、式家、京家などの同族からも非難されました。

このような仲麻呂の傍若無人の振る舞いに憤った藤原良継《よしつぐ》は、仲麻呂の専横に不満を抱いていた佐伯今毛人《さえきのいまえみし》、石上宅嗣《いそのかみのやかつぐ》、大伴家持と提携して、仲麻呂を一挙に倒そうと謀議を重ねていました。藤原良継は式家の祖・宇合の次男で、兄の広嗣の反逆の累が及んで伊豆に流刑となり、二年後には罪を赦されて官に復し、相模国《さがみのくに》、上総国《かずさのくに》の国司などを歴任しましたが、治績なしと評され、不遇の日々を送っていました。良継は、そのときはまだ従五位上の上野国《こうずけのくに》の国司で、天平十八年（七四六年）に昇任してから既に十六年の年月が過ぎていました。

一方、従兄弟の若い息子たちは揃って参議に進み、その下僚に甘んじなければならない良継は、同じように不満を抱く人たちと結び付きました。家持は良継の誘いに応じました。奈良麻呂の変で古麻呂や池主、兄人が杖で打たれ血みどろになって死ぬなど多くの大伴の男たちが殺され、古慈斐を見捨てざるをえなかったという悲惨な経験をした家持は、あの事件以後、呪縛から解き放たれたかのように逡巡を振り切り積極的な行動をとるようになりました。

天平宝字七年（七六三年）三月、この謀議は、右大舎人の弓削男広《ゆうげのおひろ》の密告により仲麻呂の知るところとなり、四月に四人は拘束され、糾問されましたが、良継は謀議を認めず、自分一人が企てたと主張して刑罰を一身に引き受け、八虐《はちぎゃく》の一つの大不敬の罪により姓と官位を剥奪されました。

五月、鑑真が西に向かって結跏趺坐したまま息を引き取りました。六回目にして遂にこの国の地を踏んだ失明の老僧鑑真は、東大寺に戒壇院をひらき、以後、七十六歳までの十年間のうち五年を東大寺の戒壇院の北に建てられた唐禅院で、後の五年間を唐招提寺で過ごし、聖武天皇を始めとする多くの人々に授戒しました。淳仁天皇は即位すると同時に、その功に報いて「大和上《だいわじょう》」の尊号を贈り、唐招提寺が西京の新田部《にたべ》親王の旧宅に、平城京の朝集殿《ちょうしゅうでん》を移築するなどして造られました。

万里伝燈照
風雲遠国香
禅光耀百億
戒月皎千郷
哀哉帰浄土
悲矣赴泉場
寄語騰蘭跡
洪慈万代光

万里伝燈《でんとう》照らひ
風雲遠国に香《か》ぐはし
禅光百億に耀《かがや》き
戒月《かいげつ》千郷に皎《あきら》けし
哀れなるかも　浄土に帰ること
悲しきかも　泉場に赴《おもぶ》くこと
語《こと》を寄す騰蘭の跡
洪慈《こうじ》万代に光《て》らむ

この詩は、仲麻呂の子の刷雄が鑑真の死を悼んで作りました。入唐した刷雄は、鑑真一行と帰国の苦難をともにするうちに感化を受けて出家し、鑑真と深く交っていました。

鑑真は晩年挫折感に襲われ、僅か二年で大僧都の地位を退きました。人の心のあり方として律を説く鑑真の教えと、大仏を祀って鎮護国家を、薬師を祀って病気平癒をと現世の利益《りやく》を願うこの国の僧との間には大きな隔たりがありました。

九月、孝謙太上天皇は、淳仁天皇と仲麻呂を揶揄するかのように、道鏡の栄達の第一歩として少僧都《しょうそうず》の地位に就けました。少僧都は、仏教界において僧正、大僧都に次ぐ高い地位です。仲麻呂は、このことに大きな衝撃を受けました。

仲麻呂は、前年の太上天皇の宣命以来、道鏡に憤り、嫉妬に燃え、太上天皇を恨んで悶々とした日々を送っていましたが、この人事によって、太上天皇の心が自分から遠く離れ、元に戻ることがないことを改めて知りました。そして自分の権勢が太上天皇あってのものだったこと、また、長年の専横が宮廷に多くの敵をつくっていたことにも気付き、このままでは失脚するとの恐怖に慄き、このことが仲麻呂から冷静さを失わせ、この事態に対処するには、太上天皇や道鏡らを排除するより他の手段はないと考えました。

天平宝字八年（七六四年）正月、仲麻呂を倒す企ては、良継が刑罰を一身に引き受けることによって落ち着いたように見えましたが、事件はそれで終わらず報復人事が待っていて、佐伯今毛人は官位を剥奪され、石上宅嗣は大宰少弐に、家持は薩摩国の国司にそれぞれ左遷されました。

同じ日に、仲麻呂は辛加知《からかち》を、東国の関門を扼する越前国の国司に任ずるなど、先に参議に就けた三人の子以外の三人の子や腹心の部下を内乱に備えて要職に配置する一方で、このような見え透いた人事を覆い隠すためか、仲麻呂は吉備真備の提出した辞表を認めず、造東大寺司に任じました。

真備は、仲麻呂によって都から遠ざけられた十四年のうち四年は筑前、肥前の国司を歴任、遣唐副使の任を果たし、その後の十年は、大宰少弐、大宰大弐として、新羅の進攻に備えて筑紫に怡土《いと》城を築き、淳仁天皇から「万一、安禄山の軍勢が攻めてきたときのために奇謀を設けよ」との勅を受けて、二度の唐滞在によって培った人脈を伝って情報の収集や、船、兵士、水手の検校などに携わりました。

天平宝字八年（七六四年）九月の始め、仲麻呂は淳仁天皇の名により、近畿一円の軍事を一手に掌握するために都督・四畿内《しきない》・三関《さんけん》・近江・丹波・播磨等兵事使の地位につきました。仲麻呂はこの地位に就くと、これらの国々から上番制による兵士として徴発することのできる人数を密かに増し、また、新羅を攻めるために準備していた軍勢を、孝謙太上天皇側を倒すための挙兵に振り向けようとしました。

さらに仲麻呂は、擁立した淳仁天皇の兄弟の船王や池田王らと緊密な連絡をとるとともに、美濃国、越前国、近江国などにおいて、子や腹心の配下を充てた国司などを通して挙兵に備えました。

これらの仲麻呂側の行動は、文室浄三《ふんやのきよみ》や大津大浦《おおつのおおうら》、大外記《だいげき》の高丘比良麻呂《たかおかのひらまろ》らによって太上天皇側に報告され、反乱の計画を知った太上天皇は、直ちに七十歳の真備を参議に補任し、中衛大将を兼ねて用兵にあたらせることにしました。

太上天皇側は、仲麻呂の挙兵寸前に先手を打って中宮院の淳仁天皇の座所に保管してある、皇権の発動に必要な御璽と、振り鳴らして駅子や駅馬を徴発できる駅鈴を収めようとしました。戦いは御璽と駅鈴の争奪から始まり、仲麻呂側は御璽と駅鈴を持ち出しましたが、その場に赴いた訓儒麻呂は、太上天皇の勅命を受けた坂上刈田麻呂《さかのうえのかりたまろ》の矢を受けて戦死しました。

仲麻呂は、太上天皇側の準備が充分なのを知り、平城京での戦いを避けて、淳仁天皇を連れ出すことができないまま、その夜一族郎党を率いて田村第の館を出て、近江国に向かいました。近江国は一族の本拠地であり、仲麻呂が長年、国司を兼ねていました。仲麻呂は、近江国の国庁を拠点に、不破、愛発《あらち》、鈴鹿の三関を閉ざして太上天皇側に東国からの援兵の来るのを遮断する一方で、近江、美濃、伊勢など兵事使として掌握する諸国の兵を糾合して反撃に出ようとしました。

太上天皇側は、仲麻呂の官位、藤原の氏姓を剥奪し、三関を固める手配を命じ、仲麻呂討伐の軍勢を派遣しました。二十年に亘って専横をきわめた仲麻呂の挙兵は、平城京の内外を震撼させましたが、忍従を強いられていた諸王や官人たちは、太上天皇の命を受け勇躍として追撃にあたり、一年半前に、仲麻呂によって官位を奪われた良継も、太上天皇の詔を受けると即日兵士数百人を率いて追撃に参加しました。

討伐軍は、仲麻呂より先に近江に到達し、瀬田の橋を焼き、仲麻呂の前進を阻みました。やむをえず仲麻呂は進路を変え、湖北の前《さき》の少領角家足《しょうりょうつぬのいえたり》の館に泊り、平城京から伴ってきた、廃太子道祖王の兄塩焼王を擁立して天皇の地位に就け「今帝」とし、再起を図って子の辛加知が国司に任じられている越前国を目指しましたが、そのときには辛加知は既に討伐軍によって斬られ、越前国は討伐軍の手に落ちていました。

このことを知らない仲麻呂は、陸路や海路から越前国に入ろうとしましたがかなわず、後退して近江国高島郡の琵琶湖西岸の三尾崎《みおのさき》の古城に拠って挑んだ決戦にも敗れて、なおも湖上に浮かんで窮地を脱出しようとしていたところを兵衛石村石楯《いわれのいわたて》に斬られ、その首級は塩漬けにされて平城宮に送られ、二条大路に曝されました。

捕らえられた一族郎党三十数人と塩焼王は斬首され、仲麻呂の乱は御璽と駅鈴が中宮院から持ち出されてから僅か八日で鎮圧されました。仲麻呂は五十八歳、正一位太政大臣という栄華を極めた者としては儚い最後でした。

仲麻呂の子息がことごとく戦死又は斬刑に処せられる中で、鑑真を悼む詩を作った刷雄だけは若くして禅行を修めたとして死を免れ、隠岐国に配流されました。

第四十二章　称徳天皇と道鏡

仲麻呂の変が鎮圧されて二日後の九月の下旬、藤原宇合の子の広嗣、良継の弟にあたる討賊将軍藤原蔵下麻呂《くらじまろ》が平城宮に凱旋すると直ぐに、太上天皇は大宰員外帥に左遷されていた豊成を右大臣に、道鏡を少僧都から一挙に「大臣禅師」に任じ、その処遇を大臣と同じにしました。道鏡を「大臣禅師」いう新しい地位を設けてまで遇したのは道鏡の歓心を買うためだとか、道鏡の要請によるものだと噂されましたが、事実は別の処にありました。一年前に少僧都に任じたときも、この度大臣禅師に任じたときもそうでした。

一年前の秋の爽やかな朝、内道場には道鏡の煎じたあたたかい薬湯の香気が漂い、太上天皇は薬湯を捧げ持つ道鏡を見詰めていました。道鏡の顔や手足は薬草を求めて山野を跋渉したため陽に灼けて逞しく、耳は狼や猪などの獣から身を守るためにいつもそばだてていたので大きく、眼は雲の色や風の方向、星座の輝きなどから明日の天候を知ったり、人の運命を占うために力がありました。

太上天皇は、心から不安や悲しみ、怒りが去って安らぎ、顔には明るさがありました。太上天皇はこの悦びを道鏡に伝え、悦びを分かち合うために、道鏡の喜ぶものを授けようと思いました。太上天皇は、道鏡が何を欲しているのか、何を喜ぶかが分かりませんでしたが、ふと道鏡を看病禅師として推挙して内道場に入れた、今は僧綱の筆頭の大僧都に昇進している良弁が、当時少僧都の地位にあったことを思い出し、道鏡を少僧都の地位に就けようと思いました。少僧都は兄弟子の良弁の就いていた高い地位であり、官人たちを高い地位に就けると喜ぶことを知っていたからでした。

太上天皇が道鏡にその旨告げると、道鏡は、

「少僧都の地位がどのように重く、良弁殿が世のためにどのように尽くされたかもよく存じています。お気持ちはありがたく存じますが、私の任ではございません。私にできることは、ただ薬を練り、薬湯を煎じ、按摩を施し、経を誦して、人々の固く凝った心や身体を柔らかくほぐすことでございます」と荒れた無骨な両手を握り締めていいました。

太上天皇には思いもかけない返事でした。官人たちの誰もが昇進を願い、それが叶うと喜びましたが、昇進を固辞する男のいることを知らなかったこと、そしてそれ以外に授けるものを持っていないことを悲しみました。

道鏡は、固く両手を握り締めたまま黙って太上天皇の顔を見詰めていました。やがて道鏡は、太上天皇の眼に浮かんだ深い悲しみを見て、（美しく、気高い、この国第一の太上天皇を悲しませてはいけない）と思い、少僧都の地位に就くことを心ならずも承諾しました。太上天皇は

ようやく自分の気持ちが道鏡に通じたと思って喜び、道鏡は太上天皇の眼から悲しみが消えたので安心しました。

この度、仲麻呂の変が鎮圧された直後に、道鏡を一挙に大臣禅師という新しい地位を設けてまで処遇したのは、太上天皇が道鏡の喜ぶ顔をひたすら見たかったためでした。

道鏡は再び固辞しました。太上天皇は（道鏡が固辞するのは、仲麻呂の乱の鎮圧に功績のあった官人らの思惑を顧慮してのことだろう）と思いましたが、道鏡の決意を翻すことは容易ではありませんでした。しかし太上天皇の「仏教を隆《さかん》にせんと欲するならば高位なくんば即ち衆を服することを得ず」という言葉に、仏教の隆盛を願う道鏡は抗《あらが》うことはできませんでした。

このように道鏡が少僧都や大臣禅師の位を自ら求めたことことはなかったのですが、それはともかく僧侶がそのまま大臣になったことはこれまでに例がなく、人々はこの異様さに驚くとともに、太上天皇側に立って乱の鎮圧に武器をとって参加し、一挙に栄達の機を掴もうとした官人たちには大きな衝撃を与えました。また、道鏡が太上天皇の支持を得て少僧都から一挙に大臣に起用されたことは、仲麻呂が道鏡に替わっただけのことで、人々に次の世も乱脈な世になるだろうということを強く印象づけ、人々を不安にしました。

仲麻呂の死によって、仲麻呂が太政大臣を大師、大納言を御師大夫などと唐風に改易した官名は直ちに廃止されて従前のものに戻され、仲麻呂が計画した新羅への進攻は実行されることはありませんでした。

十月、仲麻呂の乱の一ヶ月後、太上天皇は突如、和気王《わけ》らに兵数百をもって中宮院を包囲させて淳仁天皇を捕らえ、「仲麻呂と深い関係にあった」という理由で天皇を廃して、淡路に配流しました。天皇は反乱に関与していなかったために殺害されることはありませんでした。

同月、孝謙太上天皇は称徳天皇として法体《ほったい》のまま重祚しました。

淳仁天皇を皇位から退けた宣命は、皇太子は相応しい人物が現われるまで置かないという異例の決意が示され、「天の授け給はむ人は漸《やや》に現れなむ」と続き、さらに聖武太上天皇が遺詔で「王を奴と成すとも、奴を王といふとも、汝の為むまにまに」といわれたと述べていました。天皇の廃立が称徳天皇の意のままにすることができるなどとするこの宣命は、人々を驚かせ、不安を一層大きくしました。

淳仁天皇を廃し、独り身の、自己の血に繋がる皇嗣をもたない重祚後の称徳天皇の関心は煩瑣な政《まつりごと》にはなく、専ら皇位の護持と皇嗣とにありました。奈良麻呂の変や仲麻呂の乱によって天皇の地位を退けられ、或いは命を脅かされることが企てられ、企てた者は皇族に連なる奈良麻呂を中心とする諸王であり、寵臣であった藤原一族の仲麻呂でした。仏弟子としての称徳天皇は、皇室も、藤原一族も信頼することができず、頼みとすることができるのは看病禅師道鏡一人でした。

道鏡は以前と変ることなく部屋を暖かくし、薬を練り、薬湯を捧げ、経を誦していました。称徳天皇は、このような道鏡を見て、（貞《ただ》しく浄《きよ》き心をもって変わることなく仕えてくれる道鏡を天皇の地位に就けよう、そうすればその教えに導かれて、この国は聖武天皇の目指した仏土になる。聖武天皇の嫡流の尊貴の血を受け継ぐ朕は、全てにおいて自分の意志を貫くことができる）と考えて、皇太子は相応しい人物が現れるまで置かない、「天の授け給はむ人は漸に現れなむ」の宣命を、道鏡を天皇位に就けるための布石としました。

称徳天皇は、既にこのときまでに「王を奴と成すとも、奴を王といふとも、汝の為むまにまに」との聖武太上天皇の詔を拠りどころにして皇太子の道祖王を退け、淳仁天皇を廃していました。

しかし称徳天皇は、道鏡を天皇の地位に就けるのは道祖王や淳仁天皇の場合と異なって至難のことだと思いました。

称徳天皇は、これまで父の聖武天皇の詔を拠りどころに自己の血による正統性を主張して、自己の意志を貫いてきましたが、道鏡を天皇の地位に就けるには血による正統観を捨てなければならないという矛盾に逢着するからでした。これまで広嗣、奈良麻呂は勿論、仲麻呂さえも皇統につながらない者を天皇の地位に就けようとはしませんでした。

称徳天皇は、道鏡を天皇位に就けるためにはその地位を強固にし、同時に障害となるものを取り除かなければならないと決心しました。

天平宝字九年（七六五年）一月の初め、仲麻呂の乱が神霊の護りによって平定されたとして元号が「天平神護《じんご》」に改められました。

三月、寺院以外の墾田開発を禁ずる加墾禁止令が出されました。これは先にも触れましたが、二十数年前に制定された墾田永年私財法によって口分田の不足を解消するために墾田を私財にすることを認めましたが、墾田を私財にすることができたのは、法の意図する農民ではなく、墾田する余裕のある藤原一族や大寺院などで、この国の体制の根幹である公地公民制を大きく揺るがせました。このことを憂慮した太政官の官人たちは「天下の諸人競って墾田を為して勢力の家は百姓を駈役し、貧窮の百姓は自存する暇なし」と全面的な加墾禁止を上奏しました。しかし称徳天皇は仏教を盛んにするためという理由で寺院を加墾禁止の対象から外して、大寺院の既得権を保護することによって、道鏡の仏教界における地位を強固にしようとしました。

加墾禁止令を骨抜きにしたことは、官人たちの間に「何をいっても変わらない、何をいっても無駄だ」との投げやりな気分を蔓延させました。

また称徳天皇の周辺の皇族や官人たちは、次々に嫌疑を受け、葬られました。

まず淳仁前天皇の兄弟の池田王と船王とが「仲麻呂と親しい関係にあった」との理由でそれぞれ土佐国と壱岐国に配流されました。

天平神護元年（七六五年）八月、舎人親王の孫で、淳仁前天皇の甥にあたる、仲麻呂の乱に軍功のあった和気王《わけおう》が謀反の疑いで誅殺されました。この事件については、和気王が当時の朝廷において舎人親王の末裔として唯一人残っていた皇親であったことから、称徳天皇が舎人親王の血に繋がる皇統を皇位に就かせないために仕組んだものだと噂されました。

称徳天皇はこれらの一連の事件で、道鏡を皇位に就けるのに障害となると思われる人たちを排除しました。

十月、称徳天皇は紀井国の海浜で遊び、帰途に道鏡の故郷の河内国の弓削に赴き、弓削寺と知識寺に食封を寄捨し、その直後に、道鏡を「太政大臣禅師」に任じ、道鏡に対して群臣拝賀の礼を行わせ、行宮を拡張して由儀宮の造営を始めました。

称徳天皇は、愛情の表現の仕方を知らない未熟な母親が、むやみに子に玩具を与えるように、道鏡に「少僧都」、「大臣禅師」、「太政大臣禅師」の位を次々に投げ与えて、道鏡に愛情を示しましたが、この度は「太政大臣禅師」という前代未聞の位を授けることによって道鏡の地歩を強固にしょうという意図が加わっていました。また、この度は道鏡も欲しくない玩具を与えられたが、母親の悲しむ顔を見るのが嫌で、喜ぶ顔を見たいばかりに嬉しそうな顔をする子のように固辞することなく授けられた位を受けました。それには「太政大臣禅師」の授位は、道鏡を吃驚させるために、事前に道鏡に知らされずに執り行われたため、これを固辞することは天皇の権威を損なうことになるので憚られたという事情がありました。

道鏡が太政大臣禅師に任じられた頃、天皇を廃され、淡路に配流された淳仁前天皇のもとに通う官人が多くなり、都でも前天皇の復位をはかる勢力も出てきました。これを危険と思った称徳天皇が監視を厳重にしたため、前天皇は逃亡をはかりましたが捕まり、翌日亡くなりました。病死とのことでしたが、誰もそのことを信じませんでした。

十一月、重祚の即位式は執り行われず、即位とともに行われる大嘗祭だけは慣例通りに執行されましたが、これまで参加したことのなかった僧侶が出席するという異例のものでした。

この年は昨年に引き続く酷い凶作や、前天皇の死、和気王の謀反事件が起こるなど不安定な政情下にありましたが、称徳天皇が仲麻呂の乱の平定を祈って発願した金銅四天王像が造立され、また先程申し上げました由儀宮の造営に加えて、聖武天皇の東大寺の造営に倣った西大寺の造営が始まりました。人々の疲弊が深刻になって怨嗟の声が大きくなり、朝集堂の前庭と西大寺が造営されている右京一条三坊の現場で「己が怨《あだ》男女二人（称徳・道鏡）あり。こを殺したまへ」と書かれた木簡が発見されるなど暗くて、寒い年末でした。

天平神護二年（七六六年）正月の初め、称徳天皇は、昂ぶり泡だった血を鎮めるために西寝殿の高欄から寒風の吹き荒ぶ中、西空を眺めていました。西の空は、沈んでいく太陽が黒雲の端を赤く染めていました。

年末に始った不審火は年が改まっても止まず、人々を不安にし、四十八歳になった称徳天皇の美しかった顔にも小皺が浮かび、滑らかだった皮膚も潤いがなくなりました。

今日も先程まで、称徳天皇は、異母妹にあたる、塩焼王の妻の不破内親王に不穏な動きがあるとの密奏や、道鏡の失脚を待っている藤原一族の動静などを聞き、大きな衝撃を受けて動揺し、宮廷に傍観と冷笑が漂っていることに苛立っていました。長い間、高欄に佇み、昂ぶり泡立った血が寒風によってようやく鎮まった称徳天皇は、大きな溜息をついて重い足取りで寝殿に向かったとき、暗い空から雪が落ちてきました。

不安が世の中を覆うなかで春、夏が過ぎ、秋がきて、道鏡を太政大臣禅師の地位に就けてから一年が経ちました。称徳天皇は、道鏡を極位の地位に就けても心は少しも休まることはありませんでした。道鏡を皇嗣とすることについて何の見通しもついていていなかったからでした。

十月の初め、陰鬱で乱脈な世の中で、焦る称徳天皇の心中を見透かしたように、腐臭が漂うような嫌な事件が起こりました。

薬師寺の僧基真《きしん》が、隅寺《すみでら》の毘沙門像から仏舎利《ぶっしゃり》があらわれたと献上したのです。基真は近江国の出で、道鏡の弟弟子・円興《えんこう》の弟子です。隅寺は法華寺の北隣り、平城京の北東の隅にありました。基真は色の黒い、落ち着きのない小男で、直ぐに小細工だと分かりましたが、天皇はこれを瑞祥とし、これを機に道鏡を「法王」の位に就けました。瑞祥はこれまでは天皇の徳の験《しるし》として現われるものとされていましたが、この度の仏舎利の出現は道鏡の徳の験だとされました。道鏡は、衆議を経ることなく天皇の支えだけで、臣下でありながら臣下の列を超えました。

道鏡が法王の位に就いたことに伴い、律師・円興が大納言に相当する法臣に、あの仏舎利を献上した基真が参議に相当する法参議になりました。一方、仲麻呂の乱の鎮圧に功績があった藤原房前の次男の永手《ながて》、吉備真備、道鏡の弟の弓削浄人《ゆげのきよひと》が、それぞれ左大臣、右大臣、中納言に任じられました。

天平神護三年（七六七年）三月、天皇は、法王の権威を荘厳にするために新しく法王宮職の官制を置き、月料など法王の待遇を天皇に准じるものにしました。天皇は、これらの措置を講じたので、道鏡の地位は自分と同列か、それに近いものになったと思いました。

現実の政《まつりごと》への知識も経験も乏しく、ただ仏教によって人々の幸福を齎らそうとする称徳天皇と道鏡は、仏教のすぐれた利益を受けるには巨大な寺塔や仏像を造り、法会《ほうえ》を荘厳盛大に行い、僧侶を優遇することが大切で、必要なことだと思いました。

そこで東大寺の造営で人々が喘ぐなか、東大寺に対する寺として先程も触れました、薬師金堂、弥勒金堂、四王堂、十一面堂、東西の五重塔などの立ち並ぶ壮大な西大寺の造営、また東大寺が造営された折、僧寺に対する尼寺として法華寺が造営されたように、西大寺に対する尼寺として、金堂、講堂、三重塔、南大門などのある西隆寺《さいりゅうじ》の造営を始めるなど盛んに造寺造塔が行われました。

また、鷹狩をするための放鷹司《ほうようし》を廃して放生司《ほうじょうし》を置いたり、鷹、狗《いぬ》及び鵜を飼って漁や猟をすることを禁じたりもしました。

人々は　このような仏教の保護や奨励に偏った政《まつりごと》と濫費を罵りましたが、抗することのできない官人たちは冷笑し、ただ頭を下げて嵐が過ぎるのを待つばかりでした。

こうした日々のなかで、称徳天皇の念頭に常にあったのは、道鏡を早く天皇の地位に就けることでした。これまでの道鏡は、称徳天皇の授ける位を受けると天皇が喜び、固辞すると悲しむので、喜ぶ顔を見たいために受けていましたが、この頃から称徳天皇の勧める天皇の位に就いてみたいと思うようになりました。それには高貴で気高い天皇の喜ぶ顔を見たいということの他に二つの理由がありました。一つは人の心についての関心でした。道鏡自身は、薬を練り、薬湯を煎じ、按摩を施すなど看病禅師のときから法王となった今日まで少しも変らないでいるのに、かつては蔑みの眼で見て、口さえ利かなかった人々が、道鏡が内道場に入り、少僧都、大臣禅師、太政大臣禅師、法王と位を進めるにつれて、次第に態度が変り、機嫌を取り結び、平伏し、貢物を捧げ、顔色を伺い、一挙手一投足におろおろし、追従をするようになりました。道鏡が葛城山の頂上の、渓谷に張り出した岩窟で瞑想に耽り修業していたとき、日月は変ることなく空をめぐり、岩窟を時折訪れる狸や狐も、指先から餌をついばむ小鳥たちも、周辺に咲いている草花もその日その日を変ることなく生きているのに、どうして人の心だけが変わり、誇りを捨ててまで生きようとするのか、法王を超えてこの国第一の人の天皇の地位に就けば一体どのような究極の追従が待っているかを観察すれば、追従の裏にある、人という不思議な生き物の正体を知ることができ、そこから人を救済する新しい仏の道が開けてくるのではないかと思ったからでした。

もう一つは子供っぽい楽しみでした。道鏡の師の義淵には有能な弟子が多くいて、なかでも玄昉、行基、隆尊《りゅうそん》、良弁《ろうべん》などの七人は義淵の七上足《しちじょうそく》といわれ、仏教隆盛の基を築いたと称されていました。この七人は道鏡の兄弟子にあたり、聖武天皇から紫の袈裟の着用を許された玄昉や、行基菩薩と崇められた行基などの活躍にかつて驚きの眼を瞠った道鏡は、今は玄昉や行基などの地位よりも高い地位に就いているのですが、さらにこの国第一の人の天皇の地位に就いて仏教の隆盛に寄与したら、今は亡き義淵がどのようにいってくれるだろうかという秘かな楽しみでした。

八月の中旬、天皇は、宮中の陰陽寮の上に五色の雲が現われたことを、道鏡の徳のためだと慶び、年号を「神護景雲《じんごけいうん》」と改めました。元号が天平神護であったのは僅か二年半でした。八月下旬、家持は大宰少弐《しょうに》に転じました。右大臣に昇進した吉備真備は、家持とのかつての交誼を忘れていませんでした。筑紫は、家持が少年の日々を送った地でした。

神護景雲二年（七六八年）三月、道鏡の弟の弓削浄人が大納言兼大宰帥に任じられました。

神護景雲三年（七六九年）正月、道鏡は西宮の前庭で大臣以下の新年の拝賀を受け、自ら寿詞《よごと》を告し、その四日後には天皇の出御のもと五位以上の官人と宴を催して摺衣各一領を与えました。全て称徳天皇の計らいによるものでした

五月の初め、塩焼王の妻で、天皇の異母妹・不破内親王《ふわないしんのう》が県犬養姉女《あがたいぬかいのあねめ》らと通じて、塩焼王の子の氷上志計志麻呂《ひかみのしけいしまろ》を皇位に就けようと「天皇の大御髪を盗み給わりて、きたなき佐保川の髑髏《どくろ》に入れて、大宮の内に持ち参入り来て」三度に亘り呪詛したとして、不破内親王は内親王の地位を廃された上に、名を「厨真人厨女《くりやのまひとくりやめ》」と改名され、平城京内に住むことを禁じられました。このまた、氷上志計志麻呂は土佐国へ、県犬養姉女らも改名されてそれぞれ遠流されました。

事件も密奏によるものでした。

　称徳天皇は、天皇という神聖な地位が、こともあろうに側近の女人たちによって呪われ、狙われていることに慄きました。天武天皇から皇太子の草壁皇子を通じて、文武天皇に伝えられた皇統は、父の聖武天皇を受け継いだ自分で断絶する、早く道鏡を天皇位に就けなければとり返しのつかないことなる、称徳天皇の焦燥は日一日と募りました。

　道鏡が法王の地位に就いて二年が過ぎましたが、一向に変わらない状況のなかで称徳天皇は、道鏡の地歩を固めるためと、道鏡に与える何物もなくなったため一門の者を昇進させれば喜ぶだろうと思って、今度は道鏡一族の者を次々に高い地位に就けました。そのため一族の栄達は目覚しく、道鏡の弟の弓削浄人は布衣《ほい》から身を起こし、僅か八年で大納言に昇進するなど一族に五位以上の者が十数人もいることになりました。先にも触れましたが、この国の五位以上の官人は百数十人ですので道鏡一族の栄達ぶりがお分かりいただけるものと存じます。なかには法参議の基真のように、道鏡の威を笠にして傍若無人の振る舞いをして顰蹙をかう者も出ました。この間に、法参議基真と法臣円興との間に確執が生じ、先の仏舎利事件が基真の自作自演の虚偽であったことが公になり、人々は救いようのない、乱脈な政《まつりごと》の正体を見た思いがしました。

　このような道鏡一族の栄達や振る舞いが、報いられることの少なかった、仲麻呂の乱の鎮圧に功績のあつた者を始め多くの官人の憤りや反感を高め、不穏な気運を醸し出していました。

この年、天皇は五十二歳、道鏡は六十歳を幾つか越えていました。月日の経過は二人の老いを確実に進めました。

焦燥にかられた天皇は、このような膠着した状況を打開して一気に自己の意志を貫くために天皇の権威と聖武太上天皇の詔を楯に、何度か行動に移ろうとしましたが、天皇が皇太子であったとき学問の師であった右大臣の吉備真備が身を挺して諫言しました。真備の耳には、仲麻呂の乱の鎮圧に功があったが、道鏡の一族に屈辱的な姿勢を余儀なくされた者らが頭をもたげてきていること、また藤原一族が仲麻呂討伐に功のあった蔵下麻呂や、宇合の子の百川《ももかわ》など南家、北家、式家を中心に結束を固めたなど、内乱勃発の気配が漂っているとの報せが次々に届いていました。とりわけ、藤原一族にとっては、その姓の「藤」が大樹に絡みついて栄養分を吸って生きているように、皇室に一族の娘を嫁がせ、次代の天皇を産むという特殊な関係を築くことによって政《まつりごと》の中枢に据わり続けてきたことから、道鏡への譲位はあってはならないことでした。

皇嗣をめぐって奈良麻呂の変、仲麻呂の乱の二つの動乱が続いて勃発した後だけに、称徳天皇、道鏡に対する抵抗は日を追うごとに強くなりました。このような緊張のなかで、二つの動乱を経験した天皇は、直ぐに道鏡を皇位に就けることはできず、尊貴な血による皇位継承という伝統を打開するには何らかの大きな跳躍台が必要でした。

不破内親王が罪によって平城京を去った翌々日、天皇は弓削浄人に密命を下し、浄人はその日のうちに九州に向かいました。真備の諫言に自重を重ねてきた称徳天皇が、焦躁に耐え切れずに一挙に膠着した状況を覆し、その意志を実現するために頼ったのは皮肉にも仏の加護ではなく宇佐八幡宮の神託でした。

五月の終わり頃、宇佐八幡宮の神官を兼ねていた大宰府の主神《かんづかさしん》・習宜阿曾麻呂《すげのあそまろ》が平城京に現れ、「道鏡をして皇位に即かしめば、天下太平ならむ」との宇佐大神の神託があったことを奏上しました。天皇も夢で、八幡神使に会ったといったことから、直接に神託をうけるために信頼する法均尼《ほうきんに》を勅使に任じて宇佐八幡宮につかわすことにしました。

法均尼は、備前国藤野《ふじの》郡の出で、和気広虫《わけのひろむし》として孝謙太上天皇に仕え、太上天皇が法華寺に入り出家したときに、太上天皇に随って出家し「法均」と号しました。法均尼は、勅使に任じられたものの病弱で長旅に耐えられないと固辞し、代わって弟の近衛将監《このえしょうげん》の和気清麻呂《きよまろ》が勅使に任じられて、宇佐に赴くことになりました。清麻呂は三十六歳でした。

道鏡はこの神託を喜びました。神託によって自分が皇位に就くことができれば、天皇がさぞかしお喜びになるだろうと思い、その上そのことによって人とは何かを知ることができ、それを通して新しい仏の道が開けるかも知れないと期待し、また師の義淵が生きていたならば自分をどういうだろうかという子供っぽい楽しみが待っていたからでした。

清麻呂が平城京を離れる前夜、この度の勅使の使命について天皇から密詔がありました。

清麻呂は宇佐八幡宮に着いた日の夜、湯に浸り旅の疲れを癒して、早々に床に就きました。

翌朝、明るい陽射しと小鳥の鳴き声で目覚め、冷水で身を清め、新しい官服を纏い、禰宜《ねぎ》の辛嶋勝与女《からしまのすぐりよそめ》に案内されて、楠や、樫、椎、椿などの茂る森の中の白い玉砂利の道を踏んで社殿に向かいました。風が枯れ草のような森の匂いを運んできました。社殿に昇り、回廊を歩いて本殿に行き、祭壇に額ずき、端座しました。陽が中天に昇り、火の粉を撒きながら西の山の端に沈むと、辛嶋勝与女が紙燭を灯してくれました。夜が更けると西の空には赤い半月が浮かび、森からの微風が紙燭の灯を揺めかせ、清麻呂の影を大きくしたり、小さくしたりしました。

「神託が習宜阿曾麻呂の聴いた通りならばそのまま、そうでなければ阿曾麻呂の聴いたように復命せよ」天皇の奇怪な密詔の内容でした。尊貴の血を継ぐ、この国第一の人である天皇の言葉に反することはできない、しかし神の声をそのまま伝えるのが勅使である自分の務めではないのか、この葛藤が清麻呂の心を悩ませ、苦しませ、混乱させました。

時が過ぎ、夜がさらに更け、星座が天空の位置を変え、清麻呂は疲れのため微睡みと覚醒の間をさまよいました。彼の顔には否定、混乱、恐怖などいろいろな表情が浮かんでは消えました。

何回目かの微睡みのとき見たのは、清麻呂の子供の頃の、楽しい、もう朧げになった、故郷の備前国藤野の風景でした。懐かしい山や川、渓、野原、陽の光や雲の輝き、かぐわしい風の匂い、そして濃い頬髭の父・平麻呂《ひらまろ》が、陽の当たる縁側に坐って清麻呂に語っている風景に辿り着きました。父は何かを語っていましたが、その顔は真昼の白い月のようにぼんやりしていました。

微風のそよぎで目覚めた清麻呂は、父の語った言葉を懸命に思い出そうとしました。暫らく経ってようやく、父親の言葉が記憶の底から途切れ途切れに出てきました。

父が清麻呂にこの国の成り立ちや物語を教えるなかでの天照大神《あまてらすおおみかみ》が孫の瓊瓊杵尊《ににぎのみこと》に下した神勅でした。「葦原千五百秋瑞穂《ちいほあき》の国は、是、吾が子孫《うみのこ》の王《きみ》たるべき地《くに》なり　爾皇孫《いましすめみまゆ》就てまして治《し》らせ、行矣《さきくませ》　宝祚《あまつひつぎ》の隆《さか》えまさむこと　当《まさ》に天壌窮り無けむ」

清麻呂が、二十年前に没した父の語る天照大神の神勅を思い出したとき、心が藤野を囲む山々の上をゆっくりと八塔寺の森の上から大伯海の方に流れる一片の白雲のように無心になり、蟠《わだかま》りが消え、安心と落ち着きが満ちてきて、顔には微笑みが浮かんでいました。

「皇祖神の天照大神の神勅を超える、この国の神々の神勅はない」清麻呂はそう思うと、いつの間にか、天皇の密詔は心の中から消え、清麻呂は深い眠りに襲われました。

暁闇の中、一陣の涼風と葉擦れの音で、清麻呂は眼を覚ましました。遠くで一番鶏が鳴いていました。そのとき清麻呂は「天の日継は必ず帝の氏を継がしめむ　無道の人は宜しく早く掃り除くべし」という声を聞きました。その声は宇佐大神の声のようでもあり、自分の心から迸りでた叫びのようでもありました。

天皇は、思いもよらない清麻呂の復命に激怒し、厳しく清麻呂を責めました。法均尼の弟であるし、これまでも格別に取り立ててきたし、勅使の使命についても諄々と説き聞かせたのだから、天皇は目論んだ通りに事が運ぶものと思っていました。

天皇に大きな衝撃を与えたのは、道鏡のために自らが拠ってきた尊貴な血による皇位の正統性からの解放を、天皇としての権威によって実現しょうとしたその瞬間に、清麻呂によってこれまで自己の全ての拠りどころであった血の正統性によって粉砕されたことでした。血の正統性の考えは人々の心に深く広く浸透していました。

清麻呂の復命の裏には、皇位が道鏡に譲られると大きな打撃をうける、天皇家と特殊の関係にある藤原一族の宇合の八男で、広嗣や良継の弟にあたる、内豎大輔の百川《ももかわ》がいると噂されました。百川はそのような噂が囁かれる程謀略が巧みで、執拗な実行力が抜きん出ていました。

天皇の激怒に触れた清麻呂は別部穢麻呂《わけべのきたなまろ》と改名されて大隅国へ、広虫は還俗させられ、別部広虫売《わけべのひろむしめ》と改名のうえ、備後国へそれぞれ配流されました。

道鏡は天皇の地位に就けなかったことを、楽しみを取り上げられた子供のように残念に思いましたが、悲しむことも怒ることもありませんでした。ただ、天皇が酷くやつれているのが心配でした。

神護景雲四年（七七〇年）二月、道鏡即位の隘路を宇佐宇佐八幡宮の神託を担ぎ出しての謀《はかりごと》に失敗した称徳天皇は、平城京に対して「西京」と改名された由義宮に行幸し、三月の初旬には花の香が漂う河内の野で、若い男女二百三十人による歌垣などを催して傷心を癒そうとしましたが、病に罹ったため三月半ばに平城京に還幸しました。経過ははかばかしくなく、病状は悪化の一途を辿りました。病気平癒を願う祈祷は排され、道鏡も遠ざけられて、看病のために近侍できたのは真備の娘の女官の吉備由利《ゆり》だけでした。この間、奈良麻呂の変に連座した四百四十三人中二百六十二人が許されました。

八月、天皇は平城京の西寝殿で数奇だった五十三歳の生涯を閉じ、百年近くに亘り連綿と続いた天武天皇の嫡流男系の皇統は断絶しました。

第四十三章　光仁《こうにん》天皇

称徳天皇の崩御後直ぐに、皇嗣の決定の評議が左大臣藤原永手、右大臣吉備真備、参議藤原百川、同藤原縄麻呂《ただまろ》、同石上宅嗣《いそのかみのやかつぐ》、近衛大将藤原良継らによって始まりましたが、法王道鏡はその圏外に立たされていました。法王の位に、仏弟子としての称徳天皇との格別な関係をただ一つの支えとして就いた道鏡にとって、天皇の死は直ちに破滅を意味するものでした。

評議の席で、永手、良継、百川、縄麻呂など藤原一族の者はこぞって天智天皇の皇子・志貴皇子の第六子の白壁王《しらかべ》を、吉備真備は天武天皇と大江皇女との間に生まれた長親王《ながしんのう》の子の文屋浄三《ふんやのきよみ》を推しました。文屋浄三が藤原一族によって拒否されると、真備はその弟の文屋大市《おおち》の名をあげて激しく応酬しましたが、皇嗣に決定したのは白壁王でした。

藤原一族が白壁王に足並みを揃えるのに奔走したのは百川でした。道鏡が世に出てからの六年もの間、藤原永手、良継などとともに要職にあった百川は、天皇の専横、独断を、永手、良継や、大納言であった白壁王らと耐え忍び、良好な関係にあったことや、王の人柄も温厚で「諸王の中に年歯も長」であることを拠りどころにしました。また、白壁王は天智天皇の孫にあたりますが、その妃の井上《いかみ》内親王の母・県犬養広刀自が聖武天皇の夫人であったことも白壁王の立太子に有利に働きました。

一方、真備は、聖武天皇が敬慕する天武天皇の男系の嫡流ではありませんが、血の繋がりのある文屋兄弟が皇嗣となるのが、天智天皇の血を継ぐ白壁王より妥当と判断しましたが、文屋兄弟は既に臣籍に降下していたことが決定的に不利でした。

真備は皇嗣をめぐる争いに敗北しました。この論争の後、百川は、永手、良継と協議して、白壁王を皇嗣に定めるという称徳天皇の宣命をつくり、直ちに宮廷で公表しました。

称徳天皇が孝謙天皇として即位し、称徳天皇として崩御するまでの二十一年の間には、数次の内乱が勃発し、皇太子・道祖王、淳仁天皇が廃され、道鏡が現われてからは宇佐大神の神託にまで事が及ぶなど異常な事態が続き、人々を不安に陥れ、人々の不満を募らせました。新しい政《まつりごと》は、事態を正常に戻すところから始めなければならず、まず先代でとられた施策や制度は全廃され、綱紀の粛正や経費の削減に力が注がれました。また、称徳天皇の陵下に庵を結んで冥福を祈っていた道鏡は、法王の位を剥奪されて造下野《しもつけ》薬師寺別当として追放され、弟の浄人も三人の子とともに土佐国に配流されましたが、称徳天皇が没したからには法王の地位からの追放には何の痛痒も感じませんでした。

九月、和気清麻呂、広虫が配流地の大隅国、備後国から都に召還され、復位しました。

十月、白壁王が大極殿で即位して六十二歳の光仁《こうにん》天皇が誕生し、肥後国より相次いで白亀が献上されたことを瑞祥として年号が「宝亀《ほうき》」に改められました。十代、百年ぶりの天智天皇の皇統からの天皇でした。

この日、家持は、正五位下に叙されるとともに左中弁兼中務大輔の要職に任じられました。二十一年ぶりの昇叙でした。

十一月、井上《いかみ》内親王が皇后に冊立されました。称徳天皇は一つ年下の異母妹で、仲麻呂に毒殺されたと噂された安積親王は同母弟、称徳天皇を呪詛したとして罪に付された不破内親王は同母妹にあたります。井上内親王は五歳のときに伊勢斎王に卜定《ぼくじょう》され、六年の潔斎を経て十一歳で伊勢に下り、安積親王の死後、二十八歳のときに斎王の任を解かれて都に還りました。そして　大仏開眼供養の盛儀の二年後の三十七歳のときに八歳年上の白壁王に嫁ぎ、翌年酒人《さかひと》内親王が、四十五歳のとき他部《おさべ》親王が誕生しました。このとき白壁王には高野新笠《たかのにいがさ》との間に、山部《やまべ》親王と早良《さわら》親王とがいました。

十二月、官位を剥奪され土佐国に配流されていた古慈悲は、罪を赦され、本位である従四位上に復位し、大和国の国司に任じられました。

宝亀二年（七七一年）正月、十歳の他戸親王が皇太子に立てられました。他部親王の立太子が白壁王の即位や井上内親王の立后より遅れたのは、藤原一族の内部に他部親王の立太子に反対する勢力があったからでした。左大臣の永手は他部親王以外の立太子にあくまでも反対しましたが、式家の良継、百川兄弟は光仁天皇の長子で、有能といわれた大学頭・山部親王の立太子を唱えました。山部親王は、このとき三十四歳、父の光仁天皇が大納言のときに官途につきましたが将来は明るいものではありませんでした。他部親王の母は嫡流ではないものの聖武天皇の血に繋がっていましたが、山部親王の母は渡来人の血を引いていたからです。天皇家と特殊の関係をこれまでのように維持して藤原一族の栄達を図ろうとする良継・百川兄弟にとっての弱点は、光仁天皇の母が紀一族を出自としていて、藤原一族とは血の繋がるところがないことでした。二人の兄弟は、天皇家と藤原一族との血の繋がりを新たにつくるために山部親王に眼をつけ、このことは山部親王にとっても将来を拓くには有利なことであったため、他戸親王の立太子は黒い影を伴っていました。

二月、井上皇后の立后と他部親王の立太子に尽力した左大臣の永手が、五十八歳で他界しました。

三月、七十七歳になった右大臣・吉備真備が再び致仕を願い出て許されました。真備は、光仁天皇の即位後、直ぐに老齢を理由に致仕を願い出ましたが、中衛大将のみの辞任を許され、右大臣については慰留されていました。

同月、左大臣藤原永手の死や吉備真備の右大臣致仕に伴い、大中臣清麻呂《おおなかとみきよまろ》が右大臣に、藤原良継が内臣《うちつおみ》にそれぞれ任じられました。

宝亀三年（七七二年）三月、裳咋足嶋《もくひのたるしま》という女官が「天皇をこれまで井上皇后らとともに呪詛してきた」と朝廷に密告してきました。

百川は評定の場で、

「井上皇后は、他戸親王を早く天皇の地位に就けたいために夫の光仁天皇を呪詛した」と皇后を廃する理由を述べました。

「うむ」と良継が薄い顎鬚に手をやりながら頷くと、百川は誰にいうともなく、腕を組み、あらぬ方向を見ながら、

「二十三年も神に斎《いつ》かれた方の呪詛の力は誰よりも強いだろうな」と呟くようにいいました。

一座が凍りついたようになり、井上皇后の廃后が決まり、天皇に上奏されました。

天皇はこれを大逆の罪とし、皇后を廃しました。井上皇后の立后に尽力し、他戸親王以外の立太子に反対した左大臣永手が他界し、山部親王の立太子を支持した良継の内臣就任後、ほぼ一年後のことでした。永手の死と良継の内臣就任が井上皇后と他戸親王の運命を一変させました。この事件は、皇太子・他戸親王の将来について、山部親王の存在や、山部親王と藤原一族との親密な関係に不安を覚えた皇后がその胸の内を漏らしたのを捉えられ、大事にいたったのだと噂されました。

五月、皇后の廃位は、皇后の子であることだけの理由で皇太子の地位に就いた他戸親王に直ぐに及び、皇太子を廃されました。光仁天皇六十四歳、他戸親王十一歳のときでした。

舞台の暗闇から放たれた矢が本来の的を射抜き、足嶋は従七位上から外従五位下に昇進しました。異例の出世でした。

光仁天皇が廃太子の宣命で「それ高御座《たかみくら》天つ日嗣の座《くらい》は、吾一人の座に非ずとなも思ほしめす」と述べているなかに、立太子、即位の経緯から藤原一族とりわけ式家の良継、百川らに負い目を感じている天皇の姿が透いて見えるようだと噂されました。

この頃、下野国の国司から造下野薬師寺別当の道鏡が没したとの報告がありました。下野国に追放されてから二年経過していました。その間道鏡は、称徳天皇の冥福を祈り、読経に明け暮れる日々だったとのことでした。当地には、美しい、気高い老尼が道鏡の墓を訪ねてきて、土地の人が道を教えるとそちらの方向に向ってとぼとぼと杖を引きながら歩いて行ったとの言い伝えが残りました。

七月、光仁天皇と井上皇后との間に生まれた、他戸親王の姉にあたる十八歳の酒人内親王が伊勢斎王に卜定され、潔斎のため春日斎宮に籠ったのち、伊勢に赴きました。井上皇后の廃后や皇太子他戸親王の廃太子の累が及ばないようにとの光仁天皇の配慮でした。

十二月、三年前に、称徳天皇の異母妹の不破内親王は、子の氷上志計志麻呂を皇位に就けるために称徳天皇を呪詛したとして内親王の地位を廃された上、改名させられるなどの罰を受けましたが、誣告による冤罪であったとされて、内親王に復位しました。

宝亀四年（七七三年）一月、中務卿だった山部親王が皇太子に立てられました。山部親王の立太子には、井上内親王、他戸親王の事件との関わりや、母が渡来人の子孫であること、天皇家と式家との密接な関係をめぐってさまざまな抵抗がありましたが、百川らがそれらの抵抗を押し切って実現しました。

この頃、山部親王は、良継の十三歳の娘乙牟漏《おとむろ》を娶りました。

十月、井上皇后の廃后、他戸親王の廃太子にはさらに続きがありました。前年没した、光仁天皇の同母姉の難波内親王の死因は、井上前皇后の呪詛のためだったとされ、他戸親王とともに「庶人」に落されて大和国宇智《うち》郡の没官《もっかん》の館に幽閉されました。「没官の館」と申しますのは、朝廷が取り上げた、重罪を犯した者の館のことでございます。

宝亀五年（七七四年）八月、皇太子山部親王と乙牟漏との間に安殿《あて》親王が誕生しました。後の平城《へいぜい》天皇です。このことによって、良継、百川の大胆で緻密な計画と果敢な行動が功を奏して、天皇家と藤原式家との間に念願の血の繋がりができ、皇室と藤原一族との関係は、かつての武智麻呂、房前、宇合、麻呂の藤原四兄弟のときよりも、藤原仲麻呂のときよりもずっと深いものになりました。光仁天皇の立太子、即位、山部親王の立太子、安殿親王の誕生を通して固く結びついたからです。

宝亀六年（七七五年）四月、廃后、廃太子された井上、他戸の母子二人は、同じ日に幽閉されていた館で急死しました。この事件は、皇太子の地位に就いても、なお天皇の地位に就くには、母が渡来人の血を受け継いでいることを不安とする山部親王を擁立する勢力が、山部親王の立場をより安定させるために仕組んだものだと噂されました。

事件後、天変地異が相次ぎました。七月、八月には黒鼠の大群や飢饉が発生、夏なのに雹《ひょう》が降り、大風雨が来襲し、九月には伊勢、尾張、美濃が風水害に見舞われて多数の人が死に、十月には霖雨《りんう》と地震が襲い、翌年の宝亀七年（七七六年）二月には多くの流星が空を飛び、四月には日食、六月には国が乱れる凶兆の、太白星（金星）が昼に現われ、旱《ひでり》が続き、西大寺西塔に雷が落ち、八月には大雨と蝗《いなご》の大群が空を暗くし、九月には二十日間も毎夜、瓦、石、土砂が宮廷や都の家々の屋根に落ち、十月にはまたも地震が地を揺るがせ、翌々年の宝亀八年（七七七年）二月には日食、三月には宮中に頻りに怪異が出没し、四月には雹や氷が降り、五月には内裏などの建物に落雷、六月、八月には霖雨、九月には内大臣の藤原良継が逝き、十一月には光仁天皇不豫《ふよ》、十二月には皇太子山部親王が病に臥し、この冬は雨が降らず、泉や川が涸れるなど二年に亘って不幸や異変が続きました。

人々は、これらの天変地異は廃后、廃太子の怨霊によるものとして恐れ慄き、天皇と皇太子の心を酷く痛めました。このため朝廷は幾度も大祓えの神事を行い、疫神を祭り、旱天が続くと丹生川上社《にうかわかみしゃ》に黒毛の駒を献じて雨乞いの祈願をし、霖雨が続くと雨の止むことを祈って白毛の駒を献じました。また、光仁天皇は六百人の僧に金剛般若経を読ませて井上前皇后の霊を慰め、墳墓を改葬して御墓と称し、墓守を置きました。

宝亀九年（七七八年）、酒人内親王は、母の井上内親王と弟の他戸親王が急死したため伊勢を退下して都に還り、異母兄で、母と弟を廃后、廃太子することによって皇太子の地位に就いた山部親王の妃《ひ》になりました。このことは酒人内親王に心を寄せる人々の抱き込みをねらったものだと噂されました。酒人内親王は、美しく、奔放で華やかのことを好み、東大寺の万灯会を毎夜のように催し、皇太子はこのような内親王を寵愛しました。

宝亀十年（七七九年）七月、百川が皇太子・山部親王の即位を見ることなしに四十八歳で没しました。百川は「天皇甚だ之を信任して、委ぬるに腹心を以ってす。内外の機務関り知らずといふことなし」とまでいわれ、二年前に没した兄の良継とともに光仁天皇、皇太子・山部親王にとってかけがえのない存在でした。

この年、皇太子山部親王と酒人内親王との間に朝原《あさはら》内親王が誕生しました。

また、周防国に他戸親王を自称する者が現われ、人々を惑わせたとして伊豆国に配流されましたが、このことは、人々にあの忌まわしい事件を思い出させました。

宝亀十一年（七八〇年）、光仁天皇が即位して十年が経過しました。

この年の年頭の儀には、唐使高鶴林、新羅使金蘭蓀らが大極殿での拝賀に参列するなど異例の宮廷風景が見られ、一方では東北の蝦夷との関係が深刻化して、宮廷に緊張と刺激を齎《もたら》しました。

良継や百川の没後、二人の後を継いだのが、この頃頭角を現し始めた五十九歳の藤原魚名《うおな》でした。魚名は藤原北家の祖・房前の五男で、式家の良継、百川とは従兄弟の間柄にありました。良継兄弟らとともに白壁王を皇太子に擁立した功臣で天皇の信頼が厚く、前年の一月に内大臣に任じられました。

二月、朝廷は大幅な人事を実施し、中納言の石川宅嗣を大納言に昇進させ、陸奥按察使兼鎮守副将軍として東北の開拓と鎮撫にあたっている紀広純《きのひろずみ》、右代弁の石川名足《いしかわなたり》、伊勢国の国司であった家持の三人を参議に任じました。家持は初めて政《まつりごと》の中枢に座を占めることになりました。

家持の昇進は、右大臣の大中臣清麻呂と、大納言に昇進した石上宅嗣との推挙によるものでした。大中臣清麻呂とは長くて深い交流がありました。家持が藤原仲麻呂の専横の嵐が吹きすさぶ中で、聖武太上天皇の崩御に続く橘諸兄の死、道祖王の廃太子、橘奈良麻呂の変とそれに関連して多くの同族を失い、孤立無援の状態にあったとき、清麻呂は心を許し合える数少ない友の一人でした。石川宅嗣はかって仲麻呂を退けるために行動を共にした同志でした。

三月下旬、宮廷を震撼させる事件が勃発しました。夷人の伊治呰麻呂《これはるのあざまろ》の軍勢が、二月に参議に昇進したばかりの陸奥按察使兼鎮守副将軍の紀広純が新柵築造のために伊治《いじ》城から前線に出動しているところを包囲、殺害し、更に南下して、陸奥国の国府であり鎮守府でもある多賀《たが》城を襲って、兵器や食糧などを略奪し、城に火を放って退却したのです。

歴代の朝廷にとって、東北の蝦夷問題は政《まつりごと》の上で重要な課題で、いずれの朝廷も東北の開拓と鎮撫が一貫した政《まつりごと》の基本でした。このため、大化三年（六四七年）に越国《こしのくに》の北端の渟足城《むたりのき》の築造を皮切りに、神亀元年（七二四年）には陸奥国の国府と鎮守府の機能をもつ多賀城、天平宝字四年（七六〇年）には桃生《ものう》城、神護景雲元年（七六七年）には伊治城など、多くの城柵を築造しました。

朝廷の支配する領域が北に拡大するにつれて、蝦夷との軋轢は深まり、現地では常に緊張が漲り、朝廷は常に不安を抱えていました。

光仁天皇は、陸奥按察使と陸奥国鎮守将軍とを兼任させて陸奥国における軍事と民生の権限を与えるなど、これまでの防守の態勢から積極的な攻めの態勢に転換しました。紀広純はこのような方針に基づいて、陸奥守兼鎮守将軍の大伴駿河麻呂の下で、伊治城の更に北に前進基地としての城を築くために出動していました。伊治呰麻呂の反乱と広純の横死の報せを受けた朝廷は直ちに反撃に移りました。

天応元年（七八一年）四月の初め、この事件が天皇に与えた打撃は大きく、伊勢大神宮の辺りに棚引いた「美雲」を大瑞として元号を一月から「天応《てんおう》」と改めていましたが、病を理由に天皇の地位を退かれました。

第四十四章　桓武《かんむ》天皇

同日、山部親王が即位し、四十四歳の桓武天皇が誕生し、即位の宣命で「掛けまくも畏き現《あき》つ神と坐《ま》す倭根子天皇わが皇《おほきみ》（光仁天皇）、此の天つ日嗣高座《たかみくら》の業《わざ》を、掛けまくも畏き近江の大津宮に御宇示しし天皇（天智天皇）の、初め賜ひ定め賜へる法《のり》の随《まにま》に、うけ賜はりて仕え奉れと仰せ賜ひ授け賜へば」と宣べて、自己が天皇の地位に就く根拠を天智天皇の血に繋がることに求め、天武天皇を祖とする皇統から、天智天皇を祖とする皇統に替わったことを告げました。
翌日、三十一歳の同母弟の早良《さわら》親王が皇太子に立てられました。親王の立太子は父の光仁天皇の強い意向によるもので、親王は十一歳のとき出家して東大寺や大安寺で修行し、東大寺の開山の良弁が死の間際に後事を託し、また東大寺は親王の還俗後も寺の大事について相談するなど仏教界において重きを成して人望もあり、また、桓武天皇の第一皇子の安殿親王が八歳と幼かったこともあったからでした。
同じ月の中頃、家持が東宮大夫《とうぐうのだいぶ》に任じられました。東宮大夫に任じられたことは家持にとって嬉しいことだったのでしょうが、私はかつて家持が近侍し、希望を託した安積親王の横死を思い出して、不吉な予感がいたしました。

六月、良継の没後、政《まつりごと》の中枢にあった内大臣の魚名が左大臣に昇進しました。

十二月、光仁太上天皇が譲位してから後八ヶ月後に七十三歳で崩御されました。今にも雪が落ちてきそうな厚い灰色の雲が空を覆っていた底冷えのする朝でした。

天応二年（七八二年）、天武天皇と血の繋がりがなく、母の出自の低い桓武天皇の地位はまだ万全ではなく、その足元を揺るがす事件が、氷上川継《ひがみのかわつぐ》によって起こされました。

川継は、新田部親王の子の塩焼王と、聖武天皇の皇女の不破内親王の間に生まれた、天武天皇の曾孫です。父の塩焼王が藤原仲麻呂の乱で天皇に擁立されようとして殺害されたとき、母が聖武天皇の皇女であったため母とともに連座を免れましたが、母と兄の志計志麻呂とが称徳天皇を呪詛したとされて母が皇親の地位を奪われたために、称徳天皇没後の皇位継承の候補に挙げられていませんでした。しかし父と母の双方を通じて天武天皇と繋がった血統は、朝廷に不平や不満を抱く勢力の期待を集める一方で、朝廷の警戒も招いていました。

一月、因幡国の国司に任じられた川継は、血の繋がりから自分こそが正統な皇位継承者だとして光仁天皇、桓武天皇の即位に憤りを抱いていたことからこの人事に激怒しました。

閏一月の初め、密かに兵杖を帯びて宮中に侵入した、川継の資人《しじん》の大和乙人《やまとのおとひと》は、川継の動静を監視していた朝廷によって直ちに逮捕されました。川継は朝廷を転覆するため、その夜、衆を集めて北門から平城京に入ることを、かねてから意を通じていた宇治王《うじおう》に連絡するために王のいる宮中に乙人《おとひと》を遣わしたのでした。

川継は謀反が発覚したことを知り逃走しましたが、大和国葛下郡《かつらぎのしものこうり》で捕らえられました。謀反は死罪に値しますが、光仁太上天皇の諒闇《りょうあん》のため死罪を免れ、妻の藤原法壹とともに伊豆国に配流され、母の不破内親王と川継の姉妹も連座して淡路国に配流されました。

この事件の主役が皇族であったため、多くの王臣に嫌疑がかかりました。

川継の妻・藤原法壹の父の藤原浜成《はまなり》が連座したとして兼任していた参議、侍従を解任されました。浜成は藤原京家の祖の藤原麻呂の嫡男で、京家の中心人物でしたが、山部親王の立太子について親王の母の出自が低いとして、親王の異母弟で皇族出身の尾張《おわり》女王を母とする稗田《ひえだ》親王を推挙したことから浜成は山部親王から疎んじられ、山部親王は即位すると、直ぐに大宰帥に左遷して都から遠ざけました。そして左遷後の五ヵ月後には大宰府に赴任していた浜成を、歴任した官職で善政をしたということを聞いたことがないという理由で大宰員外帥に降格し、更にこのたびの参議などを解任するという徹底したものでした。これらの異例の人事は、反対勢力への見せしめと立太子に反対したことへの報復でした。

また三方王《みかたおう》、参議の大伴伯麻呂《おじまろ》、浜成の子・藤原継彦《つぐひこ》、山上憶良の子の山上船主《やまのうえのふなぬし》らは或いは左遷され、或いは解任され、三方王とその妻・弓削女王、山上船主は、天皇を呪詛したとして重ねて刑を受けました。参議の家持、右衛士督《うえじのかみ》の坂上苅田麻呂《かりたまろ》らも解官《げかん》されましたが、程なく嫌疑が晴れて四ヶ月後の五月にはもとの地位に復しました。

六月、左大臣の藤原魚名が突然、大臣を免ぜられて大宰府に左遷されました。政《まつりごと》の中枢にある左大臣の突然の失脚は宮廷を揺るがせました。この人事は、桓武天皇が魚名と浜成とが結びついていると推測し、その関係を嫌悪したのだと噂されました。川継の事件により天武天皇の血に繋がる皇族は皇位継承の地位から全て排除されました。

同じ六月、家持と深い交流のあった右大臣・大中臣清麻呂の致仕や、大納言・石上宅嗣が没したため、謙虚で人と争うことがなかったという、宇合の五男の藤原田麻呂《だまろ》が右大臣に任じられました。

八月の初め、桓武天皇と、井上内親王の娘の酒人内親王との間に生まれた朝原内親王が四歳で斎王に卜定されました。祖母、母、娘の三代にわたっての斎王卜定という異例の人選に、さまざまな噂が囁かれました。

同じ八月の中頃、「天応」の元号が「延暦《えんりゃく》」に改められました。光仁天皇が桓武天皇に皇位を譲られたことに伴う代始改元《だいはじめかいげん》でした。

この年、桓武天皇は、自分を支えてくれた亡き百川を父とし、亡き良継の娘・諸姉《しょうし》を母とする藤原旅子《たびこ》を娶りました。

延暦二年（七八三年）四月、亡き良継の娘で、桓武天皇の夫人であった乙牟漏が皇后に立てられ、二人の間に生まれた安殿親王は九歳になっていました。

七月、右大臣だった田麻呂がその地位に就いて一年も経たないうちに没したため南家の藤原是公《これきみ》が右大臣に昇進しました。是公は南家の祖の武智麻呂の四男・乙麻呂《おとまろ》の長男で、がっしりした大柄な体をしていました。右大臣の昇任に伴う一連の人事のなかで、家持は東宮大夫留任のまま中納言に昇任しました。

桓武天皇の政《まつりごと》の中枢にあった者が、他界や、致仕、川継の乱などによって退き、また魚名の罷免の後は左大臣が任命されなかったことによって生じた政《まつりごと》の間隙を埋めたのは式家の藤原種継《たねつぐ》でした。

種継は、広嗣、良継、田麻呂、百川の兄弟・清成の子で、良継、百川の没後は、宇合の孫で最も年長であったこともあって、式家を代表する立場にありました。

桓武天皇は、良継、百川の没後も自分の立太子や即位のために奔走してくれたことを忘れることなく、式家の種継を早くから眼にかけ、延暦元年（七八二年）には参議に、翌年の延暦二年には式部卿兼近江按察使に、延暦三年一月には中納言に任じました。この異例の昇進は、天皇の種継に対する「天皇甚だ之を委任し、中外の事皆決を取る」とまでいわれた厚い信頼と、種継もこれに応えるだけの力量をもっていたからでした。

延暦三年（七八四年）一月、種継が中納言に抜擢された同じ日に、家持は持節征東将軍に任じられ、程なく多賀城に向かいました。

この人事は、朝廷の深部において平城京から山背国乙訓郡長岡《やましろのくにおとくにぐんながおか》の地への遷都が決まっていて、このことが表面化すると仏教界に重きを成す皇太子の早良親王の反対と、東宮大夫だった家持の早良親王への同調が予想されたため、あらかじめ家持を都から退け、種継に長岡遷都の指揮をとらせるためのものでした。

桓武天皇は、かねてから平城京から他の地への遷都を考えていました。平城京が都になっておよそ八十年、都を造営し、君臨したのは全て天武天皇の血に繋がる天皇で、華麗な文化が花開いた一方で、権謀術策が渦巻き、長屋王の変や、奈良麻呂の変、仲麻呂の乱、川継の反乱など多くの血塗られた凄惨な事件が起こり、称徳天皇と道鏡とによる乱脈な政《まつりごと》が行われ、井上皇后や他戸皇太子の横死にまつわる怨霊の蠢く地でもありました。

桓武天皇は、暗鬱な年月を重ねてきた世の人心を一新するために、とりわけ天武天皇の血統から天智天皇の血統に皇統が替わったことの象徴として平城京からの遷都が必要だと考えていました。

桓武天皇の胸の内を察した種継は、中納言の発令の前に「長岡への遷都」を建議しました。種継の母が秦朝元《はたのあさもと》の娘であり、長岡は秦一族の根拠地の山背国葛野郡《かどのこおり》に近いことから秦一族の支援を期待してのことでした。種継は、建議にあたって遷都の表向きの理由を「水陸の便」とのみとし、遷都を一気呵成に実施することを付言しました。長岡は、桂川、宇治川、木津川が合流し、難波に繋がる水運に恵まれた地点です。反対勢力のとかくの詮索を封じるために余計な理屈をつけず一気に押し切る、これが種継のやり方でした。

五月、種継の建議を容れた桓武天皇は、種継、藤原小黒麻呂《おぐろまろ》、佐伯今毛人《いまえみし》、紀船守《ふなもり》らを長岡に派遣して地を相《み》せて、僅か一ヵ月後の六月には、種継、今毛人、船守らを造長岡宮使に任じ、長岡宮の造営に着工しました。

十月、遷都を控えて、平城京の内外で盗賊の出没や放火などが多発し、物情騒然としてきました。

十一月、桓武天皇は平城京から長岡京に慌ただしく遷りました。長岡宮には辛うじて、水運を利用して難波宮から移築した大極殿と内裏のみができていただけでしたが、造都に着手してから五ヶ月後に早くも天皇がここに遷ったのは、これも反対派に乗ずる隙を与えないとする種継の建議を容れてのことでした。官人のなかにはこの遷都を不要、不急とする者もいたし、仏教界とりわけ大寺なども反対の立場に立っていました。また、種継の野心に反感を抱く官人の一派もありました。

建暦四年（七八五年）正月、天皇は長岡京で朝賀の儀を執り行い、遷都断行の意志を内外に示しました。

四月、家持は東北地方での進撃と防衛について朝廷に建議し、程なく容れられ、副将軍の大伴弟麻呂《おとまろ》とともに兵、兵器、馬、食糧などの準備に没頭しました。

同じ四月、表面上は些細な、しかし、後日大きな意味を持つことになる出来事がありました。参議兼皇后宮大夫の佐伯今毛人が、皇后宮に赤雀一羽が飛来したことを天皇に上奏したところ、天皇はこれを慶び、五月に詔を下して「天下の有位、及び内外の文武官の笏《しゃく》を把る者に爵一級」を与え、六月には、右大臣藤原是公が百官を率いて天皇に「慶瑞表」を捧呈しました。このような仰々しい儀礼は、人々の耳目を驚かせるとともに、その真の意図を計りかねた人々を不安にしました。

この件については、皇后宮大夫の今毛人が、光仁天皇の推挙による、弟の早良親王の立太子をよしとせず、長子・安殿親王の立太子を望んでいるのではないかと桓武天皇の胸の内を推測し、そのことを探るために、祥瑞の象徴とされている赤い鳥の、赤雀の皇后宮への飛来にことよせて天皇の注意を皇后と安殿親王とに向けたところ、天皇は仰々しい慶賀の儀礼でもってこれに応えたのでした。

天皇のこのような反応によって天皇の胸の内を知った今毛人は、これからの自己の行動に思いをめぐらしました。

八月、家持が東北地方での進撃と防衛について建議してから四ヶ月が過ぎました。兵、兵器、馬、食糧などの準備も整い、土地の踏査も終えた翌日の、驟雨の通り過ぎた後の蒸し暑い夕べに、家持は過労が重なったためか、突如血を吐いて倒れました。傍にいた、古慈斐の子の、副将軍の大伴弟麻呂も手の施しようがありませんでした。

家持は、大伴一族の嫡流として、家運挽回の悲壮な志を抱いたまま倒れました。奈良麻呂の変後、ようやく逡巡を振り切って幾度か反藤原一族の側に立ちましたが、既に遅く宿敵藤原一族に武力をもって迫ることができず、政《まつりごと》に翻弄された六十八年の生涯でした。家持の顔は、九年前に国司として赴任した伊勢国で逝った妻の大嬢とあの世で出会ったときに贈る最初の歌を考えているように穏やかでした。

振り放《さ》けて　三日月見れば　一目見し　人の眉引《まゆびき》　思ほゆるかも

この一首は、家持が十六歳のとき、初恋の、そして後に妻になった、私の娘・大嬢に贈った「初月《みかづき》」と題した歌です。悲しいことに大嬢は、親の私より先に逝ってしまいました。

同じ八月の末、桓武天皇は、斎期が終わり、伊勢神宮に向かう朝原内親王の発遣の儀に臨むために旧都平城京に行幸しました。祖母、子、孫の三代に亘る斎王の卜定でした。九月初めの内親王の伊勢への下向に際して、天皇と百官が大和国の国境まで見送るという異例の措置が執られました。

九月の末、深夜、造長岡宮使・藤原種継は、従兄弟の良継の子・藤原宅美《たくみ》とともに松明を掲げて乗馬し、早く都を造るために夜を徹して諸官衙、諸門、回廊、垣、池、道造りをしている現場を見廻っていました。任された仕事を脇目もふらず一日でも早く成し遂げる、これも天皇の信頼を高めるための種継のやり方でした。

このとき種継は、突然、闇の中から放たれた矢で射られて落馬し、その翌日絶命しました。あっけない四十八年の生涯でした。

種継が射られたとの報告を受けた桓武天皇は、翌朝早く長岡京に帰還しましたが、寵臣種継は既に死んでいました。その日のうちに春宮少進大伴竹良《たけら》、近衛舎人《このえのとねり》伯耆桴麻呂《ほうきのいすぎまろ》、中衛舎人《ちゅうえいのとねり》牡鹿木積麻呂《おじかのこづみまろ》が捕らえられました。

三人の自白によると、種継暗殺の企ては、左少弁《さしょうべん》大伴継人《つぐひと》、継人の提唱に賛同した春宮少進佐伯高成《たかなり》、継人の弟の同大伴竹良、主税頭《ちからのかみ》大伴真麻呂《ままろ》、大和大掾《たいじょう》大伴湊麻呂《みなとまろ》らでなされ、二人の舎人は、継人の命で矢を放ったというものでした。継人を始め事件に関係した者は、直ちに斬首され、同じ日に、右兵衛督《うひょうえのかみ》五百枝王《いえおおう》、大蔵卿藤原雄依《およ り》らが連座して伊予、隠岐への流刑に処せられて、種継暗殺の事件に関係したと考えられた数十人の処置は、僅か一日という異例の早さで片付けられました。

次の日には「継人を拷問にかけたところ、事件の首謀者は家持で、遷都に反対して種継と反目していた早良親王の関与についても自供した」という奇怪な噂が拡がりました。しかもその噂の出所は政《まつりごと》の深部でした。

しかし、この噂を信じる者は少なく、直ぐに「継人は大伴一族の男たちの中では家持に次ぐ位置にあって、父親の古麻呂に似て剛直な男で、拷問に耐え切れずに自供したとは信じ難い、また、逮捕、処罰された者の中には佐伯高成など春宮坊の官人や大伴一族の男たちが多くいたことは事実だが、天皇家と強い絆で結ばれていることを誇りにしている家持が皇太子の早良親王を擁して天皇に謀反を企てることは考えられず、謀反でないことは種継の暗殺後、誰も何の行動も起こしていないことからも明らかだ、この先、何かよくないことがおこるのではないか」との噂が囁かれました。

家持は、赤雀の事件の異様な推移を早良親王とともに心配していましたが、多賀城に赴任してからは東北地方で進撃と防衛に腐心しており、しかも種継が暗殺される二十日余り前に没していました。この事件の真相は、政《まつりごと》の深部から流れた噂にも拘らず、謀反とは関係なく、種継へ個人的な怨恨をもつ継人や、同じように種継に反感をもった官人たちが、種継の首級を狙ったものでした。

継人が種継に怨恨を抱くようになったのは、天応元年（七八一年）五月の末に種継が下総国の国司から近江国の国司に任じられ、継人も同じ日に伯耆国の国司から近江国の介にそれぞれ任じられて上司と部下の関係になったときからでした。年齢は継人が上でしたが、種継は二ヶ月も経たない七月の始めには左兵衛督《さひょうえのかみ》に、その八ヶ月後の延暦元年（七八二年）三月には参議に、延暦二年（七八三年）七月には式部卿兼近江按察使に、延暦三年（七八四年）正月には中納言に、六月には造長岡宮使に任じられるなど、その昇進振りは眼を見張るものがありました。一方、継人は延暦二年四月に近江国の介から左少弁に任じられるなど、種継との関係は直接或いは間接の部下であり続けました。

種継は、飛ぶような速さで昇進する人に時折見られる、権力者には従順で、そうでない者には驕慢な人物で、桓武天皇の眷顧を背景にした藤原一族の栄華を誇り、官人たちを嘲弄し、屈辱を与え、とりわけ阿諛追従を潔しとしない継人にはことさらに衰運にある大伴一族を貶め、奈良麻呂の変における一族の棟梁の家持の逡巡を嘲笑しました。継人には種継との関係が、杖で打たれ血まみれになって獄死した父の古麻呂と仲麻呂との関係、家持と仲麻呂との関係、旅人と藤原四兄弟との関係、八色の姓に関する屈辱などが二重写し、三重写しに見えました。負ける戦いはしないで屈辱をかみしめながら生きていくのか、誇りを保つには負ける戦いでもしなければならないのか、継人はぎりぎりの処まで追い詰められていました。そうしたところに大伴一族の精神的な支柱であった家持の逝去が、種継襲撃の引き金になりました。

しかし、事件は思いもかけない方向に向かいました。事件の四日後の深夜に、皇太子の早良親王が東宮から乙訓寺《おとくにでら》に幽閉され、皇太子を廃されました。早良親王は、これ以後、兄の桓武天皇に抗議するために一切の食物をとらず、十日余り後に淡路国に配流の途中、河内国の高瀬橋付近で没しました。餓死の屍は、それでも淡路国に運ばれ、そこに葬られました。

また、事件の首謀者とされた家持は、追罰として遺骸の埋葬を許されず、官籍からも除名され、子の永主《ながぬし》、継人の子の国道《くにみち》も隠岐国に配流されました。

十一月、十二歳の安殿親王が皇太子の地位に就きました。

種継が殺害された直後に、政《まつりごと》の深部は「この事件は、家持の皇太子・早良親王を天皇の地位に就けるための謀反である」として、巧みに早良親王を廃し、安殿親王の立太子に成功したのです。大伴一族はこの事件で取り返しのつかない打撃を受けました。

種継の死を機敏に捉え、安殿親王の立太子までにもっていった冷静な企てと果断な実行の裏には佐伯今毛人の関与があると噂されました。

今毛人は紫香楽宮の造営のときに聖武天皇に力量を認められ、次いで造東大寺司、造西大寺司として辣腕を振るう一方、専横を極めていた藤原仲麻呂の暗殺の謀議に藤原良継、家持らとともに加わり、また、宝亀六年（七七五年）と宝亀八年（七七七年）の二度にわたって遣唐大使に任じられながら、二度とも病気などを理由に巧みに辞退するという一筋縄ではいかない男でした。

桓武天皇は、最も信頼していた種継を失いましたが、念願であった安殿親王を皇太子の地位に就けることができました。しかし、桓武天皇はこれまでの井上内親王、他戸親王の怨霊に加えて早良親王の怨霊にも心を痛めることになりました。

そうしたなかで佐伯今毛人は正三位、民部卿兼任に昇進しました。破格の人事でした。

第四十五章　回想

三笠山の上に昇っていた月も傾いてまいりました。今宵は、私のとりとめもない物語を聞いていただいてありがとうございました。中嬢も眠くなったようです、ほら、あのように時折船をこいでいます。

私は長く生き過ぎたようです。私は大切なものを一つ、また一つと失いながら、そして今となっては償いようもないさまざまなことを思い出しながら年を重ねてきました。次第に朧げになっていく記憶のなかで、ぱっと鮮やかに浮かんだ顔や景色が、次の瞬間、ずっと前に逝った人の顔や、今は廃墟になっているかつての都の風景だと気付いて愕然とすることも多くなりました。志斐嫗、善心尼、穂積親王、藤原麻呂、大伴宿奈麻呂、旅人、家持、大嬢などかけがいのない人々が逝き、藤原宮、平城京、恭仁宮などが造られては打ち捨てられ、廃墟になりました。

私が見聞きした、新しい国創りが始り、幾つもの試練を経て完成し、やがて停滞し、崩壊に向かったおよそ百五十年の間に、なぜあれ程多くの血が流れたのか、なぜあれ程多くのすぐれた歌が作られたのかを問い続けてまいりましたが、今も答を見つけられずにいます。

とりわけ痛ましいのは多くの無辜の人々の血が流れたことでした。悲しいことに誰もが持つ人への不信から生ずる猜疑、嫉妬、中傷が無用の血を流す多くの原因になりました。

そしてその間、人々は新しい国を創る気概、新しい世ができた喜びや誇りを、やがてその世が停滞し、崩壊の兆しを見せ始めたときの不安や緊張を、またそれを背景に生まれた多様な価値観によって歌を作りました。戦いの歌、現人神になった天皇を称える歌、新しく造られた都を褒める歌、鞆の音にも胸騒ぎを覚える不安の漂う世を憂う歌、自然に畏怖し、その美しさに感動した歌、幻想や伝説を鮮やかな色彩で表わした歌、この世の矛盾を憤り、嘆く歌など、さまざまな歌が作られました。

そのような中で、いつの世でも多く歌われたのは愛でした。権謀術策が渦巻き、暗い不信の闇にいる人々にとっては、愛だけが信じられる確かなものであり、愛にこの世の真実を見出してその輝き、喜び、悲しみを歌にしました。すぐれた愛の歌を作り、激しく行動した人々の多くは女人でした。

穂積親王を慕って「おのが世に　いまだわたらぬ　朝川」を渡った但馬皇女、大津皇子の処刑を聞いて「髪を被《くだしみだ》して徒跣《そあし》にして奔《はし》り赴《ゆ》きて殉《ともにし》」んだ山辺《やまのへ》皇女、蒲生野の薬猟で天智天皇への挑戦ととられかねない、命懸けの歌を詠んだ額田王らがそうでした。

家持が青春のあるときに出会い、別れた笠女郎《かさのいらつめ》も幾つもの愛の歌を作りました。

君に恋ひ　甚《いた》もすべ無み　奈良山の　小松が下に　立ち嘆くかも
（あなたが恋しくてどうしょうもなくて奈良山の小松の下に立って嘆くばかりです）

我が命の　全《また》けむ限り　忘れめや　いや日に異《け》にや　思ひ増すとも
（私の命のある限りあなたのことを忘れません　たとえ日に日に想いが増すことはあっても）

前の歌は、一途に燃える笠女郎の想いをよそに、慎重であり続けた家持が越中国へ国司として赴任した後、深い悲しみに沈んだ笠女郎が、家持のいない、佐保の館を見下ろすことのできる奈良山の小松の下に佇み嘆いて作った歌で、後の歌は、恋が破れる予感に慄きながらもいつの日にか恋が成就することを祈って作った歌です。

また、神祇官の中臣宅守《なかとみのやかもり》を愛した蔵部《くらべ》の女嬬《にょじゅ》の狭野茅上娘子《さのちがみのおとめ》も情熱的な歌を作りました。二人は宮中の西の御厩《みまや》のあたりで愛を確かめ合っていましたが、天平十年（七三八年）宅守が、天皇の怒りをかって越前国味真野《あじの》に配流されました。原因は禁断の恋だと噂されました。

君が行く　道の長路を　繰り畳ね　焼き亡ぼさむ天《あめ》の火がも
（あなたが越前においでになる長い道を繰り畳んで焼き滅ぼしてしまう天上の火が欲しい、そうすればあなたは都に留まることができるのに）

帰りける　人来たれりと　いひしかば　ほとほと死にき　君かと思ひて
（罪を許されて都にお帰りになった人がいるというので　それがあなたかと思って嬉しくて死にそうでした）

しかし都に帰ってきたのは宅守ではありませんでした。期待が大きかっただけに悲しみは深く、その後も茅上娘子《ちがみのおとめ》は一日千秋の思いで待ちましたが、宅守は天平十二年六月の大赦や翌年の恭仁京遷都に伴う大赦でも許されず、許されて都に帰ったのは十数年も経ってからで、そのときには茅上娘子は既に逝き、宅守が手にしたのは宅守を慕う茅上娘子の数首の歌だけでした。宅守は、その後仲麻呂の乱に連座して罪を得ました。

人は縦《よ》し　思ひ止《や》むとも　玉かづら　影に見えつつ　忘らえぬかも

（他の人はたとえ崩御された天皇を、思い慕うことを止めてしまおうとも、私には天皇の面影がいつも見えて忘れられないのでございます）

倭姫皇后が天智天皇の崩御のときに作った歌です。

倭姫皇后の父の古人大兄皇子は、夫の中大兄皇子だった天智天皇に殺害され、また、天皇の子を生むことが皇后の地位に就いたり、その地位を安泰にするものですが、皇后には子がありませんでした。倭姫皇后にとってこの世は生きづらいものでしたが、天智天皇への想いを、長い辛い経験を経て静謐な愛に昇華させました。

「何故女人が多くのすぐれた愛の歌を作り、激しく行動したか」とお尋ねですか。それは政《まつりごと》から遠く、従って権謀術策から遠い処にあった女人には愛だけが信じられる確かなものであるというこの世の真実がよく見えたからだと存じます。

おや、月が一段と白くなりました。風もでてきたようですね。大切なものを一つ一つ失いながらここまで生きてまいりましたが、最後に残っていた大切なもの、思い出もこの頃ではすっかり朧げになってしまいました。長かったようでもあり、短かったようでもあった一生でした。

明るい月の周りの白い雲に乗った、先に逝った人たちが「おいで、おいで」と手を振っているのが見えるようです。

家持の謀反のことですか。ありえないことです。いずれ時が真実を語ってくれるでしょう。家持が残した荷の中に幾つかの歌があったそうですが誰の眼にも触れずに他の物と一緒に焼かれたとのこと、残念でございました。ああ、中嬢もすっかり寝入ってしまいました。風も強くなり、少し肌寒くなりました。今夜は本当にありがとうございました。どうか風邪など召されず、今後ともお元気でお過ごしください。

第四十六章　終　章

大伴坂上郎女の孫の中嬢でございます。本当にお久し振りでございます。祖母があの秋の夜にあなた様と私に物語をしてくれたときからおよそ五十年、私も孫を持つ身になりました。祖母は、あの物語をしてくれた夜から二十日余り経った頃、急に高い熱と激しい咳に襲われるようになり一ヶ月程床に臥して、あの夜のように大きい白い月の夜に、まるで先に逝った懐かしい人々の「おいでおいで」の手招きに応じたように微笑を浮かべてあの世に旅立ちました。

祖母の逝った翌年から、毎年凛とした花を咲かせていた白梅の老樹が、祖母を看取り、その任務を終えたかのように花を咲かさなくなりました。

佐伯今毛人の正三位、民部卿兼任への昇進までは祖母が申し上げましたが、その後のことについて、私が見聞きしたことをお話してこの物語を締め括らせていただきたいと存じます。


桓武天皇は、最も信頼していた種継を失いましたが、念願だった安殿親王を皇太子の地位に就けることができました。しかし、天皇はこれまでの井上内親王、他戸親王の怨霊に加えて、早良親王の怨霊にも心を痛めることになりました。


延暦五年（七八六年）に夫人の旅子の母が、延暦七年（七八八年）五月には旅子も三十歳で没し、延暦八年（七八九年）には天皇の母の高野新笠が病死、延暦九年（七九〇年）閏三月には皇后の乙牟漏が三十一歳で突然他界、その年の秋から冬にかけては長岡や畿内に天然痘が蔓延して多くの人々が命を落としました。さらに延暦十年（七九一年）八月には伊勢神宮の正殿などが盗賊によって放火され、延暦十一年（七九二年）には皇太子の安殿親王が原因不明の重病に陥りました。

こうした凶事の原因を陰陽師に占わしたところ、廃太子され憤死した早良親王の怨霊に因るものとのことでしたので、天皇は、直ちに淡路にある早良親王の墓に勅使を送って参拝させ、墓地に墓守を置くなど、その霊を鎮める儀式を執り行いました。

しかし、その直後と二ヶ月後との二度の大雨によって都の中を流れる川が氾濫し、多くの田畑が流出し、式部省の南門が倒壊するなど甚大な被害を蒙ったことから、和気清麻呂の建議もあって遷都僅か十年で山背国葛野、愛宕両郡に跨る地に造営された新都に遷都されることになりました。早良親王の怨霊から逃れることも遷都の要因の一つでした。

延暦十三年（七九四年）十月、桓武天皇は新京に遷都し、半月程後に詔を下して、「山背国」を「山城国」と改め、新京は「平安京《へいあんきょう》」と名付けられました。

延暦十六年（七九七年）五月、平安京に移った後も、天皇の早良親王の怨霊に対する恐れは収まらず、僧侶を淡路に遣わし墓前で金剛般若経を転読させ、延暦十八年（七九九年）には東宮亮《とうぐうすけ》の大伴是成《これなり》と僧侶を淡路に派遣して供養し、延暦十九年（八〇〇年）七月には早良親王と井上内親王の霊を慰撫するために、早良親王に崇道《すどう》天皇の尊号を追贈するとともに大和国に移葬し、井上内親王を皇后位に復し、その墓を山陵と追称することにして、幣帛や読経を奉納しました。

延暦二十五年（八〇六年）三月、種継が殺害されてから二十一年後、病床にあった桓武天皇は、種継殺害事件に連座した者を本位に復す詔を発し、家持は従三位に復位し、家持や継人の遺族も帰京を許されました。家持たちの名誉回復の詔のあったその日に、桓武天皇は七十歳で崩御されました。

四月、皇位は安殿皇子が継ぎ、平城《へいぜい》天皇が誕生しました。

大同《だいどう》四年（八〇九年）四月、平城天皇は病気のため在位僅かに三年でその座を同母弟の神野《かみの》親王に譲位され、嵯峨天皇が誕生しました。

弘仁十四年（八二三年）四月、十四年の治世を経て、嵯峨天皇は異母弟の大伴親王に譲位され、淳和《じゅんな》天皇が誕生しました。淳和天皇の母は、百川の娘の旅子です。

淳和天皇の即位の翌日、大伴一族の棟梁の、左中弁の国道は、天皇の御名と同姓なのは畏れ多いとして、大伴氏を伴氏と改姓し、古代からの名族大伴氏は歴史の波の中に消えていきました。継人の子の国道は、桓武天皇の詔によって佐渡への配流を許されて都に帰り、伊予国の介や弁官などを歴任していました。

承和七年（八四〇年）五月、淳和天皇が五十五歳で崩御され、遺言によって葬儀はおこなわれず、山陵も築かれず、遺骨は砕いて平安京を見下ろす大原野に散布されました。この国で初めてのことでございました。

「大伴一族の氏の刀自として、一族を見守ってきた祖母の坂上郎女がもし生きていたならば、大伴の名がなくなったことをどのように思うか」とお訊ねですか。

さあ、何とお答えすればいいのやら。

「なんでもないことよ、無から出て無に還る、ごく自然のことよ」という歯切れのよい声が聞こえるようです。祖母はかつて、異母兄の旅人の（世の中は　空しきものと　知る時し　いよよますます　悲しかりけり）を時折口ずさんでいましたが、何時かの折に「世の中はむなしく悲しいものだけれど、悲しみも時の経過によって薄らぎ、やがて消えてしまうわ、世の中に永遠に残るものなんて何もないわ」と呟いたことを思い出しました。

「淳和天皇の御最後をどのように思っただろうか」とお訊ねですか。祖母は、秋雨のそぼ降る豊浦寺で志斐嫗様から持統太上天皇が火葬を望まれたことを聞いて感銘を受け、自身も火葬を選んだのでございます。淳和天皇が選ばれた御最後は深いお心のあってのこと、そのお心を承れば、きっと大きな感銘を受けたものと存じます。

今宵も更けていくまいりました。風も強くなりました。あなた様も私も老いた身、この世で再びお会いできる日がないかもしれませんが、どうぞお体に気を付けていただき、いつまでもお元気でお過ごしください。

（了）

【参考文献】

「逆説の日本史 2・3」 井沢元彦 （小学館）
「万葉物語」 伊藤 博・橋本達雄 編 （有斐閣）
「万葉の旅 上・中・下」 犬養 孝 （社会思想社）
「額田王」 井上 靖 （新潮社）
「天平の甍」 井上 靖 （新潮社）
「水底の歌 上・下」 梅原 猛 （新潮社）
「古代幻視」 梅原 猛 （文藝春秋）
「日本史探訪」 海音寺潮五郎［著者代表］（角川書店）
「古代国家と日本」 岸 俊男 編 （中央公論社）
「万葉の世紀」 北山茂夫 （東京大学出版会）
「万葉の時代」 北山茂夫 （岩波書店）
「日本の古代政治史の研究」 北山茂夫 （岩波書店）
「天翔る白日」 黒岩重吾 （中央公論社）
「万葉秀歌 上・下」 斎藤茂吉 （岩波書店）
「万葉名歌」 土屋文明 （社会思想社）
「壬申の乱」 松本清張 （講談社）

山縣 千洲（やまがた ちしま）
昭和 17（1942）年生まれ、岡山市在住。
大学卒業後、岡山県企画部次長、岡山県県議会
事務局長、国体役員等に従事。

古代国家の誕生と崩壊 ―その政《まつりごと》と歌―

平成 28 年 4 月 20 日発行
著者 / 山縣千洲
発行者 / 今井恒雄
発行 / 北辰堂出版株式会社
〒 162-0801 東京都新宿区山吹町 364 SY ビル
TEL:03-3269-8131 FAX:03-3269-8140
http://www.hokushindo.com/
印刷製本 / 株式会社ダイトー

ISBN 978-4-86427-212-4 定価はカバーに表記